SV

Gerbrand Bakker
Juni

Roman

Aus dem Niederländischen
von Andreas Ecke

Suhrkamp

Die Originalausgabe erschien 2009 unter dem Titel *Juni*
bei Uitgeverij Cossee BV, Amsterdam.

Die Übersetzung des Buches wurde gefördert
vom Nederlands Literair Productie- en Vertalingenfonds.

Erste Auflage 2010
© Suhrkamp Verlag Berlin 2010
Alle Rechte vorbehalten,
insbesondere das des öffentlichen Vortrags
sowie der Übertragung durch Rundfunk und
Fernsehen, auch einzelner Teile.
Kein Teil des Werks darf in irgendeiner Form
(durch Fotografie, Mikrofilm oder andere Verfahren)
ohne schriftliche Genehmigung des Verlages reproduziert
oder unter Verwendung elektronischer Systeme
verarbeitet, vervielfältigt oder verbreitet werden.
Druck: Pustet, Regensburg
Printed in Germany
ISBN 3-518-42139-0

1 2 3 4 5 6 – 15 14 13 12 11 10

Juni

STOFF FÜR SCHLAGZEILEN

»Gleich kommt Slootdorp«, sagt der Chauffeur. »Dort übernimmt Sie ein neuer Bürgermeister.«
Sie schaut hinaus. Rechts und links breite Streifen Weide- und Ackerland, deren Ende nicht zu sehen ist. Hier und da ein klobiger Bauernhof mit rotem Ziegeldach. Zum Glück regnet es nicht. Rechts wird ihr die Sicht teilweise von C.E.B. Roëll versperrt, die in ihren Papieren liest; bestimmt irgend etwas über das Dorf, zu dem sie unterwegs sind. Sie zieht die Handschuhe aus, legt sie sich auf den Schoß und klappt den Aschenbecher auf. Roëll seufzt. Einfach ignorieren. Noch nicht einmal das halbe Pensum, und es kommt ihr so vor, als wäre schon viel mehr als die Hälfte des Tages vorbei. Während sie ihre Zigarette anzündet und tief inhaliert, sieht sie im Rückspiegel die Augen des Chauffeurs aufleuchten. Sie weiß, daß er sich auch gerne eine anzünden würde, und wenn Roëll nicht im Wagen säße, hätte er es auch schon getan.
Nach einem recht frühen Start in Soestdijk haben sie den Vormittag auf der ehemaligen Insel Wieringen verbracht. Wo man den unverzeihlichen Fehler begangen hat, ihr als ersten Programmpunkt einen Tisch voller Krabben zu präsentieren. Um elf Uhr vormittags. Eigentlich hatte man schon vorher keine so glückliche Hand. Der Bürgermeister der ehemaligen Insel ließ ihr die Blumen von seinen beiden Töchtern überreichen, während seine Frau so tat, als würde sie die Kinder oben auf dem Hafendeich einfach nicht sehen. Anschließend wieder Schulkinder und Senioren.

Immer Schulkinder und Senioren. Na gut, es ist auch ein Dienstag, ein normaler Werktag. Im Rathaus fand ihr zu Ehren eine Sondersitzung des Gemeinderats statt. Von der Ansprache des Bürgermeisters hat sie nicht allzuviel mitbekommen, weil sie schon an den Abend dachte, an die *Piet Hein*, und als sie gedankenverloren einen Schluck Kaffee nahm, schmeckte der in etwa wie die Worte des Bürgermeisters. Dort ist auch diese Frau aufgetaucht, die den Auftrag hat, einen Bronzekopf von ihr anzufertigen.
»Wie heißt noch die Nonne?« fragt sie.
»Jezuolda Kwanten. Keine Nonne, eine Schwester.« Roëll blickt nicht von ihrer Lektüre auf. Gleich kommt sicher ein kleines Exposé.
Jezuolda Kwanten, aus Tilburg, die fast eine halbe Stunde lang eingehend ihre Gesichtszüge studiert und hin und wieder etwas auf einem großen gelblichen Blatt Papier skizziert hat. Was es noch schwerer machte, den Ausführungen des Bürgermeisters zu folgen. Sie sitzt jetzt in dem Wagen hinter ihnen, zusammen mit Beelaerts van Blokland und van der Hoeven. Wäre es nicht anders gegangen? fragt sie sich. Roëll im zweiten Wagen, und van der Hoeven in meinem? Der raucht auch. Jezuolda Kwanten wird bei allen Festlichkeiten dabei sein, wird sie den ganzen Tag ansehen, abtasten, skizzieren. Nicht nur heute, auch morgen. Sie drückt ihre Zigarette aus. Ein »Bronzekopf«. Dabei haßt sie es schon, fotografiert zu werden. Wenn es um »Kunst« geht, wird auf nichts Rücksicht genommen.
Sie erreichen ein Dorf, das ganz aus neuen Häusern besteht. Auffallend wenig Menschen sind auf der Straße, und kaum jemand hat eine Fahne herausgehängt.
»Slootdorp«, sagt der Chauffeur.
»Wie ist sein Name?« fragt sie.

»Omta«, antwortet Roëll.
Vor einem Hotel, das Lely heißt, steht eine Gruppe von Wartenden. Ein Grüppchen. Hier keine Schulkinder und Senioren, keine Fähnchen, Bukette oder Krabben. Sie steigt aus, und der Mann mit der Amtskette reicht ihr die Hand.
»Willkommen in der Gemeinde Wieringermeer«, sagt er.
»Guten Morgen, Herr Omta«, sagt sie.
»Sie fahren direkt weiter«, sagt er.
»Das ist bedauerlich«, sagt sie.
»Ich fahre bis zur Gemeindegrenze voraus. Dies ist übrigens meine Gattin.«
Sie gibt der Frau des Bürgermeisters die Hand und steigt wieder ein. Na bitte. So wie dieser könnten sie von ihr aus alle sein. Kein Gerede, kein Getrödel, kein Blick, der ausdrückt: »Wieso verbringen Sie nicht in *meiner* Gemeinde ein paar Stunden.« Aber hat er tatsächlich nicht »Majestät« gesagt? Nicht einmal »gnädige Frau?« Die Bürgermeistersfrau hat auch keine Worte verschwendet, nur einen kleinen Knicks gemacht. Wenn die ganze Gemeinde Wieringermeer so ist wie das, was sie davon gesehen hat, würde sie sich hier wirklich nicht stundenlang aufhalten wollen. Vielleicht nicht einmal aufhalten können. Omta ist in ein blaues Auto gestiegen, das jetzt langsam vor ihnen herfährt. Seine Frau bleibt vor dem Hotel zurück, ein bißchen verloren steht sie da. Der böige Juniwind zerzaust ihr die Frisur, eine Fahne über ihrem Kopf knattert.
»1610«, liest Roëll vor. »*Het Polderhuis*, in dem wir den Lunch zu uns nehmen werden, stammt aus dem Jahre 1612. Vor allem die Viehzucht steht auf sehr hohem Niveau. Herdbuchvieh. Erwähnenswert ist der im weiten Umkreis bekannte Viehbestand von Fräulein A.G. Groneman; ihrem verstorbenen Onkel – hier stand Vater, aber das ist durch-

gestrichen und durch Onkel ersetzt – wurde für seine zahlreichen Verdienste auf diesem Gebiet durch königlichen Beschluß der Orden von Oranien-Nassau im Rang eines Ritters verliehen.«
»Ist sie beim Mittagessen auch dabei?«
Roëll nimmt ein anderes Blatt zur Hand und murmelt leise. Unter ihrem gelben Topfhütchen kommt ein graues Haarbüschel zum Vorschein. »Ja«, antwortet sie nach einer Weile.
»Das wird bestimmt nett. Fräulein. Nicht verheiratet also.«
Roëll schaut sie kurz, aber durchdringend an.
»Trink auch mal ein Gläschen«, sagt sie. »Statt mich so anzusehen.« Draußen immer noch lange Streifen Weide- und Ackerland und klobige Bauernhöfe, einer genau wie der andere. Die Sonne scheint, es werden etwa zweiundzwanzig Grad sein. Angenehmes Wetter, wenn man dauernd aus- und einsteigen muß, nicht zu warm, nicht zu kalt, man braucht keinen Mantel. »Außerdem hab ich Kühe sehr gern«, fügt sie hinzu.
Noch monatelang wird es hier so aussehen. Sicher, die Feldfrüchte wachsen und werden geerntet, aber trotzdem. Der Frühling ist und bleibt doch die schönste Jahreszeit. Wenn sich im Schloßgarten die Zwiebelpflanzen abwechseln. Schneeglöckchen zu Füßen der Buchen, Narzissen beiderseits der Zufahrt, die Schachblumen in der kleinen Rabatte beim Lieferanteneingang. Und etwas später natürlich die ersten Gartenwicken im Gewächshaus. Sobald die Bäume Blätter bekommen, wird es ziemlich langweilig, vor allem, seit die Töchter nicht mehr auf dem Rasen toben. Im Grunde gibt es nach dem Defilee nur noch wenig Reizvolles. Einförmigkeit, bis die ersten Herbstfarben da sind. »Sonst noch Erwähnenswertes?«

»Diese fast vollständig agrarisch geprägte Gemeinde sieht schwierigen Zeiten entgegen, vor allem auf finanziellem Gebiet.«
»Wieso das?«
»Nicht nur wegen der schlechten Wetterbedingungen der letzten Jahre, sondern auch, weil ein starker Anstieg der Löhne und Preise zu verzeichnen war, während die Erträge nicht proportional dazu gesteigert werden konnten.«
»Ach ja, Löhne, Preise und Erträge. Aber gleich erscheinen sie natürlich alle in Gala.«
»Und hier steht noch, daß circa neunzig Prozent der Einzelhändler und Gewerbetreibenden ihr Geschäft umgebaut und nach moderneren Prinzipien gestaltet haben. Die Bevölkerung habe erkannt, daß ein Auf-der-Stelle-Treten kein Fortschritt, sondern Rückschritt sei. Es bedürfe keiner Erwähnung, daß Politik auch hier Weitsicht erfordere.«
»Warum eigentlich nicht? Und man hat es ja erwähnt.«
»Ach, Kommunalbeamte.«
»Was willst du damit sagen?«
»Nichts.«
»Ich bin sehr gespannt, was wir zu essen bekommen.«
»Ja.«
Nein, denkt sie, das muß anders werden. Ich werde diesen Punkt selbst mal ansprechen, es ist doch wirklich nicht nötig, daß das Presseamt in Gestalt von Roëll bei mir im Wagen sitzt. Wie kommt man überhaupt darauf, daß ich lieber mit Roëll als mit van der Hoeven fahre? Und vielleicht möchte Papi auch ab und zu wieder mit auf Arbeitsbesuch.
Das blaue Auto von Omta bremst ab und rollt an den Straßenrand. Dort hält es hinter einem geparkten Wagen. Die Bürgermeister steigen gleichzeitig aus und schütteln sich die Hand. Als der neue Bürgermeister – »Hartmann«, flüstert

Roëll – auf den Wagen zugeht, öffnet der Chauffeur ihr die Tür.

»Guten Tag, Majestät. Herzlich willkommen in unserer Gemeinde. Die allerdings erst dort beginnt.« Er deutet auf eine Brücke mit weißem Geländer ein Stück vor ihnen.

»Guten Tag, Herr Bürgermeister Hartmann«, antwortet sie und unterdrückt ein Seufzen. »Ich freue mich sehr auf meinen – leider nur kurzen – Besuch.«

»Würden Sie mir bitte folgen?«

»Mit dem größten Vergnügen.« Als sie wieder einsteigt, wobei sie nicht vergißt, den Chauffeur anzuschauen, weil er aus dem Türaufhalten jedesmal ein laienbühnenhaftes Ereignis macht, sieht sie auf dem Rücksitz ihre Lederhandschuhe liegen. Schon zwei Bürgermeistern hat sie die unbehandschuhte Hand gegeben. Höchste Zeit für ein Zigarettchen. Egal, was Roëll für ein Gesicht zieht.

Auf dem Brückengeländer balancieren zwei Knirpse in Badehosen. Einer rotblond, der andere braunhaarig, beide haben die Arme weit ausgebreitet, dicke Wassertropfen fallen von ihren Ellbogen auf den makellosen weißen Anstrich. Als der Wagen über die Brücke fährt, springen sie hinunter. Man könnte meinen, sie hätten genau diesen Moment abgewartet. Sie lächelt. Ein Besuch der Königin interessiert die beiden offenbar nicht besonders. Allerdings haben sie doch erst einen längeren Blick auf den Wagen geworfen, bevor sie sprangen.

»Stein der Hilfe.«
»Bitte?«
»Stein der Hilfe.«
»Ich kann dir gerade nicht folgen.«
»Der Hof dort. *Eben Ezer.*«

Eine völlig andere Atmosphäre herrscht hier. Das Land ist älter. Die Bauernhöfe unterscheiden sich stärker voneinander, in den Gärten wächst mehr, die Bäume sind höher, die Gräben voll Wasser, man sieht weniger Feldfrüchte, mehr Kühe. Ha, da steht ein glänzender Lieferwagen mit der Aufschrift *Blom Backwaren* an der Seite. Schräg vor einem spiegelblanken Schaufenster mit dem gleichen Schriftzug. Der Bäcker gehört offenbar zu den neunzig Prozent Einzelhändlern und Gewerbetreibenden, die ihr Geschäft umgebaut und neu gestaltet haben. Backwaren, lustig. Und modern. Sie hält Ausschau nach Läden, die zu den restlichen zehn Prozent gehören, kann aber keinen entdecken. Dann hört sie ein Jubeln und sieht eine Menschenmasse. Sie holt tief Luft und zieht die Handschuhe an. Bis zum Mittagessen wird sie niemandem mehr die unbehandschuhte Hand geben.
Der Chauffeur öffnet ihre Tür. »Wir haben das Fahrtziel erreicht«, sagt er.
»Und ohne Unfall«, antwortet sie. Nie redet sie ihn mit dem Vornamen an.
Dann sind alle wieder um sie. Roëll natürlich, die ohne Hilfe aussteigen mußte, weil der Chauffeur nicht überall gleichzeitig sein kann. Van der Hoeven, Beelaerts van Blokland. Kranenburg, der Beauftragte der Königin. Wo ist diese Nonne geblieben, diese Jezuolda Kwanten? Sitzt sie noch im Auto? Hier wird es keine Tische voller Fische oder Krabben geben, es ist kein Fischerdorf. Hier wird gleich ein Volkstanz aufgeführt. Sie reicht Roëll ihre Tasche, sie muß die Hände frei haben. *Het Polderhuis* ist ein großer ehemaliger Bauernhof. Weiß gestrichen, mit Spalierlinden davor. Den falschen Weg nehmen kann sie nicht, es gibt nur einen, Kinder und Mütter haben eine Gasse gebildet. Aha, da stehen zwei Kinder mit einem Bukett. Der Bürgermeister

nennt ihre Namen, sie hört die Wörter Bäcker und Metzger. Deren Kinder werden es sein.
»Ganz herzlichen Dank, ihr beiden«, sagt sie. »So ein wunderschöner und kunstvoll gebundener Blumenstrauß. Habt ihr den selbst zusammengestellt?«
Sie schauen sie an, als ob sie Deutsch spräche.
»Nein, nicht wahr?« sagt sie deshalb. »Das hat man beim Blumenhändler gemacht.«
Das Mädchen nickt schüchtern, sie tippt der Kleinen mit einem ledernen Finger sanft auf die Wange. Der Junge schaut sie nicht an. Erleichtert ziehen sich die Kinder in das Spalier zurück.

Hat sie nicht genau diese Kinder heute vormittag auf dem Deich gesehen? Diese weißblonden Köpfe und nackten Knie, diese Strickjäckchen? Genau dieselben Kinder? Es herrscht ein eisiges Schweigen, man könnte meinen, alle hätten vor lauter Ehrfurcht die Sprache verloren. Ehrfurcht oder Nervosität. Abgesehen von den paar Worten über die Kinder hat auch der Bürgermeister noch keinen Ton gesagt. Sie schüttelt den Kopf. Roëll faßt sie beim Ellbogen. Sie zieht den Arm weg, ohne ihre Privatsekretärin anzublicken, und geht langsam weiter.
Und der Kleine dort, was der für ein beleidigtes Gesicht macht. Sommersprossen hat er und rotblondes Haar. Er läßt den Kopf etwas hängen, blickt auf seine Füße, die in neuen Sandalen stecken. Was kann den Jungen so geärgert haben? Am liebsten würde sie zu ihm hingehen und ihn fragen, warum er sich nicht freut. Warum sein rotweißblaues Fähnchen auf der Höhe seiner Knie baumelt. Und den größeren Jungen, der ihn bei der Hand genommen hat und bestimmt nicht sein Bruder ist, denn er hat rabenschwar-

zes Haar, anschließend fragen, warum er nicht sie, sondern den Kleinen ansieht. Der Anblick schlägt ihr selbst ein bißchen aufs Gemüt: das wütend vorgestreckte Bäuchlein, das offensichtlich nagelneue Jäckchen mit Norwegermuster und Messingknöpfen, bestimmt von seiner Großmutter gestrickt. Alles hier wird in den letzten Wochen im Zeichen dieses Tages gestanden haben, der im Handumdrehen vorbeigeht, wie es bei solchen Tagen immer ist. Und dann so wütend zu sein, daß man praktisch nichts davon mitbekommt. Überall um sie herum werden Fotos gemacht, sie hört die Auslöser klicken, es wird sogar geblitzt, obwohl das bei diesem Wetter doch nicht nötig wäre. Sie verlangsamt ihren Schritt, als könne sie einfach nicht weiter, bevor der Kleine sie angesehen hat. Aber der Bürgermeister ist schon vorausgegangen, und hinter ihr, das spürt sie, drängt der Rest der Gesellschaft nach.

Sie richtet den Blick auf eine Gruppe von Männern und Frauen in Tracht; wo sie stehen, ist ein bißchen mehr Platz. Alle Kinder haben Fähnchen, die sie in die Höhe halten, aber keins wird geschwenkt. Ohne die leichte Brise würden die Fähnchen tot herunterhängen. Sie hofft, daß es im *Polderhuis* Sherry gibt.

Die Tanzgruppe bietet zwei Volkstänze dar, auf der Violine begleitet von einem steinalten Mann, der direkt neben ihr steht. Seine runzlige Oberlippe glänzt vor Schweiß. Vierundachtzig Jahre, hat ihr der Bürgermeister zugeraunt. Aber noch sehr rüstig! Sie schaut auf die Tanzenden, alle Leute vor dem *Polderhuis* schauen zu ihr. Die Röcke rauschen, die Klompen der Männer in den schwarzen Trachtenanzügen klopfen auf den Asphalt. Das schwere Bukett ist lästig. Sie möchte ihre Tasche haben, ihre Zigaretten, möchte sich einen Moment setzen.

»Bitte hier hinein, Majestät. Hier ist alles für den Lunch vorbereitet«, sagt der Bürgermeister.
Mensch, sag doch gnädige Frau, denkt sie. Gnädige Frau und Mittagessen.
Noch vor ihr schlüpft Jezuolda Kwanten durch die Tür, Skizzenblock und Bleistifte im Anschlag.

»Sie können sich dort einen Moment zurückziehen«, hat eine Hostess gesagt. »Mit Ihrer Gesellschaftsdame. Bei Bedarf können Sie dieses WC benutzen.« Sie hat die Frau nicht zurechtgewiesen.
Roëll und Jezuolda Kwanten sitzen im Amtszimmer des Bürgermeisters, in dem es nach frischer Farbe und Tapetenleim riecht, genau wie hier übrigens. All die Toiletten, denkt sie. Überall diese Toiletten speziell für mich. Sie hat die Handschuhe abgestreift und klopft mit dem Knöchel an eine merkwürdige Zwischenwand; es klingt hohl. Vermutlich ist die Wand nur für kurze Zeit eingezogen worden. Sie überlegt, wo die anwesenden Männer pinkeln sollen, wenn die Herrentoilette unzugänglich ist, weil man die für sie umgebaut hat. Sie denkt an die Hauptstadt, sieht die Toilette im Hauptbahnhof vor sich. Die ungelüfteten, stikkigen Räume, die staubigen Vorhänge, die kostbar bezogenen Stühle, auf denen so gut wie nie jemand sitzt. Sie befühlt das Toilettenpapier. Marke Edet, zweilagig. Auf dem Waschbecken liegt ein jungfräuliches Stück Seife. Ich bin sechzig Jahre alt, denkt sie. Schon seit über zwanzig Jahren sitze ich dienstlich auf solchen Toiletten. Wie lange hält ein Mensch das aus? Sie steht auf, wäscht sich die Hände und spült der Form halber durch.
Auf dem riesigen polierten Tisch im Amtszimmer stehen Flaschen mit Apfel- und Orangensaft. Und genau eine Fla-

sche Sherry. Roëll trinkt Orangensaft, die Künstlerin trinkt nichts. Sie gießt Sherry in zwei Gläser und hält Jezuolda Kwanten ein Glas hin.
»Danke, ich trinke überhaupt keinen Alkohol.«
»Aber Sie sind doch Künstlerin.«
Die Schwester lächelt und setzt sich auf den bequemsten Stuhl. Sie klappt den großen Skizzenblock auf.
Die Königin lächelt auch. Die Gläser müssen leer werden, es wäre merkwürdig, hier ein volles Glas zurückzulassen. Und das Büschel Zigaretten in dem Väschen will wenigstens ausgedünnt sein. Lucky Strike. Roëll zieht ein schiefes Gesicht, gibt ihr aber doch Feuer. Sie schlendert ein wenig durch das geräumige Zimmer, kommt zu einem großen Spiegel. Betrachtet sich, prostet sich zu, bläst sich Rauch ins Gesicht.
»Frau Kwanten, könnten Sie mir noch einmal erklären, was eigentlich der Unterschied zwischen einer Nonne und einer Schwester ist?« fragt sie.
»Eine Nonne legt ein Klostergelübde ab«, sagt Kwanten.
»Das haben Sie nicht?«
»Nein. Ich gehöre der Kongregation der Schwestern der Liebe an.«
Ihr Glas ist leer. Sie deutet in Richtung des vollen Glases auf dem Tisch. »Wenn Sie es nicht trinken, werde ich es tun.«
»Ein Schlückchen Sherry würde ich jetzt doch mögen«, sagt Roëll.
Sie schaut ihre Hofdame prüfend an, kann aber nichts anderes tun, als ihr das zweite Glas zu reichen. »Wer hat Ihnen den Auftrag für den Bronzekopf erteilt?«
»Die Stadt Tilburg.«
»Sie wohnen auch dort?«
»Ja, gnädige Frau.«
»Wie finden Sie die Gegend hier?«

»Leer. Leer und kalt.«
»Kalt?« Die Königin lächelt. »Dann ist es ja kein so angenehmer Tag für Sie. Sind Sie schon einmal auf der Insel Texel gewesen?«
»Nein, gnädige Frau.«
»Morgen wird Ihnen diese Reise viel besser gefallen.«
»Sie gefällt mir schon jetzt außerordentlich gut. Ich habe das Privileg, Sie zwei Tage lang zu begleiten.« Die Schwester kratzt mit dem Bleistift übers Zeichenpapier.
Die Königin ordnet ihr Haar. »Trinken Sie doch ein kleines Glas Sherry.«
»Danke, gnädige Frau, wirklich nicht.«
»Dann werde ich mir stellvertretend noch ein halbes genehmigen.«
Roëll seufzt und nippt mit säuerlicher Miene an ihrem Sherry.

Beim Mittagessen sitzt sie neben van der Hoeven. Der Viehzüchterin hat man einen Platz schräg gegenüber zugewiesen. Ansonsten haben sich an dem langen, tadellos gedeckten Tisch die üblichen Gäste niedergelassen. Vorsitzende der Landfrauen und der Frauenorganisation des Niederländischen Gewerkschaftsbunds, Mitglieder des Deichverbands, Deichgrafen, Beigeordnete. Aber nicht der Arzt, auch nicht der Notar. Und auch Kwanten nicht, die das Mittagessen nebenan zu sich nehmen wird, unter anderem wahrscheinlich in Gesellschaft des Chauffeurs. Sie freut sich, daß jemand daran gedacht hat, ein paar kleine Vasen mit Gartenwicken auf den Tisch zu stellen. Es gibt die unvermeidliche Ochsenschwanzsuppe – vermutlich denkt man: Die Suppe, die zu Weihnachten gegessen wird, müßte doch auch zu anderen festlichen Gelegenheiten passen –, kräftig gewürzt.

Zum Essen wird Buttermilch getrunken. Oder möchte Majestät vielleicht einen trockenen Weißwein zur Suppe? Den möchte sie, nach kurzem Zögern. Van der Hoeven und die Frau des Bürgermeisters ebenfalls, und auch die Viehzüchterin gegenüber läßt sich ein Glas einschenken. Die warme, junge Stimme des Privatsekretärs bildet einen ruhigen Kontrast zu der hohen, nervösen des Bürgermeisters.

Sie selbst sagt nicht viel. Sie ißt und trinkt. Das Brot ist frisch, die Auswahl an Käse und Aufschnitt üppig. Leckeres Brot backt dieser Blom, denkt sie. Durch die hohen Fenster fällt helles Licht herein, und draußen sind – erst jetzt – aufgeregte Stimmen zu hören, obwohl die Kinder anscheinend schon verschwunden sind. Die Viehzüchterin sitzt ein klein wenig zu weit weg für ein Gespräch. Fast unmerklich nickt sie der hübschen Frau zu und hebt ihr Weinglas. Die andere erwidert diese Geste, als habe sie verstanden, daß die Königin gern mit ihr über Zuchtstiere, Kühe, Kälber, Gott und die Welt sprechen würde, wenn die Entfernung nicht leider zu groß dafür wäre. Dann erhebt sich eine der anderen Frauen: Frau Backer-Breed, Vortragskünstlerin, wie die Gattin des Bürgermeisters verkündet.

Während des Vortrags, teilweise im lokalen Dialekt gehalten, schweifen ihre Gedanken wieder ab. Sie denkt an Papi. Fragt sich, ob er abends auf der *Piet Hein* sein wird. Natürlich ist der Mann unmöglich, aber auf der Yacht fühlt er sich wohl. In knapp zwei Wochen hat er Geburtstag. Er geht nun auch auf die Sechzig zu, da wird er doch wohl keine Dummheiten mehr machen. Sie nippt an ihrem zweiten Glas, der Weißwein wurde offensichtlich mit Sachverstand ausgewählt. Als die Gesellschaft zu klatschen beginnt, klatscht sie mit. Dann kommen große Schalen mit frischen Erdbeeren auf den Tisch, dazu Schüsseln voll Schlagsahne.

Der Kaffee, der das Mittagessen abrundet, ist stark. Unter ihren Sohlen knirscht es. Der Holzfußboden des Sitzungssaals ist mit Sand bestreut.

Die Schulkinder sind wirklich verschwunden. Aber insgesamt haben doch ziemlich viele Leute ausgeharrt. Auch die Pressefotografen sind noch nicht weg. Offiziell ist der Besuch mit dem Essen im *Polderhuis* zum Abschluß gekommen. Jetzt heißt es, zum Wagen zu gehen und ins nächste Dorf zu fahren. In das Dorf, das den Namen ihrer Urgroßmutter trägt. Ob die Menschen dort jemals darüber nachdenken, wie seltsam das eigentlich ist? Im Gegensatz zu den beiden anderen Bürgermeistern wird dieser nicht vorausfahren. Roëll hat wieder ihre Handtasche übernommen, sie selbst trägt das Bukett. Sie gehen in Richtung Straße. Der Kaffee hat die Wirkung von Sherry und Weißwein ein wenig gedämpft, aber noch erscheint ihr alles angenehm gewichtslos. Van der Hoeven ist dicht neben ihr, hin und wieder stößt er leicht gegen ihren Arm.
Aus dem jetzt ungeordneten, ausgedünnten Spalier tritt ein großer Mann im blitzsauberen Overall vor, in jeder Hand einen Strick und an den Stricken zwei winzige Zicklein.
»Gnädige Frau«, sagt er.
»Ja?« fragt sie.
»Ich möchte Ihnen diese beiden jungen Zwergziegen zum Geschenk machen.«
»Ach«, sagt sie. »In wessen Namen?«
»In meinem Namen.«
»Und wie ist Ihr Name?«
»Blauwboer.«
Eins der Zicklein entdeckt in der Hand einer Frau, die zu nah bei dem Bauern steht, ein Sträußchen Bartnelken und

knabbert es an. Sie gibt van der Hoeven ihr Bukett und geht in die Knie. Das andere Zicklein schnüffelt mit seinem weichen Näschen an ihrem Lederhandschuh. Die Tierchen sind braun mit einem schwarzen Fleck auf dem Kopf. Und so klein, daß sie beide leicht hochheben könnte. Sie tut es. Sie spürt die dicken, strammen Bäuchlein auf ihren Handflächen, der Bauer läßt die Stricke etwas nach.
»Ich habe drei Enkel«, sagt sie.
»Das weiß ich, gnädige Frau.«
»Die würden sich sehr über dieses Geschenk freuen.« Sie fühlt die beiden kleinen Herzen rasen.
»Das war mein Gedanke dabei«, antwortet der Bauer.
Fotografen drängen nach vorn, ein Polizeibeamter stellt sich ihnen in den Weg. *Königin durchbricht Protokoll und spielt mit Zwergziegen.* Sie sieht die Schlagzeile von morgen vor sich. Als sie sich bückt, um die Zicklein wieder auf den Boden zu stellen, befällt sie ein leichter Schwindel. Sie richtet sich unsicher auf, van der Hoeven faßt sie am Ellbogen. Eins der Zicklein beginnt laut zu meckern.
»Wir können sie jetzt nicht mitnehmen«, sagt ihr Privatsekretär.
»Das verstehe ich«, antwortet der Bauer.
Sie bedankt sich herzlich für das Geschenk und geht weiter. Van der Hoeven bleibt zurück. Sie hat jetzt nichts mehr in den Händen. Keine Tasche, kein Bukett, keine Zicklein. Harte braune Härchen kleben an ihren Handschuhen. Ein Zicklein für Willem-Alexander und ein Zicklein für Maurits. Jemand von den Stallungen soll die Tierchen möglichst bald abholen. Und für Johan Friso muß sie sich noch etwas anderes ausdenken.
Der Chauffeur wartet neben der geöffneten Tür.
»Wie steht's mit dem Zeitplan?« fragt Roëll.

»Wir sind prima in der Zeit«, antwortet er. »Prima.«
Bevor sie einsteigt, schaut sie sich um. Fahnen flattern an fast jedem Haus, und schräg gegenüber, am anderen Ufer des Kanals, der das Dorf teilt, sieht sie wieder den glänzenden Lieferwagen stehen. Erst jetzt überlegt sie, warum er wohl nicht unterwegs ist. Oder beliefert der Bäcker nur ein so kleines Gebiet, daß er es an einem Vormittag schafft? Leute entfernen sich vom *Polderhuis*, drehen sich noch einmal um, drängen sich aber nicht um den Wagen. Sie gehen zur Tagesordnung über, die Kinder könnten schon wieder in der Schule sein. Nein, sie werden den Nachmittag frei haben, heute ist ein Festtag. Vielleicht hat das Dorf ein Schwimmbad. Dann sieht sie eine junge Frau näher kommen, gegen den allmählich versiegenden Strom. Sie trägt ein Kind auf dem Arm und schiebt mit der anderen Hand ein Fahrrad, was das Gehen etwas anstrengend macht. Ach ja, eine Frau, die sich verspätet hat. Die sich beeilt, um doch noch einen Blick von ihr zu erhaschen. Sie gibt dem Chauffeur ein Zeichen und geht der Frau ein Stück entgegen; aus dem Augenwinkel sieht sie, daß Roëll ihr folgt.
»Was hast du vor?« fragt ihre Privatsekretärin.
Sie antwortet nicht, sie wartet auf die junge Mutter.
»Die Zeit. Wir müssen die Zeit im Auge behalten«, sagt Roëll.
Dann steht die Frau vor ihr, sie ist ein wenig außer Atem.
»Sind Sie zu spät aufgebrochen?«
»Ja, ich ...«
»So ein goldiges Mädchen. Wie heißt du?«
Das Kind, das höchstens zwei sein kann, schaut sie mit großen blauen Augen an.
»Na, wie heißt du?«
»Anne«, flüstert das Kind.

»Hanne«, sagt die Mutter.
Sie zieht den rechten Handschuh aus. »Das H ist nicht einfach.« Sie streicht dem Kind über die Wange. Es erschrickt und drückt das Gesicht an den Hals der Mutter. »Und wie ist Ihr Name?«
»Anna Kaan, gnädige Frau.«
Na bitte, die weiß, wie sie es mag. »Ist die Zeit heute vormittag schneller vergangen als gedacht?«
Die Frau schaut sie an. Ihr erschrockener Blick weicht einem Lächeln. Sie antwortet nicht. Das Fahrrad, das an ihrer Hüfte lehnt, rutscht langsam ab und schlägt auf den Asphalt.
Die Königin streckt unwillkürlich beide Arme aus.
»Ist nicht schlimm«, sagt die Frau.
»Wir müssen fahren«, sagt Roëll, die irgendwo hinter ihr steht.
Es werden doch noch Fotos gemacht, sie sieht es nicht, sie hört es. Aufreizend nah ist das Klicken. *Königin macht spontan kleinen Umweg.* Noch eine mögliche Schlagzeile für morgen. »Sie hören es«, sagt sie zu der Frau. »Wir müssen fahren. Auf Wiedersehen, Hanne.«
»Auf Wiedersehen, gnädige Frau«, sagt die Mutter. »Danke.«
»Wofür?«
»Daß Sie sich die Mühe gemacht haben ...«
»Ich bitte Sie«, sagt sie. Als sie sich umdreht, steht nicht Roëll, sondern Jezuolda Kwanten hinter ihr. Auf Tuchfühlung. Warmer Atem streicht an ihrem Gesicht entlang. Die Schwester scheint sich die Poren und Unreinheiten in der Haut ihres Modells einprägen zu wollen. Damit ihr Bronzekopf möglichst naturgetreu ausfällt. Die Schwester aus der Kongregation der Schwestern der Liebe tritt zur Seite und folgt ihr mit einem Schritt Abstand zu den Wagen.

Sie winkt ein letztes Mal in Richtung *Polderhuis*, wo der Bürgermeister und seine Frau am Tor stehen und höflich auf ihre Abfahrt warten. Dann fallen sämtliche Autotüren zu. Noch bevor sich der Wagen in Bewegung setzt, hat Roëll wieder Papiere zur Hand genommen, in denen sie ungeduldig blättert. Die Königin zündet sich eine Zigarette an. Der Wagen biegt nach rechts ab und fährt sehr langsam auf den Dorfrand zu. Beim Hinausschauen sieht sie einen Friedhof, der direkt hinter dem *Polderhuis* liegt. Das ist ihr eben weder aufgefallen noch gesagt worden. Sie kommen an einem Wasserturm und einem Schöpfwerk vorüber. Am äußersten Rand des Dorfes steht eine Mühle am Fuß eines Deichs.
»Das mit den Ziegen ...« beginnt Roëll.
»Ja?«
»So etwas kann man doch nicht machen.«
»Wieso nicht?«
»Bei allem Respekt, aber Ziegen!«
»Ja?«
»Wie kommen die nach Soestdijk?«
»Das hat van der Hoeven schon arrangiert.«
»Und diese Frau mit dem Kind.«
»Sie hat sich verspätet, das kann jedem passieren.«
»Man kann so etwas auch übersehen.«
»Ich will so etwas nicht übersehen. Es ist doch auch nett für sie, für das Kind. An diesen schönen, sonnigen Tag im Juni wird die Familie immer zurückdenken.« Sie zieht an ihrer Zigarette. »Nicht, daß ich es deshalb tue, natürlich nicht.«
Roëll preßt die Lippen zusammen und schaut in ihre Papiere.
»Versuch dich doch mal in die Leute hineinzuversetzen. Kommt es nun auf die paar Minuten an?«

Darauf geht Roëll nicht ein. »1846«, sagt sie. »Der Polder trägt den Namen der Gemahlin König Wilhelms II.«
»Das brauchst du mir nicht vorzulesen. Wie heißt der nächste?«
»Warners.«
»Was steht auf dem Programm?«
»Eine Wasserskivorführung. Nachmittags um halb drei auf dem Oude Veer.«
»So?«
»Der vierte Teil ist Barfußwasserski.«
Die Königin drückt ihre Zigarette aus und zieht den rechten Handschuh an. Sie starrt aus dem Fenster. Hier ist manches wieder ein klein wenig anders als in der vorigen Gemeinde. Die Straßen, die Bauernhöfe, man sieht weniger Grasland. Wenn sie doch diese Wasserskivorführung schon hinter sich hätte. Auch da werden wieder Senioren sein. Wenn sie doch Den Helder schon hinter sich hätte. Sie sehnt sich nach der *Piet Hein*, seit Monaten ist sie nicht mehr auf der Motoryacht gewesen. Das polierte Birnenholz, die grün gepolsterten Rietveld-Sessel, die Etagenkojen. Papi – wenn er denn kommt – in der oberen Koje. Und sonst ein entspanntes Gespräch mit van der Hoeven, der geöffnete Barschrank in Reichweite. Morgen früh vielleicht selbst ein Weilchen steuern, oder wenigstens dem Skipper über die Schulter blicken. In zwei Monaten ein paar Tage am Stück auf der Yacht, anläßlich der Flottenparade bei den Harlinger Fischereitagen. »Barfußwasserski«, sagt sie. »Wie kommt man nur auf so was.«

Stroh

Ich werde nie wieder etwas feiern. Nie. Wann sollte ich auch? Goldene Hochzeit nur mit Söhnen, nein. Nie wieder. Stroh ist längst nicht so hart, wie man meinen könnte. Wenn man sich auf Stroh setzen oder legen will, muß man wissen, wie. Man muß hin und her rutschen wie Kühe oder Schafe, die sich scheuern, so lange rutschen, bis alle harten, stechenden Halme einen Platz gefunden haben. Ich weiß genau, wie man's macht; ein Dreivierteleben Erfahrung mit Stroh. Es sind nicht bloß ein paar Ballen, es sind Hunderte. Was soll das Stroh hier eigentlich noch? Wozu ist es gut?

Sie liegt auf dem Rücken und starrt zu der Stelle im Dach hinauf, an der ein paar Ziegel fehlen. Mit einer Tochter wäre es anders gewesen. Die hätte nicht nur getrunken und gefressen. Die hätte nicht über den Zoo gemeckert, in dem sich das Nachmittagsprogramm abspielte. Sie hätte ein Album mit Fotos und Anekdoten zusammengestellt, sie hätte ein Lied gedichtet, »nach der Melodie von dem und dem«, eins mit Reimen und zum Lachen, und das wäre von viel mehr Enkelkindern gesungen worden als von diesem einen, das auch noch geschmollt hat und frech wurde. Eine Tochter hätte sich neben ihren Stuhl gehockt und leise gefragt, ob alles so sei, wie sie es sich gewünscht habe. Die Mistbengel haben nur getrunken und gelacht, viel zu laut und über nichts, und Zeeger hat mitgemacht, abgesehen vom Trinken. Zeeger trinkt nie.

Durch die Lücke genau über ihr fällt eine staubige Bahn Sonnenlicht schräg in die Stallscheune. So schräg, daß es später Nachmittag sein muß. Freitag nachmittag.

Vor ein paar Stunden, bevor sie die Leiter hinaufgestiegen ist, hat sie die Lampe angeknipst. Jetzt ist es noch hell, aber

in der Nacht wäre es hier dunkel gewesen. Dagegen hat sie vorgesorgt. Sie hat die wacklige Leiter hinter sich hochgezogen, sie an die aufgeschichteten Strohballen gelehnt und dann das Hochklettern und Hochziehen noch einmal wiederholt. Auf einem härteren Strohballen neben ihr liegen eine Wasserflasche, eine Packung Bokkenpootjes – ihre Lieblingskekse –, eine Flasche Eierlikör und der Paradedegen, der normalerweise unter den Bücherbrettern hängt. Etwas weiter weg die wacklige Leiter.
Die Luft hier drin steht; obwohl die Seitentüren und großen Hintertüren weit geöffnet sind, spürt man keinen Hauch. Sie richtet sich auf und greift nach der Flasche Wasser, anderthalb Liter. Beim Trinken betrachtet sie das Gerümpel auf dem Boden über der Milchkammer, schräg gegenüber vom Strohboden. Ein Wäschekorb, Blumenzwiebelkisten, ein verrosteter Boiler, Dachziegel, ein alter Mantel (hellblau), Zinkwannen, ein Kettcar, eine Kiste mit Jutesäcken voll Schafwolle. Die drei runden Fenster mit den schmiedeeisernen Verzierungen, eins direkt unterm First, zwei etwas tiefer, über den beiden Türen am Ende des langen Quergangs, erinnern sie an eine Kirche. Überall haben sich Dachziegel gelöst und sind nicht ersetzt worden, trotz des Ziegelvorrats, den sie gerade gesehen hat. An all diesen Stellen fällt Sonnenlicht herein.
Unter sich hört sie das Scheuern und Stöhnen des Stiers. Dirk. Ein überflüssiger Klumpen Fleisch. Sonst ist es still, so still, wie es nur an einem heißen Junitag sein kann. Die Schwalben fliegen fast lautlos ein und aus. Sie schraubt die Flasche wieder zu, hebt sie hoch, um zu sehen, wieviel Wasser noch drin ist, und legt sie neben sich. Als das Stroh ausgeknistert hat, hört sie Schritte. Sehr schnelle Schritte. »Dirk!« ruft eine helle Stimme. Dieke. Die Kleine weiß

nicht, daß ihre Oma hier ist. Als die Schritte schon fast die Türen erreicht haben, ruft das Kind: »Onkel Jan!« Dirk beginnt zu schnauben. Dieke sagt noch etwas, aber das ist nicht zu verstehen. Kurz darauf ist es wieder still. Sie läßt sich vorsichtig zurücksinken, und nachdem sie kurz hin und her gerutscht ist, liegt es sich wieder ganz anständig auf dem Stroh. Soweit es sich noch auf irgend etwas anderem als einer weichen Matratze ganz anständig liegt, wenn man erst einmal über Siebzig ist. Sie kratzt sich langsam und ausgiebig den Bauch und reibt sich dann mit beiden Händen übers Gesicht.

Was soll der Stier hier noch? Weshalb verkauft Klaas das Riesenvieh nicht? Sie starrt durch die Lücke im Dach nach draußen. Ein kleines Rechteck Draußen. Gerade so viel, wie sie jetzt ertragen kann. Ich werde nie wieder etwas feiern. Nie. Wir können das nicht, feiern. Wir sagen immer genau das Falsche. Im Zoo sind die Jungs mit Gesichtern wie drei Tage Regenwetter herumgelaufen. Eine Tochter hätte Fotos gemacht oder ab und zu etwas gesagt wie: Schau mal, ein Pavian! Ich hab noch nie einen Pavian gesehen!

Irgendwo in der Scheune knackt es. Ein trockenes, dumpfes Knacken, und es muß etwas Größeres sein. Die Kehlbalken? Die Bretter des Heubodens? Die großen Türen?

Staub

Sechs Fenster hat das Wohnzimmer. Dieke schaut durch das Fenster mit dem Sprung. Sie sieht ein Stück Rasen, das vom Vorderhaus bis zur Straße reicht. Mitten auf dem Rasen steht eine riesige Blutbuche. Die Blätter bewegen sich nicht, auch das ungemähte Gras steht ganz still.

Dieser Sprung stört sie, schon sehr lange. Sie hat Angst, daß die Scheibe jeden Moment herausfallen könnte, vielleicht, wenn sie gerade davorsteht. Dieke seufzt und geht aus dem Wohnzimmer, über den Flur und in die Küche. Ihre Mutter sitzt rauchend am Tisch. »Was seufzt du so«, sagt sie.
Dieke gibt keine Antwort. Sie stellt sich ans Fenster und winkt mit beiden Armen ihrem Opa zu, den sie gegenüber, hinter dem breiten Wassergraben am Ende des Hofs und hinter Omas Gemüsegarten, an seinem eigenen Küchenfenster stehen sieht. Wenn Bettücher an der Wäscheleine hängen würden oder Hosen und Handtücher, könnte sie ihren Opa nicht sehen. Er winkt nicht zurück. Die Sonne scheint fast schon in die Küche. Opa geht vom Fenster weg. Sie seufzt noch einmal tief.
»Wo ist Onkel Jan?« fragt sie.
»Ist Jan da?«
»Ja«, sagt Dieke. »Er ist eben über die Brücke gekommen.«
»Ich weiß nicht, Dieke. Irgendwo hinten wahrscheinlich.«
»Wieviel Uhr ist es?«
»Sechs.«
»Essen wir gleich?«
Ihre Mutter dreht den Kopf in Richtung Herd, auf dem keine Töpfe stehen. »Ja«, sagt sie. »Du kannst ihn ja mal suchen.« Sie drückt ihre Zigarette in dem überquellenden braunen Aschenbecher aus.
Dieke gleitet auf Socken über den Laminatboden. Auf der Kokosmatte hinter der Tür stehen ihre gelben Gummistiefel. Sie zieht einen Stiefel an, und noch während sie in den zweiten schlüpft, läuft sie los, weshalb sie nach vorn fällt. »Macht nichts, tut nicht weh«, sagt sie zu sich, als sie sich aufrappelt. In dem langen Gang, der das Vorderhaus von

der Stallscheune trennt, ist es kühler als in den Wohnräumen. Der Betonboden ist knochentrocken. Wenn der Boden feucht ist, kommt Regen, das weiß sie. Es kommt kein Regen. Vom Gang springt sie über die beiden Betonstufen in die alte Milchkammer hinauf. Dahinter ist die Stallscheune. Sie bleibt kurz stehen und schaut nach oben. »Tut nicht weh, tut nicht weh.« Die Scheune ist sehr groß und dämmrig, sogar jetzt, wo alle Türen weit offenstehen. Die größten Türen sind an der Rückseite, etwa dreißig Schritte von hier, große Schritte. Ein riesiges Viereck aus hellem Licht, so hell, daß sie die dicken Balken auf den vier Pfosten nicht mehr sehen kann, als sie wieder zum Dachfirst hinaufschaut.
Sie fängt an zu rennen. Auf halbem Wege ruft sie ganz laut: »Dirk!« Der Stier dreht seinen großen Leib in die Richtung, aus der die Geräusche kommen, aber Dieke schaut gar nicht zu dem Tier hin. Sie rennt weiter. In der Türöffnung bleibt sie stehen. Vor ihr liegt der Schlagschatten des Bauernhofs, er reicht fast bis zur Beischeune. Eine der beiden Türen hängt schief in den Angeln. Neben der Beischeune ist auf der einen Seite der alte Misthaufen, auf der anderen steht ein Betonsilo mit weißen Schimmelflecken. Der Mist auf der Betonplatte ist pechschwarz, darin wimmelt es von Angelwürmern. Im Silo wächst Holunder.
Irgendwo hinten, hat ihre Mutter gesagt. Hinten ist sehr groß. In der Beischeune? Hinter den Grashaufen mit der Plane drauf? Oder sogar auf den Weiden? »Onkel Jan!« brüllt sie. Hinter ihr, im halbdunklen Bauch der Stallscheune, fängt der Stier zu schnauben an. »Dich ruf ich doch nicht«, sagt sie, ohne sich umzusehen. Sie geht ein paar Schritte und schreit noch einmal, noch lauter.
»Hier.«
»Wo ist hier?!«

»Hinter der Beischeune.«
Sie kann sich entscheiden: zwischen der Beischeune und dem Silo durchgehen, aber da stehen diese hohen Stechpflanzen, oder auf dem Weg am breiten Wassergraben entlang und dann noch ein kleines Stück nach rechts. Sie entscheidet sich für den Weg und wirbelt mit ihren gelben Stiefeln Staub auf. »Denk an den Graben«, sagt sie zu sich. »Denk an den Graben, denk an den Graben.« Als sie den Rücken ihres Onkels sieht, schaut sie sich um. Die Staubwolke, die über dem Weg hängt, senkt sich nur ganz langsam. Ihr Onkel sitzt auf einem Dammzaun. Bei ihm angekommen, packt sie mit beiden Händen das oberste Brett. Vorsichtig stellt sie einen Fuß auf das unterste, und erst, als sie sicher steht, auch den anderen. Onkel Jan sagt nichts und schaut sie auch nicht an. Er ist jemand, der nicht so schnell etwas sagt. Sie steht nun mit beiden Füßen auf dem zweituntersten Brett, und ihr Oberkörper ist schon nach vorn geneigt. Jetzt wird es schwierig. Sie muß sich am obersten Brett festhalten, damit sie nicht das Gleichgewicht verliert, aber wenn sie aufs dritte Brett steigt, fällt sie bestimmt nach vorn, mit dem Gesicht auf die harte, rissige Erde hinter dem Zaun. Einen Augenblick bleibt sie, wo sie ist, sie weiß nicht, ob sie weitermachen, aufhören oder lieber wieder runterklettern soll.
»Geht's nicht?«
»Nein«, sagt sie.
Ihr Onkel springt auf den Boden, auf der anderen Seite des Zauns, und packt sie unter den Achseln. Als er sie hochhebt, schwingt sie selbst ihre Stiefel übers oberste Brett und setzt sich. Genau wie Onkel Jan, der auch wieder hochgeklettert ist, aber seine Beine sind viel länger, seine Füße stehen auf dem zweiten Brett, ihre auf dem dritten. Sie klammert sich

fest, um nicht nach vorn oder, noch schlimmer, nach hinten zu fallen. Sie seufzt tief.

»Geht's immer noch nicht?«

»Nein«, sagt sie.

»Halt dich an meinem Arm fest.«

Das tut sie, und so ist es besser. Solange sie sich an Onkel Jan festhält, kann sie nicht fallen. Sie rutscht lieber nicht hin und her, denn der Zaun ist alt, ein Zaun, an dem die Kühe genagt haben.

Onkel Jan schaut in die Ferne. Gras, gelbliche Stoppeln auf dem Land von Nachbar Brak, blauer Himmel. Es gibt keine Kühe auf den Weiden und auch keine Schafe. Gar nichts gibt es auf den Weiden. In einiger Entfernung steht ein zweiter Dammzaun und dahinter ein dritter. Eine Trekkerspur führt schnurgerade von einem zum nächsten. Wo Kühe hingeschissen haben und das Gras etwas höher ist, sind schon die ersten Schatten. Die großen Windräder hinter dem dritten Zaun drehen sich nicht. Dieke spürt die Abendsonne im Nacken.

»Was machst du?« fragt sie.

Es dauert zu lange, ihr Onkel antwortet nicht. Zeit für eine neue Frage. »Warum sitzt du hier?«

»Darum.«

»Darum?«

»Nur so, weil mir das gefällt.«

»Ach so«, sagt Dieke. »Bist du mit dem Zug gekommen?«

»Ja.«

»Aus Den Helder?«

»Ja.«

»Hat Oma dich abgeholt?«

»Nein, Opa.«

»War's warm im Zug?«

»Sehr warm.«
»Hat er keine Verspätung gehabt?«
»Doch, natürlich. Die Schienen hatten sich ausgedehnt, durch die Hitze.«
»Ah. Ich war heut nachmittag im Schwimmbad.«
»Hast du schon dein Schwimmabzeichen?«
»Ich bin doch erst fünf!«
»Entschuldige.«
»Aber das Zeugnis hab ich.«
»Was für ein Zeugnis?«
»Na, daß ich durch einen Reifen getaucht bin, mit dem Kopf ganz unter Wasser.«
»Das ist gut.«
»Ja«, findet Dieke selbst auch. »Evelien hat sich nicht getraut.«
»Wer ist das?«
»Meine Freundin.«
»Ach, die.«
Dieke kann ihm anhören, daß er keine Ahnung hat, wer Evelien ist. »Oma traut sich auch nicht mit dem Kopf unter Wasser.«
»Ja, das ist ganz schlimm. Oma ist dreiundsiebzig und hat immer noch kein Schwimmabzeichen.«
»Du hast keinen Führerschein.«
»Da triffst du meinen schwachen Punkt, Dieke.«
Sie wartet einen Moment. »Oma ist doof.«
»So? Warum?«
»Darum.«
Keine Kühe, die zur Weide trotten und mit ihren Füßen den Staub aufwirbeln würden, auf dem Weg, an dem immer noch ein Elektrozaun steht. Es ist still, den Vögeln ist es auch zu warm zum Singen. Dann ist ein dumpfer Schlag zu

hören, wie von Holz auf Beton vielleicht. Dieke erschrickt, sie packt den Arm ihres Onkels noch fester.
»Was kann das gewesen sein, Dieke?« fragt Onkel Jan.
»Ich weiß nicht«, piepst sie.

Mulm

Klaas hat im alten Kuhgang in einem Sessel gesessen, den ein Bekannter dort abgestellt hat, weil der alte Kuhgang ein trockener und billiger Lagerraum für Möbel ist, die man gerade nicht gebrauchen kann. Er hat den Schwalben zugeschaut, die aus- und einflogen und mit weit aufgesperrten Schnäbelchen Mücken aus der Luft sammelten. Vom Stroh kamen keine Geräusche. Aus der Stierbox schon. Dieke ist eben noch daran vorbeigelaufen. Sie ist immer sehr ängstlich in der Scheune.
Jetzt sitzt er nicht mehr im Sessel. Er geht zur offenen Schiebetür. Als er sie ein Stück zuziehen will, kippt sie langsam nach vorn und knallt auf den Beton. Das Holz splittert kaum, es besteht innen nur noch aus Mulm, und bei dieser Trockenheit zerfällt es einfach. Er zieht ein Päckchen Shag aus der Gesäßtasche, und während seine Finger eine Zigarette drehen, stößt er mit dem Schuh gegen die Reste der Tür.
Links von ihm ist das alte Spülhaus, der Anbau, in dem früher die Milchkannen geschrubbt wurden und jetzt Maschendrahtrollen auf dem staubtrockenen Boden stehen. Dach-Hauswurz quillt aus der Dachrinne wie überkochende Milch, und darunter steht die Schubkarre mit dem toten Schaf, das alle viere steif in die Luft streckt. Er weiß nicht mehr, wie lange es her ist, daß er das Tier aus einem Wassergraben gezogen hat, er weiß nicht mehr, warum er nicht

sofort bei der Tierkörperbeseitigung angerufen hat, er weiß nicht, warum er es nicht jetzt noch tut. Das Schaf liegt hier schon so lange, daß es nicht mehr stinkt, trotzdem bleibt es ein Schaf.

Er sieht seinen Bruder und seine Tochter nebeneinander auf dem Dammzaun sitzen. Jans Rücken ist naß. Dieke hat ihre gelben Stiefel an. Langsam geht er zu ihnen. Er legt die Unterarme aufs oberste Brett.

»Hallo, Papa«, sagt Dieke.

»Hallo, Dieke.«

»Klaas«, sagt sein Bruder.

»Jan.«

»Hast du was kaputtgemacht, Papa?« fragt Dieke.

»Nein, Dieke, es ist von selbst kaputtgegangen. Lag am Wetter oder am Alter.« Klaas pult morsches Holz aus dem Dammpfahl und sieht ihn plötzlich in Flammen stehen, vor Jahren, als er und Jan am 1. Januar ein paar übriggebliebene Böller in die Hohlräume gezwängt hatten. Böller angezündet, Explosion abgewartet, weggegangen, eine halbe Stunde später mit anderen Dingen im Kopf zurückgekommen und den Dammpfahl gemächlich brennen sehen. Wie ein Riesenstreichholz. Erst jetzt zündet er sich seine Selbstgedrehte an.

»Willst du runter?« fragt sein Bruder Dieke.

»Ja, bitte«, antwortet sie.

Jan rutscht vom Zaun und hebt Dieke herunter. Er stellt sie neben Klaas auf den Boden.

»Onkel Jan ist sehr stark«, sagt sie.

»Was hast du vor?« hört Klaas sich fragen. Das fragt er praktisch immer, als ob sein Bruder nie ohne einen bestimmten Grund nach Hause kommen könnte. Aber er denkt sich nichts bei der Frage.

»Malen.«

Klaas schaut seinen Bruder an. Malen, was kann das nun wieder bedeuten? Er fragt nicht weiter. »Komm, Dieke, wir essen gleich.«

»Ißt du bei Oma?« fragt Dieke Jan.

»Heute werd ich bei Opa essen.«

»Kann der denn kochen?«

»Ich weiß es gar nicht.«

»Wo ist denn Oma?«

Klaas schaut wieder seinen Bruder an.

»Die ist gerade nicht da«, sagt Jan. »Aber das stört dich sicher nicht besonders?«

»Nein. Bist du morgen auch noch hier?«

»Aber ja. Den ganzen Tag.«

»Toll! Gehst du auch ins Schwimmbad?«

»Nein, ich geh nicht schwimmen, ich werde arbeiten.«

»Warst du früher oft im Schwimmbad?«

»Man hat mich da kaum weggekriegt.«

»Und warum gehst du jetzt nicht hin?«

»Ich hab was anderes zu tun.«

»Schade.« Dieke dreht sich um und rennt weg.

Auch Klaas wendet sich ab. »Ich seh dich noch.«

»Ja, klar«, sagt Jan.

Dieke schreit wieder »Dirk!«, während sie durch die Scheune rennt. Es klingt dumpf, als würden der leere Raum der Stallscheune und der Staub von fast hundert Jahren ihre Stimme dämpfen. Alle Stiere heißen Dirk, solange Klaas denken kann.

»Ich komme gleich, Diek«, ruft er seiner Tochter nach, die schon an der Tür zur alten Milchkammer ist.

Sie antwortet nicht, ihre Beine in den gelben Stiefeln ren-

nen weiter. Dirk hat seinen Quadratschädel zwischen den Eisenstäben der Box durchgeschoben.
»Klaas?« tönt es von oben.
»Ja.«
»Hast du schon mit Jan gesprochen?«
»Ja.«
»Du mußt ihm sagen, daß er aufhören soll.«
»Womit?«
»Ach, womit, aufhören eben. Es muß Schluß sein. Mit allem. Nie kriege ich ihn mal zu sehen, immer ist er nur da oben auf Texel. Ja, wenn's was zu feiern gibt, dann kommt er, und dann zieht er die ganze Zeit einen schiefen Mund wie neulich im Zoo. Mistbengel seid ihr.«
Klaas blickt sich um. Er ist doch allein hier?
»Bist du noch da?«
»Natürlich.«
»Ihr steckt alle unter einer Decke. Du und dein Vater und Jan. Johan auch.«
»Johan?«
»Ja, Johan.«
»Wann kommst du runter?«
»Das ist meine Sache.«
»Hast du keinen Hunger?«
»Nein.«
»Gut, ich esse jetzt.«
»Tu, was du nicht lassen kannst.«
Klaas wartet ab, ob das alles war. Er krault Dirk zwischen den Augen.
»Ich werde nie wieder etwas feiern. Nie!«
Danach kommt nichts mehr. Er wirft seine Kippe auf den Boden und tritt sie sorgfältig aus. Dann geht er durch die Seitentüren auf den Hof. Auf der Straße radelt eine junge

Frau vorbei, die ihn grüßt. Er hebt die Hand, obwohl er die Frau so schnell nicht erkennt, weil er nach ihren Beinen schaut. Does, der schokoladenbraune Labrador seiner Eltern, sitzt auf der anderen Seite des Wassergrabens. Als hätte ihm jemand verboten, die Brücke zu betreten. Die Zunge hängt ihm aus der Schnauze, und sein Schwanz klopft träge auf den gepflasterten Weg zwischen der Holzbrücke und der Seitentür des Hauses. Seinen Vater sieht Klaas nirgends. Als er zu den Küchenfenstern geht, um nachzuschauen, ob das Essen fertig ist, stößt er sich den Kopf am Wassertrog. Den hat sein Vater vor langer Zeit an die Wand geschraubt, um ihn im Frühjahr mit bunten Sommerblühern zu bepflanzen.
»Verdammt noch mal!«
Schon seit Jahren wächst Gras darin.

Gold

Dieke schleicht die Treppe hinunter. Sie weiß, daß es sehr früh ist, deshalb das Schleichen. Unten fühlt sie sich wohl. Nicht, daß sie oben Angst hätte, aber um ihr Zimmer herum ist so viel Platz, ein paar leere Räume und dieses hohe Spitzdach; und die nackte Birne an einem der Querbalken gibt zu wenig Licht.
Die Schlafzimmertür ihrer Eltern steht weit offen. Drinnen ist es orangerot, das liegt an den Vorhängen. Sie betrachtet ihre schlafenden Eltern auf dem riesigen Wasserbett, sie scheinen leicht zu schaukeln. Ihre Mutter ist fast ganz unter der Bettdecke versteckt, ihr Vater halb entblößt. Früher hatte sie Mama zu dieser Tageszeit für sich allein. Sie zieht sie an dem Arm, der nicht bedeckt ist.

»Ich hatte dich doch schon gehört«, sagt ihre Mutter. »Du brauchst mich nicht am Arm zu ziehen.«
»Wo ist Onkel Jan?« fragt Dieke.
Ihre Mutter schaut auf den Wecker. »Es ist sechs Uhr, Diek. Der liegt im Bett, was sonst? Alle Leute liegen um sechs noch im Bett. Außer Bauern.«
»Wann steht er denn auf?«
»Später«, seufzt ihre Mutter. »Und du gehst besser auch wieder ins Bett.«
»Ich will zu dir.« Ohne ihre Erlaubnis abzuwarten, legt sie sich neben sie. Es schaukelt. Fast wie im Schwimmbad, das heißt, wie auf dem Holzfloß im Nichtschwimmerbecken, in das sie auch schon darf, mit Schwimmflügeln.
»Aber stilliegen, ja«, sagt ihr Vater.
»Gib mal deine Beine.«
Ihre Mutter legt sich auf die Seite und zieht die Beine an. Dieke schiebt ihre Füße zwischen die hochgezogenen Oberschenkel. Auch jetzt im Sommer, wo sie fast immer warme Füße hat, ist das schön. Aber im Winter ist es am schönsten, und die Schenkel fühlen sich dann nicht feucht an. Einen Moment liegt sie ruhig auf dem Rücken und starrt den roten Vorhang an.
»Bleibt er heute noch?«
»Ja, Diek«, antwortet ihre Mutter schläfrig. »Ich nehme an, er bleibt den ganzen Tag.«
»Warum geht er dann nicht ins Schwimmbad?«
»Weil er was anderes zu tun hat«, sagt ihr Vater.
»Find ich komisch. Wenn's so warm ist, geht man doch ins Schwimmbad.«
»Schlafen, Diek«, sagt ihr Vater. »Sofort.«
Dieke schließt die Augen und faltet die Hände auf dem Bauch. Schlafen, denkt sie, sofort. Und sie schläft ein.

Drei Stunden später steht sie auf der breiten Fensterbank in der Küche, ihre Mutter ist im Keller. Sogar die braunen Fliesen unter ihren Füßen sind warm. Außer ihrer Unterhose und einem Hemdchen hat sie noch nichts an. Eine einzige Pflanze steht hier. Eine Art Kaktus, das weiß sie, aber ein Kaktus ohne Stacheln. Sie wartet darauf, daß ihr Opa in Sicht kommt. »Wo ist Oma, wo ist Oma«, summt sie. »Bleib doch weg, bleib doch weg.« Sie hält das Gleichgewicht, indem sie die Stirn an die Scheibe drückt, und reibt kurz über ihren rechten Oberarm, da hat sie einen blauen Fleck. Das Gras in dem rostigen Wassertrog bewegt sich nicht.
Dann sieht sie ihren Opa, er hantiert mit irgendwelchen Sachen auf dem Schränkchen unter seinen Küchenfenstern. Vielleicht kocht er Kaffee. Für Onkel Jan. Sie fängt an zu winken, mit beiden Armen zugleich, immer wilder. Erst als sie rückwärts von der Fensterbank fällt und nicht auf dem Boden landet, merkt sie, daß ihre Mutter aus dem Keller zurückgekommen ist. Sie spürt Hände unter ihren Achseln und tritt mit dem rechten Fuß den Kaktus ohne Stacheln um.
»Unglaublich!« sagt ihre Mutter. »Weshalb stehst du bloß immer am Fenster?«
»Au!« kreischt sie.
»Was ist?«
»Mein Fuß!«
»Jetzt schau dir das an, Schmier auf der Scheibe.«
Aber der Kaktus ist auf den Boden gefallen, und Dieke sieht sich nicht nach dem Schmier auf dem Fenster um. Irgendwas steckt zwischen den Wurzeln, etwas, das früher mal geglänzt hat. Sie kniet sich auf den Boden, wo die Erde und die Topfscherben liegen, und berührt das Ding mit dem Zeigefinger.

»Und jetzt auch noch dreckige Knie!«
Sie hört kaum, was ihre Mutter sagt, die sich seufzend an den Küchentisch gesetzt hat und eine Zigarette anzündet. Es sieht wie ein Ring aus. Sie reibt noch mehr feuchte Erde ab und fängt vorsichtig an zu ziehen. Wurzeln knacken.
»Ja, mach nur alles kaputt. Dieser Weihnachtskaktus hat hier schon gestanden, als dein Vater noch ein Kind war.«
Dieke hört immer noch kaum hin. Sie spuckt auf den Ring und reibt ihn dann an ihrem blütenweißen Hemdchen sauber. Ein goldener Ring, aber nicht für einen Finger.
»Vor drei Jahren noch schön umgetopft. Als ob ich nichts anderes zu tun hätte. Das alte Ding. Mußt du das an deinem Hemd abwischen?« Ihre Mutter steht auf und zieht ihr grob das Hemd über den Kopf, die Zigarette schief zwischen den Lippen. »Also schon wieder in die Wäsche damit.«
»Au«, sagt sie leise, obwohl sie von dem Ausziehen nicht viel spürt. Ein goldener Ring. Aber nicht für einen Finger. Weihnachtskaktus, denkt sie dann. So eine Pflanze heißt Weihnachtskaktus.

Schulp

Samstag, heute ist Samstag. Er sitzt auf dem Bettrand, die Beine eng nebeneinander, Hände auf den Knien. Er pfeift leise. Es ist zehn vor sechs. Er blickt auf seine Hände.
Um fünf nach sechs zupft er das Bettzeug zurecht. Die Sonne ist schon aufgegangen, die großen Bäume im Vorgarten stehen grau und beängstigend reglos im Licht. Zeeger Kaan schüttelt das Kopfkissen auf und legt es wieder hin. Ein Fenster hat die ganze Nacht weit offengestanden, aber man kann nicht behaupten, daß es im Schlafzimmer jetzt kühl

wäre. Es war eine kurze Nacht. Die Hortensien unterm Fenster beginnen zu blühen. Er geht zur Toilette und pinkelt im Sitzen. Hinterher spült er nicht durch, sondern wirft ein paar Blätter Toilettenpapier ins Becken und schließt die Tür so leise wie möglich. Die geerbte Standuhr in der Diele tickt hohl und laut. Er stellt sich den Fliesenboden mit Walnüssen bedeckt vor. Es gibt Leute, die sie frisch essen, hier ißt man nur Walnüsse, die erst einige Tage getrocknet worden sind. Noch etwa vier Monate, dann ist es wieder soweit. Nein, eher fünf.

Bevor er ins Schlafzimmer zurückkehrt, um sich anzuziehen, muß er die Haustür öffnen. Er dreht den Schlüssel um und entriegelt die Obertür; draußen steht die Luft genauso wie drinnen. Dann geht er die Treppe hinauf.

Jan liegt auf dem Rücken, breitbeinig, einen Arm auf dem Bauch. Die Vorhänge sind offen, das Fenster ganz geschlossen, die Bettdecke ist auf den Boden gerutscht. Seine Nase glänzt vor Schweiß, eine Stechfliege sitzt rot und dick auf seiner Stirn. Auf einem Stuhl steht seine Tasche, seine Sachen hat er über die Rückenlehne gehängt. Lange bleibt Zeeger Kaan in der Tür stehen, betrachtet seinen Sohn, die braunkarierten Vorhänge, den Nippes auf dem niedrigen Tischchen, das Bett, in dem Jan liegt, die Stechfliege, die nach einer Weile langsam wegfliegt und sich auf der Dachschräge niederläßt.

Um Viertel vor sieben holt er die Zeitung aus dem Briefkasten. Die Klappe ist trocken, es hat nicht einmal getaut. Mit der Zeitung in der Hand, immer noch in Unterhose und Hemd, geht er auf die Straße. Leer. Der schokoladenbraune Labrador beobachtet ihn vom Weg aus. »Fressen?« fragt Zeeger Kaan. Der Hund bellt.

Er schüttet ihm zwei Becher Hundebrocken in den Napf

und setzt sich mit der Zeitung ins Wohnzimmer. Als er den Teil *Lokales & Regionales* gelesen hat und die Zeitung aufs Tischchen legt, sieht er die leere Stelle unter den Bücherbrettern. »Wie kommt sie bloß auf die Idee«, murmelt er. Dann geht er ins Schlafzimmer, um sich anzuziehen. Er möchte nach draußen, in den Garten hinterm Haus, aber ein Korb Buntwäsche hält ihn noch in der Waschküche zurück. Er füllt die Maschine, stellt den Temperaturregler auf sechzig Grad und drückt auf den Knopf. Nachdem die Trommel sich ungefähr eine Minute gedreht hat, geht er durch die Seitentür hinaus.

Vor und neben dem Haus liegt Rasen und stehen Bäume, hinterm Haus sind die Staudengewächse und weiter hinten noch viel mehr Bäume. Anna beklagt sich schon seit Jahren über die Kastanien im Vorgarten, sie will, daß er sie umsägt, im Sommer findet sie es drinnen »dunkel und düster«. Wasser fließt über eine algenbewachsene Granitkugel und verschwindet zwischen den Kieseln. »Mistschnecken«, sagt er, als er an den Funkien vorbeikommt. Unterm Walnußbaum bleibt er stehen. Der Hund läuft noch ein Stück weiter und setzt sich an den Grabenrand. Sogar dort ist Schatten, wegen der Kopfweiden. Zusammen blicken sie zum Hof hinüber. Als zwei Dohlen auf dem First der Stallscheune landen, rutscht mit großem Lärm ein Dachziegel ab. Die Dachrinne lenkt ihn um, er beschreibt einen Bogen und klatscht auf den Kies. Falls sie noch nicht wach war, ist sie es jetzt. Vor seinen Füßen liegt noch keine einzige Nuß.

Um zehn vor neun füllt er die Kaffeemaschine mit Wasser und schaufelt fünf Löffel Kaffee in den Filter. Er stellt das Kaffeeglas in den Oberschrank des Büfetts zurück, aber dann fällt ihm ein, daß Jan den Kaffee gern stark hat. Als er aufblickt, sieht er gegenüber seine Enkelin auf der Fensterbank stehen. Sie winkt begeistert mit beiden Armen. Seine Schwiegertochter erscheint, eine Pflanze kippt aus dem Bild, und schon ist auch Dieke wieder weg. Er hat nicht einmal Zeit gehabt, zurückzuwinken.

Ein paar Minuten später kommt Jan herunter, barfuß.

»Guten Morgen«, sagt Zeeger.

»Ja«, erwidert sein Sohn.

»Kaffee?«

»Ja.«

Does schlüpft sofort unter den Küchentisch, wo er sich auf Jans Füße legt.

»Gut geschlafen?«

»Geht so.« Sein Sohn reibt sich über die Stirn, greift nach der Zeitung und schlägt den Teil *Lokales & Regionales* auf. Fragt ihn nicht, ob auch er gut geschlafen hat. So allein. Gewisse Vorkommnisse werden offenbar als normal empfunden, auch wenn dazwischen mehr oder weniger viel Zeit vergeht.

»Iß«, sagt er.

»Ist Zwieback da?«

Er holt die Zwiebackdose aus einem Küchenschrank und stellt sie auf den Tisch. Dann läßt er ein Stück Zucker in Jans Kaffee fallen und beginnt zu essen. Sein Sohn ißt auch, schweigend; er liest, was Zeeger vor zwei Stunden gelesen hat. *Grundstein für modernes Schulgebäude gelegt. Blaualgen in Naturbad. Den Helder: Radfahrer angefahren. Nordholländischer Schwimmer im Finale.* »Ich habe Schulp«, sagt Zeeger.

»Wofür?«

»Fürs Saubermachen.«

»Und was genau macht man damit? Does, geh mal weg da.«

Mit einem Seufzer kommt der Hund auf Jans Seite zum Vorschein und schlüpft auf der anderen wieder unter den Tisch. Dort läßt er sich auf die nackten Füße von Zeeger Kaan fallen.
»Scheuern. Stein naßmachen, mit Schulp abscheuern, abspülen.«
»Kann ich mal sehn?«
»Hier.« Er zieht die Füße unter dem Hund weg, geht in die Waschküche und greift nach dem grünen Eimer, in dem fünf Stücke Schulp liegen. Jan ist ihm gefolgt und nimmt eins heraus. Er betrachtet es, streicht mit dem Finger über die glatte, glänzende Seite und bohrt mit dem Daumen ein Loch in die weiche. Genau das gleiche hat er selbst getan, als ihm der Mann von der Natursteinfirma in Schagen das Zeug umsonst überlassen hat.
»Farbe ist in der Garage?«
»Ja. Ich komm eben mit.«
»Nicht nötig, find ich schon.« Jan nimmt ihm den Eimer ab und geht zur Seitentür hinaus. Der Hund zockelt hinterher.
Und jetzt? Was soll er jetzt tun? Warten, bis Jan weg ist. Er schaut auf den Frühstückstisch, die leeren Teller mit Zwiebackkrümeln, eine halbvolle Kaffeetasse, den jungen Käse, der vor sich hin schwitzt. Dann macht er sich ans Abräumen.
Ein paar Minuten später kommt Jan zurück. Er verschwindet im Badezimmer, verläßt es ohne T-Shirt und geht die Treppe hinauf. Kommt in kurzer Hose und ausgetretenen Sportschuhen wieder herunter und holt sein T-Shirt aus dem Bad. Er riecht nach Sonnencreme.
»Du ziehst los?« fragt Zeeger Kaan.
»Gleich.«

»Alles gefunden?«
»Sicher. Du hast einen Platten.«
»Was?«
»Der Hinterreifen ist platt. Von deinem Fahrrad.«
Gar nicht gemerkt, denkt er. Er schaut seinem Sohn nach, der nicht zur Garage geht, sondern über die Brücke, das T-Shirt locker in der Hand. Aha, denkt er. Dann leert er die Waschmaschine und hängt die Hosen, Handtücher und Hemden ordentlich auf die Leine, wobei er in Gedanken in der Garage ist und sich zu erinnern versucht, wo das Flickzeug liegt.

Stroh

Sturm! Nein, kein Sturm. Aber warum dann der Dachziegel? Sie hat geschlafen, sehr tief und trotzdem unruhig, und der abrutschende Ziegel hat sie aus dem Schlaf gerissen. Oder aus einem Halbschlaf, in dem sie sich vielleicht daran erinnerte, wie die Scherben Dutzender glasierter Dachziegel auf dem Hof verstreut waren.
Vor einer Ewigkeit hatte Zeegers Großmutter tot in ihrem Schlafzimmer gelegen, am Morgen nach einem Novembersturm. Der Ofen war kalt, das Öllämpchen aus. Zeegers Vater räumte auf dem Hof die kaputten Dachziegel weg, und sie stand drinnen neben ihrem frischgebackenen Ehemann, ihr nackter Arm berührte seinen. Die Nacht war aufgeteilt gewesen in anschwellenden Wind, ein Toben auf dem Dach, abflauenden Wind. Ein dicker Ast der Blutbuche im Vorgarten war halb abgebrochen, seine kahlen Zweige scheuerten über eine Fensterscheibe. »Da muß eine neue rein«, sagte ihre Schwiegermutter zu ihrem Schwiegervater, als er mit

den Dachziegeln fertig war. »Mit dem Sprung ist das zu gefährlich.« Ihr Schwiegervater öffnete das Kabinettschränkchen. »Erst aufräumen«, sagte er, nahm eine Goldmedaille von einem Brett, hielt sie sich an die Brust und rieb sie sorgfältig an seinem Hemd blank. Sie hatte Zeeger angeschaut, sie wollte, daß er sie auch ansah, ihre Hand drückte, aber er hatte wie angewurzelt dagestanden und in das Gesicht seiner Großmutter gestarrt. Eine friesische Wanduhr tickte durchdringend.
Sie weiß nicht, wo sie ist, und im nächsten Moment *will* sie nicht wissen, wo sie ist. Sie spitzt die Ohren. War es wirklich ein Dachziegel, was sie geweckt hat? Sie schaut zum First hinauf, versucht festzustellen, ob mehr Lücken da sind als gestern nachmittag. Unter ihr ein Scheuern und Schnauben in der Stierbox. Fahlgraues Licht erfüllt die Stallscheune, als wollte es nicht richtig Tag werden. Mühsam richtet sie sich halb auf, reibt sich mit einer Hand den schmerzenden Nacken und erinnert sich an das dumpfe Knacken, das sie gehört hat. Kommt das von ihr selbst? Knacken ihre Knochen? Der Paradedegen liegt noch genauso auf dem Stroh wie gestern, die glatte Lederscheide ist warm und fühlt sich ölig an, ganz anders als ihr trockener Nacken. Sie reißt die Packung Bokkenpootjes auf und ißt ein Fach leer. Dann schraubt sie den Verschluß von der Wasserflasche und trinkt ein paar Schlucke, sie schmecken schal. Sie legt sich wieder hin, diesmal auf die rechte Seite. Ein wenig will sie noch schlafen.
Zeegers Gesicht damals, vor einem halben Jahrhundert. Wie sehr hatte sie sich gewünscht, er würde sie anschauen, es fröstelte sie in diesem Zimmer mit den Sansevierien und Klivien auf der Fensterbank, der scharf tickenden friesischen Wanduhr, der gesprungenen Scheibe, die später doch

nie ersetzt wurde, und ihrer Schwiegermutter, die geschäftig hin und her lief. Aber nein, er hatte starr seine tote Großmutter angeblickt. Er war seinem Platz auf dem Bauernhof um eine Generation näher gerückt.

Draußen geht jemand. Jan, denkt sie, Zeeger und Klaas hören sich ganz anders an. Vielleicht auch nur, weil die beiden meistens Klompen tragen. Kommt er in die Scheune? Sie räuspert sich leise. Nicht, daß sie vorhätte, auch nur einen Ton zu sagen, aber trotzdem. Die Schritte entfernen sich. Sie horcht so angestrengt, daß sie sogar Does trotten hört. Sie schluckt. Es ist still. Jan macht immer eine Runde über den Hof, wenn er zu Hause ist. Vor ihrem geistigen Auge sieht sie ihn, wie er an dem toten Schaf vorbeigeht, dann an dem halb eingefallenen Kaninchenstall, in dem noch Stroh und steinharte Köttel liegen, den rissigen Betonplatten, einem Stapel halb vermorschter Dammpfähle, zum Liegeboxenstall, erst an der Wand entlang, dann durch die Tür, im Futtergang steht noch ein Block eingetrocknete Silage, vielleicht öffnet er sogar die Klotür und wundert sich, daß dort alles so sauber ist, bevor er durch den Futtergang zur Rückseite des Stalls und wieder hinausgeht, am alten Misthaufen vorbei, hinter der Beischeune her, jetzt nach links auf dem trockenen Weg am Wassergraben entlang, wobei auf der linken Seite das Silo und jenseits des Grabens die Pflaumenbäumchen von Kees Brak stehen, und dann schräg zu den großen Scheunentüren ...

Er kommt herein. Sie hört ihn bis zur Stierbox gehen. Nichts sagen, still liegenbleiben. Mistbengel. Ob *er* etwas sagen will? Der Stier schnaubt, seine Hörner stoßen an die Eisenstäbe der Box.

»Ich leih mir dein Rad!« ruft er dann plötzlich.

Nichts sagen, laß es ihn ruhig spüren.

Unten bleibt es lange still. Schließlich entfernt er sich in Richtung Seitentüren. Sie will nichts sagen, bestimmt nicht, aber als sie genau weiß, daß er schon draußen ist, ruft sie: »Laß die Finger vom Kilometerzähler!« Sie schlägt sich auf den Mund. Die andere Hand legt sie auf den Bauch. Kurz darauf hört sie etwas ins Wasser fallen, ein Planschen, Jan, der etwas sagt, das nicht zu verstehen ist. Danach wieder nur das ständige Ein- und Ausfliegen der Schwalben und das Schnauben des überflüssigen Stücks Fleisch. Wann breche ich den Eierlikör an? überlegt sie.

Weihnachtsbäume

Von der Bank neben der Seitentür aus beobachtet Zeeger Kaan, wie sein Sohn Does hochhebt und vorsichtig zum Graben hinunterträgt. »Schwimm!« ruft Jan und läßt den Hund fallen. Jan ist nur von der Brust an zu sehen, jetzt bewegt er sich noch weiter abwärts. »Nein, nicht gleich wieder rauskommen. Du mußt schwimmen und dich dann in den Schatten legen.« Jan dreht sich um und steigt wieder herauf. »Dummer Hund«, hört Zeeger ihn sagen. Als er auf die Seitentür zugeht, kommt Does mit hängendem Kopf und eingekniffenem Schwanz vom Graben her angekrochen. Er bleibt stehen, ohne sich zu schütteln, blickt dem Mann, der ihn ins Wasser geworfen hat, mit halb geschlossenen Augen nach.
»Ich fahr los«, sagt Jan. Er verschwindet in der Waschküche und erscheint kurz darauf mit dem grünen Eimer in der Hand.
»Fein«, sagt Zeeger Kaan. »Ich komm nachher mal kurz vorbei.«

Sein Sohn schaut ihn an. »Sie hat was gesagt.«
Zeeger nickt.
»Ich soll die Finger vom Kilometerzähler lassen.«
»Ha. Was sie immer für Sorgen hat.«
Jan geht um die Ecke in den Garten hinterm Haus. Zeeger Kaan wartet einen Moment. Er wischt sich die Stirn ab und schaut zur Wäsche hinüber, die mit ein bißchen Wind in einer Stunde trocken sein könnte. Does kommt auf ihn zu und schüttelt sich, erst jetzt. »Ja, das tut gut«, sagt Zeeger. Der Hund fiept und legt sich hin, wobei er sich an ein Bein des Gartentischs schmiegt.
Zeeger geht über den Rasen zwischen den Kastanienbäumen zur Straße und blickt in Richtung Dorf. Jan fährt langsam, der Eimer schwankt am Lenker und stößt gegen sein Knie. Er hält an, steigt ab, stellt den Eimer auf den Gepäckträger und befestigt ihn mit den Spannbändern. Kurz schaut er sich um und zum Himmel hinauf, dann setzt er seine Fahrt fort. Zeeger Kaan blickt ihm nach, bis er zu einem Fleck geworden ist, der nach links abbiegt, zum Dorf. Nach Norden hin ist die Straße leer und, wie er feststellt, als er sich umdreht, nach Süden hin ebenfalls. Obwohl es noch früh ist, flimmert die Luft, haben die Stämme der jungen Ulmen an der Straße keinen klaren Umriß mehr. Er kann nicht viel von den Bäumchen sehen, trotzdem schüttelt er mißbilligend den Kopf. Angeblich widerstandsfähig, diese Sorte. Wie die vorige. Genau vor ihm ist ein Wald. Von einem Mann aus der Stadt angepflanzt. Bei seinem ersten Gespräch mit Klaas sagte er: »Ach, weißt du, ich will halt dem Einförmigen, Geraden hier was entgegensetzen«; später fügte er noch hinzu: »Das macht Spaß, so in der Erde wühlen und pflanzen, und man kriegt kostenlos Sauerstoff dafür.« Und: »So bring ich ein bißchen frische Luft in diese

verseuchte Welt, verstehst du?« Ein Wald mitten im Polder. Hoffentlich ohne Ulmen, denn die gehen alle kaputt. Hinter dem Wald, genau im Westen, ist es diesig; ein breiter Streifen fahlgraue Luft kommt heran.
In der Garage begrüßt ihn eine Stimme aus dem Radio. Tag und Nacht plappert und dudelt es vor sich hin, Zeeger Kaan läßt es an, weil er glaubt, daß Musik und Stimmen Einbrecher abschrecken. Seine Frau macht es manchmal aus, für sie klingt es »einsam«, so ein nutzlos und für niemand Bestimmten laufendes Radio. Im Winter bei leichtem Ostwind hört er, wenn er nachts aufwacht, durch den Fensterspalt sehr leise Musik. Für ihn klingt es nicht einsam, das Radio. Er sieht nach, was auf der Werkbank fehlt. Jan hat die weiße Farbe mitgenommen, ein paar Blätter Schmirgelpapier und einen Pinsel. Vielleicht auch einen Lappen, mit Salmiakgeist, es riecht schwach nach etwas Scharfem, und die rote Flasche steht an einer anderen Stelle als sonst. Er geht zur Tür und schaut nach dem Außenhahn. Die Klinker unterm Hahn sind naß, also hat Jan wohl einen Lappen angefeuchtet. Does liegt vor der Tür in der prallen Sonne. »Nun leg dich doch in den Schatten, Hund«, sagt er. Der Hund klopft mit dem Schwanz auf die gelben Bauernklinker, steht aber nicht auf.
Radio Noord-Holland goes classic, sagt eine Frauenstimme, worauf tatsächlich Geigenmusik folgt. Er setzt seine Arbeit von gestern fort. Ein Weihnachtsbaum, der aus siebzehn Brettchen besteht: einem langen senkrechten als Stamm, vier als Standfuß und zwölf als Äste, immer vier auf einer Höhe und nach oben hin kürzer. Der Leim ist getrocknet, jetzt kann er vorsichtig die Kerzenhalter aus Aluminium befestigen. In einer Ecke der Garage steht eine ganze Sammlung von Weihnachtsbäumchen, zum Teil unbehandelt,

zum Teil grün bemalt. Es sind mindestens fünfzig. Das Anbringen der Kerzenhalter ist eine knifflige Angelegenheit, das Material ist empfindlich, und er möchte, daß sie auf allen Astbrettchen an der gleichen Stelle sitzen. Eine Viertelstunde später klopft er den letzten fest und stellt das Weihnachtsbäumchen zu den anderen. In einer Woche ist wieder Kofferraummarkt in Sint Maartenszee. Da sind mit Sicherheit Deutsche, und Deutsche kaufen zu jeder Jahreszeit Weihnachtsbäume, auch wenn die Spatzen vor Hitze tot von den Dächern purzeln. Jetzt fällt ihm der platte Reifen ein. Er nimmt das rote Döschen mit dem Flickzeug von einem Brett und pfeift das Geigenstück mit.

Hortensien

Der Bäcker mit dem schmalen Gesicht steht in seinem gepflegten Vorgarten. Ein Kiesweg führt von der Straße zur Haustür, links und rechts davon sind im Viereck niedrige Buchsbaumhecken gepflanzt. In den beiden Vierekken wachsen Hortensien, deren Blaufärbung er mit altem Kupfer und einem Mittelchen aus dem Gartenmarkt erhält. Sie fangen vorsichtig an zu blühen, aber die Blätter hängen schlaff herunter, ein paar Gießkannen Wasser sind fällig.
»Na, was starrst du Löcher in die Luft?« Ein Mann aus dem Dorf mit seinem kleinen Hund.
»Und was machst du?«
»Ich führ wenigstens den Hund aus.«
»Hab keinen.«
»Weiß ich. Warum schaffst du dir keinen an?«
»Tja.«

»Dann hast du immer einen Grund, aus dem Haus zu gehn.«
»Darf ich nicht mal in meinem eigenen Vorgarten stehen?«
»Aber ja, wieso nicht. Drinnen ist es wirklich nicht zum Aushalten.«
Die Männer schweigen einen Moment. »Fährst du noch in Urlaub?« fragt dann der Bäcker.
»War schon, acht Tage Burgh-Haamstede. Sehr schön. Zeeland. Und du?«
»Vielleicht fahr ich noch.«
»Also tschüs.«
»Ja.«
Der Imbiß *De Eetcorner* gegenüber ist von hohen Zäunen umgeben, schon seit Monaten. Die Fenster sind mit Brettern vernagelt. Laut dem großen Schild auf der Terrasse soll dort ein neues Doppelhaus entstehen. Der Bäcker seufzt und kehrt ins Haus zurück. Aus dem Radio in der Küche kommt klassische Musik. Das ist merkwürdig, Radio Noord-Holland bringt sonst nie Geigenmusik um diese Zeit. Obwohl im Haus niemand ist, der den Sender hätte wechseln können, kontrolliert er, ob das Radio wirklich auf Noord-Holland eingestellt ist. Dann geht er durch den Flur ins Wohnzimmer und zu dem großen Fenster an der Rückseite. In etwa drei Kilometern Entfernung ist eine Parallelstraße, von hier aus an den jungen Ulmen zu erkennen, und zwischen dem Garten hinterm Haus und dieser Straße, dem Kruisweg, nichts als mattgrünes Gras – über dem eine Art Wüstenhimmel hängt, stellt er sich vor. Hinter die Zimmerpflanzen auf der Fensterbank hat er doppelt gefaltete Zeitungen gesteckt. Er weiß nicht genau, wozu das gut ist, aber seine Frau hat es immer gemacht, deshalb tut er es jetzt auch.

Seine Tochter wohnt in Limburg. Zuid-Limburg. Er hat angefangen, das Geigenstück mitzusummen. Einen Hund. Wieso eigentlich nicht? Keinen großen, lieber so einen mittelgroßen, einen ... wie heißen die noch, ein deutscher Name. Schnauzer, richtig. Oder ist das einer, der alle paar Monate zum Hundefrisör muß? Plötzlich hat er genug von der Aussicht. Er geht zurück in den Flur und öffnet die Tür zum Laden. Hier ist es dunkler als in jedem anderen Raum des Hauses, vergilbte Gardinen hängen vor dem riesigen Schaufenster. Sonst hat sich nichts verändert. Der Ladentisch ist noch da, die Brotregale sind noch da; der Schrank, in dem die Honigkuchen, der Zwieback und das Vollkornbrot lagen, steht noch an seinem Platz. Nur daß alles leer ist. Er schaltet die Lampen überm Ladentisch ein paarmal an und aus. *Blom Backwaren* liest er in Spiegelschrift durch die Gardine. »Blom Backwaren?!« hatte seine Frau gefragt, unvorstellbar lange ist das her, aber er hat es noch im Ohr. »Was stört dich an Blom – Bäckerei & Konditorei?« Er hatte irgend etwas von den siebziger Jahren gemurmelt, die vor der Tür stünden. Von einer neuen Zeit, einer anderen Zeit, von einer schönen Beschriftung für den VW-Transporter. »Komischer Vogel«, hatte sie gesagt, aber nicht wirklich böse.

Ein glänzend hellgrauer VW-Kastenwagen, Modell T2a, Baujahr 1968. Heckklappe und seitliche Schiebetür. Wenn er seine Runde begann, war der Laderaum voll mit Brot, Brötchen, Feingebäck, trotzdem kam er problemlos an alles heran. Das schnörkellose VW-Markenzeichen groß und genau an der richtigen Stelle zwischen den Scheinwerfern; Radkappen und Türgriffe verchromt; Sitze und die Verkleidung der Vordertüren aus rotem Leder. Der Händler in Den Helder hatte ihm nicht ohne Stolz erklärt, das Fahrgestell habe an der Frontseite gabelförmige Stahlträger, und »im Falle eines Aufpralls« würde die Lenksäule nach vorn klappen und den Fahrer nicht einklemmen. Vor allem die Samstage, wenn er seine große Runde durchs Umland fuhr, waren am Anfang einfach herrlich gewesen. Am Anfang. Neues Leder und frisches Brot, es kam ihm so vor, als würden diese Gerüche zusammengehören, ja, als wären diese beiden Dinge füreinander gemacht.

Er schaltet die Lampen noch einmal an und aus und geht dann kurz entschlossen in die Küche, wo er die große Gießkanne aus dem Schrank unter der Spüle nimmt.
Während er die Kanne zum dritten Mal unter den Hortensien leert, sieht er aus dem Augenwinkel einen Radfahrer näher kommen, auf der anderen Seite des Kanals, der das Reihendorf durchschneidet. Er richtet sich mühsam auf, die Gießkanne ist schwer, sein Rücken alt. Ein Mann mit einem grünen Eimer auf dem Gepäckträger, in kurzer Hose und T-Shirt. Kurze rote Haare. Anfang Vierzig. »Hm«, macht der Bäcker mit dem schmalen Gesicht. Er stellt die halbvolle Kanne auf den Kies und schaut dem Mann mit den roten Haaren nach, bis er zum *Polderhuis* abbiegt, wo er langsam das Rosenbeet auf der linken Seite umrundet und neben dem Gebäude verschwindet. Der Bäcker greift mit der hohlen Hand in die Gießkanne. Er bleibt leicht gebückt stehen und benetzt sein Gesicht mit dem schon nicht mehr so kühlen Wasser.
»Aha! Jetzt tust du wenigstens was.« Der Mann mit dem Hund ist auf dem Rückweg.
»Was ist das eigentlich für ein Hund?«
»Meiner? Ein Jack Russell. Rauhhaar. Hab ich dich da auf eine Idee gebracht?«

»Ach.«
»Mensch, wie du schwitzt. An deiner Stelle würd ich mich mal einen Moment hinsetzen.«
»Ja, das mach ich gleich.«
»Bald gibt's Regen. Endlich.«
»Meinst du?«
»Ja, mein ich. Stell doch die Gießkanne weg. Nachher fällt das Wasser eimerweise umsonst vom Himmel.« Der Mann aus dem Dorf geht grußlos weiter.
So ein Hündchen nicht, das ist mir zu klein, denkt der Bäcker mit dem schmalen Gesicht. Geistesabwesend gießt er das restliche Wasser auf den Kiesweg, dann geht er durch die offenstehende Vordertür ins Haus, stellt die Kanne auf die Spüle, setzt sich hin und legt beide Hände ordentlich auf die Tischplatte.

Die alte Königin. Die war einmal hier vor dem *Polderhuis*, vor langer Zeit, als der graue VW-Transporter noch glänzte. Zwei junge Zwergziegen hatte sie geschenkt bekommen, von der Gemeinde, glaubt er sich zu erinnern. Was aus denen wohl geworden ist? Ob der Chauffeur sie einfach in den Kofferraum dieses großen schwarzen Schlittens gesteckt hat? Und ob sie dann jahrelang den Rasen hinterm Palais Soestdijk kurz gehalten haben? Ich habe Fotos von dem Besuch, denkt er. Ziemlich viele sogar. Natürlich war sie auch im *Polderhuis*. Ich habe ja den Tisch gesehen, denkt er. Weißes Tischtuch, Teller und Gläser, kleine Vasen mit Gartenwicken. Früh am Morgen hatte ich ganz frisch gebackenes Brot angeliefert. Normales Brot, nichts Spezielles, hatte der Gemeindedirektor ausrichten lassen. Graubrot, Weißbrot, Brötchen, Rosinenbrot. Erst als sie wieder fort war, bin ich meine Runde durchs Umland gefahren. Ja, ich hab Fotos. Nachher; jetzt erst mal ein Weilchen sitzen.

Er schaut zu dem Kalender, der zwischen den beiden schmalen Fenstern hängt. Samstag. Die letzten schwarzen Buchstaben vor den roten. Beim Samstag hat er etwas notiert, das er auf diese Entfernung nicht lesen kann. Aber er weiß auch so, was dort steht. *Essen bei Dinie.* Er wischt nicht vorhandene Krümel von der Tischplatte.

Kaffee

»Schau mal, Papa, ein goldener Ring!«
»Schön«, sagt Klaas. »Woher hast du den?«
»Aus einer Pflanze.«
»Einer Pflanze?«
»Ja, die ist jetzt kaputt. Da hat sie gelegen.« Dieke zeigt auf den Boden.
Er blickt vom Boden zur Fensterbank, auf der ein Weihnachtskaktus schief in einem Plastiktopf steht. Dann betrachtet er eingehend den großen Ring. An irgend etwas erinnert er ihn, etwas von früher. »Steckst du ihn in deinen Beutel?«
»Natürlich.«
»Darf ich mal einen Blick in den Beutel werfen?«
»Natürlich nicht.«
»Warum nicht?«
»Weil es mein Beutel ist.«
»Das leuchtet mir ein.«
»Kann ich ihn jetzt wiederhaben?«
Er gibt seiner Tochter den Ring zurück und blättert raschelnd in der Zeitung. Wenn er sie ausgelesen hat, kommt

sie nach drüben, und die Zeitung von drüben hierhin. Der Frühstückstisch ist nicht abgeräumt, aber der Kaffee für die Zehnuhrpause läuft schon durch. Noch fast ein ganzer Vormittag, denkt er, und danach ein noch viel längerer Nachmittag.
»Mir wär's aber lieber, wenn du den Beutel nicht so weit hinten unterm Bett verstecken würdest«, sagt seine Frau.
»Wieso denn?« fragt Dieke.
»Da liegt Staub.«
»Das macht nichts.«
»Doch, das macht was.«
»Aber sonst sieht bestimmt jemand rein.«
»Ach was. Dein Vater und ich sehen bestimmt nicht rein, wenn du sagst, daß wir's nicht dürfen.«
»Ich will nicht ins Schwimmbad.«
»Was?«
»Ich will zu Onkel Jan.«
»Wo ist der denn?«
»Im Dorf, er ist gerade weggefahren, auf Omas Rad.«
»Hast du dich denn nicht mit Evelien verabredet?«
»Das ist egal. Irgendwas hing an seinem Lenker.«
»Das ist nicht egal.«
»Mir gefällt's nicht im Schwimmbad!«
»Gestern«, erwidert Klaas, »hast du Jan von nichts anderem als vom Schwimmbad erzählt.«
»Ja, gestern! Jetzt ist heute.«
»Wo im Dorf ist denn Jan?« fragt seine Frau.
Ich hab ihn nach nichts gefragt, denkt Klaas. Ich weiß eigentlich von nichts. »Wahrscheinlich auf dem Kirchhof.«
»Friedhof.«
»Hm?«

»Auf dem Friedhof. Wieso nennst du ausgerechnet diesen Friedhof ›Kirchhof‹, die Kirche steht ganz woanders.«
»Ja! Da will ich hin!« schreit Dieke.
»Das würde dir gefallen?«
»Ja, klar! Er hat gesagt, er will arbeiten, dann kann ich ihm doch helfen.«
»Und nach zehn Minuten willst du dann sicher wieder nach Hause? Oder redest nur noch von Evelien? Und vom Schwimmbad?«
»Nein!«
»Kaffee?«
»Gern«, sagt Klaas.
Seine Frau gießt den Kaffee in große Becher. Aus einem Schrank holt sie eine Packung Mandeltörtchen, die sie mit dem Zeigefinger aufreißt. Die Becher und die Mandeltörtchen kommen auf den Tisch zwischen die Teetassen, die Marmelade und die Schokoladenstreusel. Klaas nimmt Milch und Zucker, seine Frau trinkt den Kaffee schwarz. Dieke ist still, läßt den Goldring durch ihre Finger gleiten, verlangt nicht wie sonst quengelnd nach Limonade. Klaas hat die Zeitung weggelegt und sich eine Zigarette gedreht. Seine Frau hat sich schon eine angezündet, keine Selbstgedrehte. Ab und zu schaut er sie über den Rand des braunen Bechers hinweg an. Sie starrt entweder auf den Tisch oder aus dem Fenster, vielleicht auf das verdorrte Gras im Wassertrog. Er weiß nicht, was sie davon hält, von dem Gras, anscheinend stört es sie nicht sehr, jedenfalls hat sie sich nie dazu aufgerafft, den Trog mit etwas anderem zu bepflanzen, mit ein paar Veilchen oder Efeugeranien zum Beispiel. Die Luft in der Küche ist blau vor Rauch.
»Bringst du sie?« fragt sie schließlich.
»Ich?«

»Ja, warum nicht?«
»Ich hab zu tun.«
»Ach nein! Was denn zum Beispiel?«
Sofort antworten, egal was, nicht zögern. »Den Liegeboxenstall ausräumen.«
»Aha.«
»Deshalb.«
Sie steht auf, reißt die Kanne von der Warmhalteplatte der Kaffeemaschine, gießt ein zweites Mal ein. Drückt ihre Zigarette aus, stopft sich ein drittes Mandeltörtchen in den Mund und schaut Dieke, die immer noch mäuschenstill ist, drohend an. »Auf den Friedhof«, murmelt sie. »Wie kommst du bloß darauf.«

Nach dem Kaffee hebt seine Frau Dieke aufs Rad und fährt los. Der Form halber geht Klaas durch den Vorgarten zum Liegeboxenstall, in den er eigentlich gar nicht will. Viel Arbeit wäre es ja nicht. Mit dem Trecker den Block Silage aus dem Futtergang holen, die Kälberboxen ausmisten, mit dem Hochdruckreiniger durch und fertig. Montag. Ich mach's am Montag. Jetzt ist Wochenende, und es kann sein, daß es in zwei Tagen nicht mehr so unerhört warm ist. Er öffnet die Toilettentür. Drinnen riecht es frisch, nach Zitrone, im makellos sauberen Klobecken ist Wasser. Er weiß nicht, wer es ist, der sich ab und zu die Mühe macht, hier hinzugehen und die Spülung zu betätigen, vielleicht sogar mit der Klobürste die Schüssel zu bearbeiten. Nirgendwo eine Spinnwebe, und auch die hellbraunen Fliesen sind sauber. Er öffnet den Reißverschluß seiner Hose, zieht sie hinunter, dreht sich um und setzt sich. Die Tür läßt er einen Spalt offen. Als er sich den Hintern abgewischt hat – eine Rolle Klopapier hängt auch noch hier, unter dem Kalender der

Firma, bei der sie den Trecker gekauft haben –, zerrt er die Hose wieder hoch. Der Kalender ist etwas hinter der Zeit zurück. Er reißt die alten Tage ab und macht kleine Schnipsel daraus, die er ins Becken wirft. Einen Moment blickt er unschlüssig auf den Hebel des Spülkastens. Durchspülen oder nicht? Er tut es, schaut aber nicht zu, wie das Wasser ins Becken sprudelt. Leise schließt er die Tür.
Auf einem Wandbrett im Melkstand steht das alte Radio, das früher zweimal am Tag lief. Manchmal hat er vergessen, es anzumachen, dann haben ihn die Kühe daran erinnert, mit ihrer Unruhe. Er schaltet es ein. Klassische Musik, Geigen. Ein bißchen zu wild dreht er den Knopf zurück, und das Radio kippt vom Brett. Es prallt mit einer Ecke auf den weißen Fliesenboden und löst sich in seine Bestandteile auf, die Batterien verschwinden in der Melkgrube, der Lautstärkeregler rollt durch die offene Schiebetür in den Futtergang. Klaas schaut dem Knopf hinterher, einen Augenblick später geht er ihm nach, ohne die Trümmer wegzuräumen.
Als er durch die Vordertüren auf den Betonweg hinaustritt, der zur Straße führt, sieht er im Westen einen Streifen Dunst. Does stößt an seine Beine. »Komm«, sagt er. Zusammen gehen sie durch den Vorgarten auf den Hof zurück. Dort hebt er den bleischweren Hund hoch und steigt neben der Brücke vorsichtig zum Graben hinunter. Mit einem kleinen Schwenk wirft er Does ins Wasser. Er verliert das Gleichgewicht, fällt beinahe hinter dem Hund her, kann sich aber gerade noch am Brückengeländer festhalten und richtet sich wieder auf. Der Hund schwimmt schnaubend eine Runde, will erst auf Klaas' Seite aus dem Graben klettern, überlegt es sich dann anders und schwimmt ans gegenüberliegende Ufer, das weniger steil ist. Wie ein Otter steigt er die Böschung hinauf, den Schwanz an den Bauch ge-

preßt, den Kopf fast auf dem Boden. Oben angekommen, schüttelt er sich ausgiebig. Erst dann dreht er sich um. Klaas und der Hund schauen sich einen Moment in die Augen. »Warum gehst du nicht von selbst ins Wasser?« fragt Klaas. Does blickt ihn starr an, wendet sich dann ab, zottelt am Graben entlang zum äußersten Ende des Gartens und beschnüffelt umständlich den Fuß einer Kopfweide. Es ist der letzte Baum in einer Fünferreihe, schon seit Jahren mickrig, mit kleinem Kopf, wahrscheinlich, weil er zu nah an einem viel älteren Kochbirnenbaum steht und nie genug Licht und Luft hatte. Kann es sein, daß ein Hund den anderen riecht, auch wenn der schon vor einem Vierteljahrhundert begraben wurde?

Scheiße

Die Frau, die sich für den Friedhof verantwortlich fühlt, stützt sich mit beiden Händen auf die Arbeitsplatte neben der Spüle. Sie blickt aus dem Küchenfenster über ihren kleinen Garten auf die Friedhofshecke. Die Hecke besteht aus irgendeiner Nadelholzart und ist dicht, außer vor ihrem Garten. Dort ist sie vor zwei Jahren plötzlich hellbraun geworden, und voriges Jahr haben Männer vom Gartenamt etliche Bäumchen entfernt. Ohne neue zu setzen. Außer der Lücke und ein paar Grabsteinen ist nichts zu sehen. Die Frau löst die Hände von der Platte und schlurft ins Wohnzimmer. Unterwegs schaut sie auf den Kalender. Es ist einer mit Gemälden von Ada Breedveld, den sie Ende vergangenen Jahres gekauft hat. Nicht, daß sie vorher je von Ada Breedveld gehört hätte, aber die Bilder gefielen ihr gut. *Harm zum Essen* steht beim Datum von heute.

Auf dem Couchtisch sind Zeitungsausschnitte verteilt. In dem Zimmer mit den großen Fenstern nach vorn und hinten ist es erstickend heiß, und es schimmert gelb, die Markise hat sie schon früh am Morgen heruntergekurbelt. Abgesehen von einem Büstenhalter ist ihr Oberkörper unbekleidet. Sie läßt sich auf einen Sessel fallen und verschiebt ein paar der ausgeschnittenen Zeitungsberichte. Sie braucht sie nicht zu lesen, sie weiß sehr gut, worum es darin geht. »Ja, Benno«, sagt sie zu ihrem Hund. »Ja, ja, ja.« Neben den Ausschnitten steht der kleine Rahmen mit dem Foto ihres Mannes. »Wir gehen ja nachher wieder hin«, sagt sie zu dem Hund, einem großen mit breitem Kopf und dichtem Fell. »Jetzt sind sie wohl völlig durchgedreht.« Um Scheiße geht es in den Berichten. Kuhscheiße. »Ein oder mehrere unbekannte Täter«, so steht es in einem, und man habe »Ermittlungen aufgenommen«. Sie hat keine Polizei gesehen. Wenn sie so darüber nachdenkt – eigentlich sieht sie nie irgendwo Polizisten, weder auf Rädern noch in Autos.
Der Hund, der lustlos am Fenster gestanden und auf die Straße geschaut hat, geht zu der Frau und beginnt ihre Knie abzulecken. Sie zieht ihren Rock etwas zurück. »Brav«, sagt sie. »Deinem Frauchen ist sehr warm.« Sie schiebt den Daumen unter einen BH-Träger und wischt den Schweiß weg. Als sie gerade aufstehen will, um das Radio einzuschalten, sieht sie eine Frau auf einem Fahrrad näher kommen. Auf dem Gepäckträger sitzt ein Kind. Ein rothaariges Mädchen, das ununterbrochen redet, wie an dem Mündchen zu sehen ist. Die Kleine hat einen Rucksack um. Sie kennt die Frau nicht, sie kennt so viele Leute im Dorf nicht. Erst nach dem Tod ihres Mannes ist sie aus Den Helder zurückgekehrt, vor allem, weil er hier beerdigt werden wollte. Von sich aus wäre sie nie zurückgekommen. So viele Menschen

sind fortgezogen, gestorben, geboren worden, verschwunden. Sie hat keine Lust, noch einmal von vorn anzufangen. Im Neubauviertel wohnt alles mögliche, sogar ein Neger und eine Moslemfamilie, aber sie hat keine Ahnung, aus welchem Land die stammt. Sie steht im Büstenhalter in der Nähe des Fensters, den Daumen nun unter dem anderen Träger, und sieht, daß die Frau und das Mädchen auf ihr Haus blicken, wenn auch nach oben, zum Giebel. Ich bin fast nackt, fällt ihr erst jetzt auf. Ich stelle mich hier der ganzen Nachbarschaft zur Schau, gleich kommt noch der Neger vorbei. Sie versucht, sich allerlei Schlimmes über Neger auszudenken – der schwarze Junge muß doch ein Sohn von dem Neger sein?! –, daß sie einbrechen, stehlen, lügen, aber das ist ein Problem, denn sie will das Wort »vergewaltigen« nicht im Kopf haben, obwohl das ja wirklich etwas Schlimmes ist, und gerade dieses Wort bleibt hängen. Schnell geht sie in den Flur und die Treppe hinauf, um sich eine Bluse anzuziehen.

Muschelgrieß

Bäume zählen. Das tut Dieke, bis sie bei einer Zahl ankommt, die ihr Zählvermögen übersteigt. Sie fängt von vorn an, aber anderes lenkt sie schnell ab. Bauernhöfe, der Gedanke an den Friedhof, auf dem sie noch nie gewesen ist, Baumstämme, die vorüberhuschen, die Hüften ihrer Mutter, die unter ihren Händen wachsen und schrumpfen, wachsen und schrumpfen, ein Graureiher, der still wie auf einem Foto im Wassergraben steht. Als sie am Ortsschild vorbeifahren, fragt sie: »Liest du die Häuser vor?«

»*Dilemma*«, sagt ihre Mutter. Ein großes weißes Haus. Hoch vor allem, mit roten Dachziegeln.
»*Ein bißchen weiter.*« Ein Haus mit Geranienkästen und Gardinen an den Fenstern.
»*Mach, was du willst, getratscht wird doch.*« Gerümpel im Vorgarten, Holzwägelchen, alte Schwellen, keine Blumen hinter den Scheiben.
»*Eben Ezer.*«
»Was heißt das, Mama?«
»Du weißt, daß ich nicht weiß, was das heißt, Diek.«
»Warum nicht?«
»Darum nicht. Warum fragst du mich das immer wieder? Ich werd es mal nachsehen. Hallo!« Ihre Mutter winkt einer Frau zu, die in ihrem Garten Unkraut jätet. Das Rad schlingert, Dieke klammert sich fester an die Hüften.
De Eetcorner. Mit Brettern vernagelte Fenster, hohe Zäune, Unkraut.
»Hier muß die Frau mal arbeiten«, sagt sie.
»Ja, da hast du recht. Möchtest du durch die Neubausiedlung, oder fahren wir am *Polderhuis* vorbei?«
Darüber muß Dieke erst nachdenken. In der Neubausiedlung ist meistens mehr zu sehen und zu erleben. Das Schwimmbad liegt dahinter, neben den Fußballplätzen. Allmählich tut ihr der Po ein bißchen weh vom Gepäckträger, sie will schnell runter, weiß aber nicht, welcher Weg kürzer ist. Und sie denkt an Evelien, die vielleicht jetzt schon im Schwimmbad ist.
»Na? Wir haben nicht den ganzen Tag Zeit.«
»Neubausiedlung«, antwortet sie.
»*Linquenda.*«
»Ja!«
»Wieso ja!?«

»Nur so.«
»Dann ist ja gut.«
»Was heißt das eigentlich?«
Ihre Mutter antwortet nicht, Dieke spürt die Hüften etwas heftiger wachsen und schrumpfen. In der Neubausiedlung gibt es kaum Häuser mit Namen. Kurz vor dem Friedhof kommt doch noch eins. »*Unser altes Fleckchen Erde.*«
»Was heißt das, Fleckchen Erde?«
»Platz.«
»Platz?«
»Ort. Ein Ort, an dem man früher gewohnt hat.«
»Aber das ist doch ein neues Haus!?«
»Ja, Diek.«
»Nicht alt.«
»Willst du zurück? Klingeln und fragen, wie das gemeint ist? Steht dein Schnabel jemals still?«
»Nein! Nicht zurück!«
»Gut.«
»Mußt du nicht arbeiten?«
»Nein, dann hätte ich dich ja jetzt nicht zum Friedhof bringen können. Oder?«
»Ja«, antwortet Dieke. »Nein«, sagt sie dann.
»Und dir ist hoffentlich klar, daß du dann auch bei Jan bleiben mußt? Ich kann dich nicht zwischendurch mal eben holen, und wenn du wegmöchtest, weiß das bei uns niemand.«
»Hat Onkel Jan denn kein Handy?«
»Soweit ich weiß, nein.«
»Macht nichts, ich will sowieso dableiben.«
Sie erreichen den Hintereingang des Friedhofs. Ein schmales Tor zwischen zwei sehr geraden Bäumchen. Dieke springt

schnell vom Gepäckträger und läuft auf das freie Rasenstück hinterm Tor.
»Warte!«
Sie wartet, ohne sich nach ihrer Mutter umzublicken. Es sieht hier fast wie auf einem Fußballplatz aus. In einiger Entfernung steht eine Hecke mit einer Lücke für den Weg. Sie vermutet Onkel Jan hinter dieser Hecke. Erst als ihre Mutter neben ihr ist, geht sie weiter.
»Wofür ist das hier?« fragt sie.
»Für wenn drüben kein Platz mehr ist.«
Als sie zu der Stelle kommen, wo der Weg zwischen den beiden Teilen der Hecke hindurchführt, bleibt Dieke erschrocken stehen. Vor ihr wachsen Steine aus dem Boden wie Getreide, überall Steine. Aber auch Blumen und Sträucher und Bäumchen. Onkel Jan ist nirgends zu sehen. Der Weg führt in zwei Richtungen. Sie befühlt ein Blatt der Hecke. Genau so was steht zu Hause am Rand des Hofs, nur daß die Hecke da nicht geschnitten ist.
»Jan!« ruft ihre Mutter, aber nicht sehr laut.
Weiter hinten erscheint plötzlich sein Kopf über den Steinen, dann sein Oberkörper. »Hier«, sagt er und hebt den Arm. Sie gehen zu ihm hin, Dieke etwas langsamer als ihre Mutter, sie hört Muscheln unter ihren Sandalen knirschen. Die Muscheln unter den Schuhen ihrer Mutter knirschen viel lauter. Onkel Jan kommt zwischen den Steinen her auf den Weg zu.
»Hallo, Jan«, sagt ihre Mutter.
»Hallo«, antwortet er.
»Dieke möchte zu dir, sie will nicht ins Schwimmbad.«
»Wieso nicht?«
»Weil sie da jeden Tag hingeht. Weil sie sich da langweilt.«
Dieke selbst schweigt, bohrt mit der Spitze einer Sandale

im Muschelgrieß. Sie sieht ihre Mutter nicht an und auch nicht Onkel Jan. Sie läßt sich nicht anmerken, was sie denkt.
»Na, dann bleibt sie eben hier. Von mir aus gern.« Er schaut sie an. »Ich paß schon auf dich auf. Paßt du auch auf dich auf?«
»Ja, klar«, sagt Dieke.
Ihre Mutter dreht sich halb um. »Ich hol sie bald wieder ab. Wetten, daß sie in einer halben Stunde doch ins Schwimmbad will?«
»Will ich nicht«, entgegnet Dieke.
Ihre Mutter geht an ihr vorbei, ohne sie anzusehen. Knirsch, knirsch, knirsch, und weg ist sie.
Dieke starrt noch eine Weile auf den Weg.
»Ist deine Mutter ein bißchen böse auf dich, Diek?«
»Ich hab eine Pflanze kaputtgemacht«, sagt sie.
»So?«
»Und ich bin viel zu früh aufgestanden. Hat sie gesagt.«
»Wie früh denn?«
»Fünf Uhr?« rät sie.
»Das ist reichlich früh, ja. Aber ich glaube, es war dann schon hell. Es wird jetzt kaum dunkel.«
»Weiß ich nicht.« Sie blickt zu ihm auf. Onkel Jan sieht ihrem Vater sehr ähnlich, irgendwie aber auch gar nicht. »Du bist nackt obenrum.«
»Ja. Mir war sehr warm.«
»Ist das dein T-Shirt, was du da um den Kopf hast?«
»Ja.«
»Sieh mal, ich hab mein graues Kleid an.«
Aus seiner Kehle kommt ein Brummen.
»Ohne Ärmel.«
»Das ist klug.«

»Und mit lila Blumen.« Dieke schaut sich vorsichtig um. Sie sieht jetzt nicht nur aufrecht stehende Steine, sondern auch Steine, die flach auf dem Boden liegen. Sie kommen ihr vor wie kleine Öfchen, sie spürt die Wärme, die sie ausstrahlen. Der ganze Friedhof wirkt ziemlich flach; nur ein einziger richtiger Baum steht hier, aber der ist dann auch sehr groß.
»Was ist in deinem Rucksack?« fragt Onkel Jan.
»Was zu trinken.« Dieke öffnet den Reißverschluß des Rucksacks und holt einen Heiner-und-Hanni-Trinkbecher heraus. »Hier.«
»Hm.«
»Und zwei Äpfel und zwei Bananen. Auch für dich.«
Sie haben schon sehr viel gesagt, und Onkel Jan hat damit angefangen.
Jetzt verläßt er den Weg und geht zu einem kleinen Stein, der in der zweiten Reihe liegt. Davor kniet er sich hin.
Dieke weiß einen Moment nicht, was sie tun soll. Erst einmal steckt sie den Trinkbecher wieder in den Rucksack. Dann geht sie drei Schritte auf Onkel Jan zu und landet so neben einem Stein der ersten Reihe. Sie legt ihre Hand darauf, zieht sie aber sofort wieder zurück. Viel zu heiß. Wo ihr Onkel kniet, stehen ein kleiner Farbtopf und ein grüner Eimer mit einem nassen Lappen auf dem Rand, außerdem liegen da mehrere Blätter Papier und ein paar Sachen, die sie nicht erkennt. Auf dem Farbtopf balanciert ein Pinsel, genau die Sorte Pinsel, die sie selbst benutzt, wenn sie mit Wasserfarbe malt. Ihr Onkel nimmt einen Schraubenzieher und schabt damit weiße Farbe von dem Stein. Anscheinend geht dabei etwas schief, sie hört den Schraubenzieher über den Stein kratzen, und ihr Onkel flucht.
»Man darf nicht fluchen«, meint sie.

»Wer sagt das?«
Sie tritt noch einen Schritt vor. »Was machst du da?« fragt sie.

Bluse

Sie findet nicht auf Anhieb eine geeignete Bluse. Sie sucht auch gar nicht nach einer geeigneten Bluse, sondern schüttelt nur den Kopf, aber den Neger und das Wort »vergewaltigen« wird sie dadurch nicht los. Sie muß sich ein Weilchen auf ihr Bett legen und vorher die Schlafzimmertür schließen, damit Benno im Flur bleibt. Die Träger des BHs kneifen, sie muß das Ding ausziehen, und dabei berühren beide Hände ganz aus Versehen ihre Brüste. Sie bemüht sich krampfhaft, an den Bäcker mit dem schmalen Gesicht zu denken, es ist Samstag, heute abend sehen sie sich, aber es gelingt ihr nicht. Er hat einen Namen, wie jeder Mensch, trotzdem denkt sie: der Bäcker. Obwohl ein Fenster offensteht, bewegt sich die warme Luft nicht.
Der Neger klettert wie ein katzenartiges afrikanisches Tier durchs offene Fenster. Auch ihr Rock und ihre Miederhose kneifen und müssen heruntergezogen werden. Warum ist es bloß so warm? Es ist Juni, aber man fühlt sich wie an einem dieser drückend heißen Tage viel später im Sommer, wenn schon braune Blätter im Vorgarten liegen. Er trägt eine Art Schurz; bis auf diesen Lendenschurz ist er nackt. Glänzend nackt, Schweiß oder Öl auf seiner Haut oder noch etwas anderes, irgendein magisches afrikanisches Zeug. Benno bellt. Die Lippen des Negers öffnen sich, Zähne kommen zum Vorschein und eine Zunge von verblüffend hellem Rosa. Auch Dinie Grin öffnet den Mund und legt die Hände

auf die Matratze. Als der Neger sich neben ihr ausstreckt, reißt er sich den Lendenschurz ab, und sie spürt sein Geschlecht gegen ihren Oberschenkel drücken. »Ich will das nicht«, murmelt sie. »Nein, nein.« Der Neger stopft ihr den Mund, und sie greift nach seinem Geschlecht, das im Gegensatz zum Rest seines Körpers mattschwarz ist. Ihr Mund füllt sich mit Speichel, der nach bitteren Blättern schmeckt, ihre Fingerspitzen gleiten über Adern, die ... Benno bellt. »Still!« ruft sie. Der Neger war einen Moment weg, jetzt ist er wieder da, größer und härter als vorher. Schwellendes Männerblut unter ihren Fingern, ja. Sie stellt sich vor, wie sie dem afrikanischen Katzentier ihre Kehle darbietet, ihre Kehle, ihren Unterleib, alles schiebt sie aufwärts und vorwärts, sie will, daß er in sie eindringt, will zufassen und ziehen und lenken, statt dessen greift sie mit einer Hand nach dem Seitenteil ihres Doppelbetts, trotzdem ist er jetzt in ihr, das kann er ohne Hilfe sehr gut. Er darf tief in sie kommen und sich schnell bewegen oder langsam, wie er will, und das läßt er sich nicht zweimal sagen – Gott, er ist so groß –, und jetzt will sie, daß er sein Geschlecht herauszieht und ihr in den Mund schiebt. Das tut er natürlich auch. Aber nicht gleich. Langsam kriecht er auf Händen und Knien aufwärts. »Nein, nicht«, murmelt sie. »Aufhören.« Der Neger ist zu seinem Geschlecht geworden, einem Geschlecht mit schweren Hoden, die jetzt über ihre Brustwarzen schleifen, die Eichel nähert sich schon ihren Lippen. Der Bäcker, denkt sie. Der Bäcker.

Nicht der Bäcker, ihr Sohn. Er liegt auf dem Rücken, die Unterhose auf einem Knöchel, ein Knie hochgezogen, das andere Bein ausgestreckt, die Jeans mit den ledernen Knieschonern zusammengeknüllt neben ihm, schwarzes

Schamhaar, das sie ein bißchen erschreckt, und der Kaan-Sohn, der rothaarige, und natürlich ihr eigener Kopf in der Bodenluke der Garage, der Gedanke: Ich will das nicht, wegschauen, runtersteigen; was sie dann doch nicht tut, weil sie hinschauen *muß*, ihren Sohn ansehen muß, diesen hübschen schwarzhaarigen Jungen, sein steifes Geschlecht in dem unerwarteten Schamhaar, und den roten Kaan-Sohn, nackt, den Kopf auf dem hübschen Bauch ihres Sohnes und die Hand auf seinem eigenen Geschlecht; aber vor allem sie selbst, ihr Kopf in der Bodenluke und der Gedanke an ihren Alten, diesen Schlappschwanz, der lieber Billard spielen geht, als sich mit ihr zu beschäftigen, oder den ganzen Abend auf der Couch hängt und sich blöde Quizshows ansieht; und ein seltsames Verlangen nach ihrem eigenen Sohn, so jung noch, so unverdorben, dermaßen heftig und plötzlich erwacht dieses Verlangen, daß sie einen roten Kopf bekommt, und als der rothaarige Kaan-Sohn ihr dann frech ins Gesicht starrt – dabei kann er sie wahrscheinlich gar nicht sehen, weil zwischen ihnen das Geschlecht ihres Sohnes ist, das sie nicht sehen will, aber sehen muß –, der Gedanke: weg hier.

Viel zu schnell richtet sie sich auf, das Blut schießt ihr in den Kopf, es schwindelt sie. Der Neger löst sich in warme Luft auf, aber seine Zunge und sein Geschlecht hinterlassen eine Spur. Sie will nicht an ihren Sohn denken, wenn der Neger hier ist. Das gehört sich nicht. Das geht nicht. Ihr ist plötzlich etwas übel. Keine bitteren Blätter, Galle. Sie greift nicht mehr nach schweren Hoden, sondern nach dem BH, der neben dem Bett auf dem Teppichboden liegt. Schnell hakt sie ihn fest und zieht noch schneller die Miederhose und den Rock hoch. Trotz des Schwindelgefühls steht sie hastig vom Bett auf, öffnet den Kleiderschrank und holt mit einem Ruck blindlings eine Bluse heraus. Benno bellt. Sie öffnet die Tür, schiebt den großen Hund mit dem Knie zur Seite und geht ins Badezimmer. Das erste, was sie im Spiegel sieht, ist ihr rabenschwarzes Haar. Das zweite, was sie sieht, ist ihr wilder Blick. Auf dem Bord unterm Spiegel steht eine Flasche *Wella dunkelbraun*. Nicht *Wella schwarz*, damit würde sie sich lächerlich machen. Sie beugt sich vor und dreht den Kaltwasserhahn auf.

Stroh

Sie hat ihn gehört. Vielleicht hat er seine Klompen ausgezogen und steht jetzt mit staubigen Socken auf dem Beton. Seit mindestens fünf Minuten steht er da schon. Ob er beschwörend den Stier anblickt, damit er ruhig bleibt? Dann wird sie jetzt etwas sagen. »Nie denkt ihr mal an Muttertag.«
Schweigen.
»Weißt du überhaupt, wann Muttertag ist?«
»Im Dezember?«
»Am zweiten Sonntag im Mai!«
Schweigen.
Eine Tochter weiß so etwas. Eine Tochter würde sie im Mai besuchen und ein paar kleine Aufmerksamkeiten mitbringen. Oder wenigstens anrufen. Sie wäre gekommen. Wieder kratzt sie sich den Bauch. Dieses Jucken, kommt das vom Stroh? Sonst juckt mir doch nie der Bauch. Oder liegt es an der Hitze? »Wieviel Uhr ist es?«
»Willst du das wirklich wissen?«
»Nein, natürlich nicht!«

»Halb elf.«

Sie kann nichts dagegen tun, sie muß einfach lachen. Lächeln. Sie sieht ihn da unten stehen, den Kopf in den Nacken gelegt. »Wo sind die anderen? Alle auf dem Kirchhof?«

»Friedhof.«

»Wie?«

»Steht da eine Kirche?«

Sie lächelt immer noch. »Das weißt du besser als jeder andere.«

»Ja.«

Halb elf. Noch viel zu früh, um das Stroh zu verlassen.

»Hast du sie dazu angestiftet?«

»Natürlich nicht.«

»Lüg nicht.«

»Ich lüge nie. Und wen meinst du mit ›sie‹?«

»Jan natürlich. Und Johan.«

»Johan?«

»Warum fragen alle immer ganz erstaunt ›Johan‹?«

»Der ist gar nicht da.«

Nein, noch nicht. Aber das dürfte sich bald ändern. Sie trinkt einen Schluck Wasser. Viel ist nicht mehr in der Flasche. »Und wo ist Klaas?«

»Weiß ich nicht.«

Schwalben. Spinnweben, sehr alt, wie graue Wolle. Und dann plötzlich das Geräusch von rutschendem Kraftfutter in dem Holzsilo, das wie ein Pfeiler eine Ecke des Strohbodens einnimmt; dabei ist schon lange kein Kraftfutter mehr drin.

»Und noch was, du bist nicht meine Mutter.«

»Ich bin die Mutter deiner Kinder.«

»Du bist nicht meine Mutter.«

»Ach, Mann, geh zu deinen Weihnachtsbäumen.«

Das bringt ihn für einen Moment zum Schweigen. Für einen kurzen Moment.
»Kommst du runter?«
»Nein.«
»Hast du keinen Hunger?«
»Selbstverständlich hab ich Hunger!«
»Dann komm runter.«
»Nein.«
Das war's. Sie läßt die Wasserflasche hin und her kippen; das Wasser schwappt, es wird wärmer und schaler. Wieder ein Rutschen im Silo. Eine Ratte? Das Rutschen wird übertönt vom anschwellenden Gebrüll eines Düsenjägers. Die Piloten setzen bei Übungsflügen ihren ganzen Ehrgeiz daran, so niedrig wie möglich über Bäume und Bauernhöfe zu fegen, und einen winzigen Augenblick befürchtet Anna Kaan, das Flugzeug könnte quer durch die Scheune rasen. Das geschieht nicht.
»Sprich mit mir!« Er hat gewartet, bis der Lärm des Düsenjägers ganz verklungen ist.
Die Flasche kippt, kippt wieder. Balken, Spinnweben, ein schon seit Ewigkeiten nicht mehr gebrauchtes Schaukelseil, Ried, Dachlatten.
»Hast du den Paradedegen da oben?«
Und natürlich die Lücken, durch die sie hinaussehen kann, obwohl es da gar nichts zu sehen gibt.
»Was hast du damit vor?«
Sie nimmt eine der beiden roten Troddeln in die Hand. Nichts, denkt sie. Oder doch?
»Ich laß mir schon noch was einfallen. Wart's ab.«
Oh, bestimmt, denkt sie.
»Ich fahre gleich weg. Ich hab meinen Reifen geflickt. Und dann bist du allein hier.«

Ich bin jetzt auch allein hier.
»Sprich mit mir!«
Es kostet Mühe, nichts zu sagen. Sie muß standhaft bleiben.
Jetzt seufzt er. Daraufhin beginnt der Stier, der bis dahin mäuschenstill gewesen ist, zu schnauben. Es ist fast unerträglich. Dabei liegt sie nicht einmal aus innerer Überzeugung auf dem Stroh.
»Wann ist Vatertag?«
Sie weiß es, läßt sich aber nicht aus der Reserve locken.
»Ich geh jetzt«, ruft Zeeger.
Nein, bleib. Setz dich irgendwohin, auf einen übriggebliebenen Heuballen, auf einen Sack Beifutter, auf die alte Werkbank, auf das Sitzbrett des Heuwagens, zur Not auf den Betonboden. Nicht weggehen, Zeeger.
»Und wenn ich hier weg bin, fahr ich zu Jan.«
Anna Kaan läßt die Flasche nicht mehr kippen. Sie läßt sie auf ihrem Bauch liegen und starrt hinauf zu dem Rechteck Sonnenlicht über ihrem Kopf. Dann fängt sie an, Dachziegel zu zählen, erst von der Lücke nach links, dann nach rechts.
»Juni!« ruft Zeeger noch, schon draußen, wieder auf Klompen. »Am dritten Sonntag im Juni!«

Vögel

Dieke überlegt, was sie selbst antwortet, wenn zum Beispiel Opa sie fragt, was sie macht. Das hängt davon ab, was sie gerade macht, das ist klar. Wenn sie gerade malt, sagt sie: »Ich male.« Aber manchmal steckt sie so tief in dem, was sie malt, daß sie nichts sagt, allein schon, weil ihre Zungenspitze im Weg ist. Oma hat sie noch nie gefragt, was sie macht. Aber es ist keine schwierige Frage, Onkel Jan könnte ruhig antworten. Sein Schulterblatt bewegt sich auf und ab, er schabt und kratzt immer noch, er flucht immer noch, leise. Vorsichtig geht sie ein paar Schritte rückwärts, bis sie wieder auf dem Weg aus kaputten Muscheln steht. Sie kneift die Augen halb zu. Da ist ihr Rucksack. Erst mal was trinken. Sie holt den Heiner-und-Hanni-Trinkbecher heraus und schüttelt ihn kurz, bevor sie ein paar Schlucke trinkt. Das Wasser ist jetzt schon lauwarm. Einen Apfel? Nein, lieber noch warten. Außerdem will sie ihren Apfel nicht allein essen, sondern zusammen mit Onkel Jan. Der Rucksack muß runter vom Weg, den muß sie irgendwo ordentlich hinlegen. Sie schaut zu dem großen Baum hinüber, darunter steht eine Bank, im Schatten. Das ist ein schöner Platz.

Sehr viel kühler ist es bei der Bank auch nicht, aber hier tun die weißen Muscheln ihren Augen nicht weh, und als sie den Sitz anfaßt, ist das Holz unter ihren Fingerspitzen nicht heiß. Sie denkt an ihre rote Sonnenbrille, die irgendwo zu Hause liegen muß, obwohl ihr so schnell nicht einfällt, wo. An der Rückenlehne der Bank ist ein Stück Metall, darauf steht etwas, das sie nicht lesen kann. Sie setzt sich neben den Rucksack und schaut sich in Ruhe um. Von Onkel Jan sieht sie nur den Kopf mit dem umgebundenen T-Shirt. Er spricht mit sich selbst, aber sie kann nicht verstehen, was er sagt. Jetzt kratzt er sich am Kopf. Sie streicht über ihre Knie, sie sind noch ein bißchen schwarz von der Erde aus dem Topf mit dem ... »Kaktus«, sagt sie. »Kaktus, Kaktus ...« Ganz sauber bekommt sie die Knie nicht. »Weihnachtskaktus!«

Sie blickt nach oben, in den Baum. Auf einem niedrigen Ast sitzen zwei kleine Vögel nah beieinander. Weil sie so

steil nach oben schaut, kann sie nur die Köpfe sehen. Sie steht auf und betrachtet die Vögel genauer. Beide haben die Schnäbel weit geöffnet, und sie kann fast hören, wie sie die Luft einziehen und wieder auspusten. Sind das nun Spatzen? Oder Amseln? Bestimmt Männchen und Weibchen. Wohnen die in dem großen Baum? Es hängt kein Nistkasten dran. Sie trinkt noch etwas lauwarmes Wasser. Als sie den Heiner-und-Hanni-Trinkbecher wieder sorgfältig in ihrem Rucksack verstaut, donnert ein Düsenjäger übers Dorf. Ein bißchen erschrocken schaut sie die Vögel an, aber die machen gar nichts, keine Feder bewegt sich, sie kneifen auch die Schnäbel nicht zu, als ob sie das Donnern gar nicht hören. »Hm«, sagt sie, wischt sich mit der Hand über die Stirn und beginnt einen Erkundungsgang.
Eigentlich gibt es ziemlich wenig Wege auf dem Friedhof. Einen langen Weg vom *Polderhuis* bis zu der Stelle, an der sie jetzt steht, dann ein Viereck von Wegen und dahinter wieder der Weg, auf dem sie mit ihrer Mutter gekommen ist. Onkel Jan arbeitet in dem Viereck. Es gibt breite Steine, hohe Steine, weiße und schwarze Steine, einen blauen Stein, einen durchsichtigen Stein. Hier und da nur einen dicken liegenden Stein. Friedhof. Was heißt das eigentlich? Etwas weiter weg ist ein großes Loch in der hohen Hecke, wo die Neubausiedlung liegt. Sie weiß nicht, ob sie einfach zwischen all den heißen Steinen hergehen darf, aber sie will doch gern zu diesem Loch und sehen, was da ist. Kurz bevor sie es erreicht, tritt sie aus Versehen eine Vase um, die auf dem Rand eines Vierecks aus kleinen Steinchen steht. In der Vase steckt ein Blumenstrauß, ein sehr alter Strauß, denn als er auf den Boden fällt, zerkrümeln die Blumen. Sie blickt sich um, greift nach der Vase und stellt sie wieder auf. Nur

ein ganz kleines Stück vom oberen Rand ist abgebrochen. Nicht schlimm.

Durch das Loch in der Hecke sieht sie hinter einem breiten Wassergraben und einem Streifen Rasen die Gärten einer Häuserreihe. Das Land, auf dem die Häuser stehen, liegt etwas tiefer als der Friedhof. An einem der Fenster steht jemand, eine schwarzhaarige Frau. Jetzt tickt die Frau an die Scheibe, mit einem Ring, meint Dieke, es klingt hart und hell. Ist *sie* damit gemeint? Nein, das glaubt sie nicht, also macht sie gar nichts, bleibt stehen, wo sie ist, und starrt zu der Frau hinüber.

»Dieke!«

Sie dreht sich um und geht noch vorsichtiger als eben zwischen den Steinen her, zum Muschelweg. »Ja!« ruft sie.

»Wo bist du?«

»Hier!« Sie läuft an der Bank, den Vögeln und ihrem Rucksack vorbei zu der Stelle zurück, an der Onkel Jan arbeitet.

»Willst du einen Apfel haben?« fragt sie.

»Nein. Später.«

»Was machst du da?« Einfach noch mal versuchen.

»Ich will diesen Stein herrichten.«

»Waschen?«

»Auch. Und danach will ich die Buchstaben wieder weiß machen. Ausmalen.«

»Toll!« Sie hebt ein Bein an, läßt den Fuß schlaff herunterhängen und schüttelt ihn.

»Muscheln in den Schuhen?«

»Hm.«

»Möchtest du mir ein bißchen helfen, Diek?«

»Ja!«

»Kannst du diesen Eimer mit Wasser füllen?«

»Aus dem Graben?«

»Nein, natürlich nicht. Aus dem Hahn.«
»Wo ist der?«
»Da.« Er zeigt auf ein kleines Häuschen, das beim Eingang am *Polderhuis* steht. »An der Außenwand ist ein Hahn. Das ist das Friedhofsgerätehäuschen. Meinst du, du schaffst das?«
»Ja, sicher«, sagt sie empört.
»Schon gut, ich wollte dich nicht beleidigen.« Onkel Jan reicht ihr den grünen Eimer.
Dieke nimmt ihn und geht damit zu dem Häuschen mit dem sehr langen Namen, den sie schon wieder vergessen hat. An der Vorderseite, neben der Tür, ist der Hahn. Bevor sie ihn aufdreht, prüft sie, ob die Tür abgeschlossen ist; sie bewegt sich kein bißchen. Auf der anderen Seite der Tür ist ein kleines Fenster. Sie stellt den Eimer umgekehrt auf die Klinker, steigt darauf und hält sich an einem steinernen Rand unter dem Fenster fest. Noch bevor sie sich so weit hochgezogen hat, daß sie sehen kann, was in dem Häuschen so alles aufbewahrt wird, erschrickt sie furchtbar vor einem Vogel, der kopfüber an einem Bindfaden hängt. Einem toten schwarzen Vogel hinter einer schmutzigen Scheibe und einem Vorhang aus Spinnweben. Sie springt schnell wieder runter. Erst muß sie sich einen Moment von dem Schreck erholen, dann stellt sie den Eimer unter den Wasserhahn. Das Aufdrehen ist nicht schwer, da muß sie nur ein bißchen probieren. Wenn er sich nicht so herum drehen läßt, dann eben anders herum. Das Wasser fließt, bald spritzen schon Tropfen hoch, machen kleine dunkle Flecken auf ihrem grauen Kleidchen mit den lila Blumen. Jetzt kann der Hahn wieder zu, aber egal, wie sie dreht, das Wasser fließt weiter, läuft schon über den Rand, macht ihre nackten Zehen naß. Das Herz schlägt ihr bis zum Hals,

aber sie will noch nicht losbrüllen, erst noch einen Versuch machen.
»Onkel Jan!«

»Wußtest du nicht mehr, wie herum du drehen mußt?«
»Nein«, schnieft sie.
»Ist ja nichts passiert, macht überhaupt nichts. Ist wieder zu.«
»Ja.«
Bei den Sträuchern vor dem Häuschen gießt Onkel Jan den Eimer halb leer. Anschließend nimmt er sein T-Shirt ab und taucht es in das restliche Wasser. Er wringt es aus und knotet es sich wieder um den Kopf. Dann nimmt er sie bei der Hand. »Komm«, sagt er. »Jetzt können wir schrubben.«
»Schrubben?«
»Saubermachen.«
»Erst eine Banane?«
»Ja, gern, eine Banane ist jetzt genau das richtige. Auf der Bank unterm Baum?«
»Ja.«
Sie gehen zur Bank. Dieke holt die beiden Bananen aus dem Rucksack und gibt Onkel Jan eine davon. Als sie die Schale abgezogen hat, zeigt sie auf die Vögel.
»Ja, zwei Blaumeisen.«
»Denen ist warm.«
»Hier steht ein Eimer mit Wasser.«
»Der ist viel zu hoch.«
»Das stimmt, da würden sie ersaufen.«
»Ist das ein Männchen und ein Weibchen?«
»Keine Ahnung, Diek. Das kann man bei Meisen nicht sehen.«

Dieke hat ihre Banane aufgegessen und reicht Onkel Jan die Schale.

»Was soll ich damit?«

»Wegräumen.«

»Ach so.« Er steht auf, geht zur Hecke und wirft die Bananenschalen hinüber. Es macht Platsch, und jetzt weiß Dieke, daß auf der anderen Seite des Friedhofs auch ein Graben ist. Der Friedhof ist fast eine Insel.

»Was ist das eigentlich«, fragt sie, »ein Friedhof?«

»Aha«, sagt Onkel Jan. Er kommt zur Bank zurück und setzt sich. Aber er schweigt.

Stroh

Anna Kaan und Does starren sich an. Wobei Anna nach unten schaut und Does nach oben. Sie tun es schon eine ganze Weile. Anna liegt auf dem Bauch am Rand des Strohs. Does sitzt reglos auf dem harten Beton. Manchmal sagt sie »Na komm«, und dann klopft Does mit seinem Schwanz auf den Beton, rührt sich aber nicht von der Stelle. Hunde sind nicht so dumm, wie man vielleicht meinen könnte, denkt sie. Man sieht, daß er vor kurzem noch im Wasser gewesen ist. Durch die großen Scheunentüren kommt die Warzenente herein, sieht Anna aus dem Augenwinkel. Früher hatten sie mehr, aber diese ist als einzige übriggeblieben. Ein großer Erpel. Jetzt wird es spannend. Sie blickt dem Hund in die Augen und sieht an seinen Brauen, daß er noch schwankt. Doch dann beginnt Dirk zu schnauben, und Does kann sich nicht mehr zurückhalten. Er steht auf und bellt die Warzenente einmal an; blitzschnell macht sie sich davon. Dirk beruhigt sich. Das Gleichgewicht in der Scheu-

ne ist wiederhergestellt, aber als der Hund sich auf seinen alten Platz setzt, ist Anna Kaan schon verschwunden.
Auf den Knien kriecht sie zu der Stelle zurück, an der das Stroh platt gelegen und weniger hart ist. Sie greift nach der Eierlikörflasche. Mittag ist bestimmt schon vorbei. Einfach aus der Flasche? Das ist der Mist bei Eierlikör, er ist eigentlich zu dick zum Trinken. Als sie gestern auf gut Glück ein paar Sachen zusammengerafft hat – kurz nach Johans Anruf war das –, hat sie nicht an einen Löffel gedacht, an ein Glas erst recht nicht. Zäh fließt das gelbe Zeug in ihren Schlund. Zu dick zum Trinken, nicht dick genug zum Kauen. Auf einmal hat sie Heißhunger auf Dauerwurst, diese Wurst, die sie früher, als es im Dorf noch einen richtigen Metzger gab, immer samstags holte oder von Klaas oder Jan holen ließ. Sie drückt den Eierlikör mit der Zunge an den Gaumen. Früher.
Sie schraubt die Flasche zu und stellt sie neben das Wasser, die angebrochene Packung Bokkenpootjes und den Paradedegen. Schwalben. Does, der leise zu fiepen beginnt. Was geht in Hunden vor? Spüren sie es, wenn man sie nicht mag? Macht es ihnen Spaß, getreten zu werden? Wenn es nach ihr gegangen wäre, hätten sie nach Tinus nie wieder einen Hund gehabt. Der letzte Schluck Eierlikör ist in ihrem Rachen klebengeblieben, sie bläst die Mischung aus Schleim und Likör geräuschvoll in den Mund und spuckt sie über den Rand nach unten. Das ist für Does.
Sie legt sich wieder hin und sieht sich sehr aufrecht am Tisch sitzen, an einem Geburtstag, zusammen mit einer ganzen Horde von Nachbarn. Darüber muß sie lachen, kurz nachdem sie hier hemmungslos in die Gegend gespuckt hat. Sie kratzt sich auch noch einmal ungeniert den Bauch. Ist es das? fragt sie sich. Krieche ich deshalb aufs Stroh? Fünf-

zig Jahre verheiratet, wie ist das möglich? Sie streckt beide Hände aus, dreht die Handrücken zu sich hin. Es ist zu dämmrig; sie kann die Adern, die Leberflecken, die schlaffe Haut kaum sehen.
Früher. Obstgärten mit Quitten und Notarisäpfeln, Versuchsfelder mit Leinsamen oder Buchweizen. Ein Hof in der Nähe – jetzt umgebaut, weit und hell –, dessen Preisstiere und Hunderttausendliterkühe auf Fotos verewigt wurden; die Söhne des Bauern studierten die Woche über in Wageningen Agrarwissenschaft, aber nach Jahren haben sie die Stadt gern wieder gegen das Land eingetauscht. Die Magnolien im Garten waren keine Sträucher, sondern Bäume; und Bücher mit feinen blauen Umschlägen hatten sie dort, in denen stand, daß dieser Polder »1880 Morgen und 580 Ruten nach Geestmerambachtsdeichbandmaß« groß ist. Und auch hier auf dem Hof haben früher Mägde alles eingeweckt, was man nur einwecken konnte, die Gläser standen auf Holzregalen im Kühlkeller. Hier hat ihre Schwiegermutter einmal im Jahr die Knechte und ihre Frauen mit Kaffee und selbstgebackenem Kuchen bewirtet, und alle erschienen im Sonntagsstaat, passend zum guten Geschirr. All das war, lange bevor Bäcker neue VW-Transporter anschafften, Freunde moderne Badezimmer einbauen ließen und die Firma Gebr. Beentjes NV aus Assen einen Müller-Milchkühltank nach dem anderen installierte. Samstag. Braune Bohnen oder Kapuzinererbsen, Klaas oder Jan holt noch ein Glas Apfelmus beim Lebensmittelhändler. Auto waschen, Wäsche waschen, Rasen mähen.
Sie stöhnt. Wo in ihrem Kopf waren diese genauen Zahlenangaben versteckt? »Klaas!« ruft sie. Das wollte sie gar nicht. Dirk antwortet auf ihren Ruf. Dieses überflüssige Stück Fleisch. Nein, nie wieder etwas feiern.

Sie waren alle zusammen mit einem Kleinbus zu einem Zoo im Osten des Landes gefahren, vor vierzehn Tagen. Die Abfahrt hatte sich um einiges verzögert, weil Jan länger als erwartet brauchte, um von Texel herüberzukommen, und Johan alles vergessen hatte. Schon bei der Ankunft hatte der Ärger angefangen. Der Fahrer sagte, der Zoo bestehe aus zwei getrennten Bereichen, dem alten und dem neuen Teil. Die eine Hälfte der Familie wollte in den alten, die andere in den neuen. »Wir wollen in den Schmetterlingsgarten!« hatte Zeeger gerufen, und weil er am lautesten rief, fuhren sie zum alten Teil des Zoos. Dort stellte sich heraus, daß es eine Verbindung zwischen den beiden Teilen gab, der Fahrer hatte also ganz überflüssigerweise Unfrieden gestiftet. Schon nach wenigen Minuten war Johan plötzlich verschwunden, und Annas Bruder Piet, der ihn suchen ging, kam selbst nicht wieder. Jan lief mit hochgezogenen Schultern und unzufriedener Miene herum, Klaas' Frau machte auch nicht gerade ein freundliches Gesicht, und Zeeger bekam Streit mit seiner Schwester, ausgerechnet im Schmetterlingsgarten, wo außerdem die Luft sehr feucht war. Weil ihnen mit Johan das Einkaufswägelchen voll Proviant und Getränken abhanden gekommen war und die Busfahrt über zwei Stunden gedauert hatte, waren alle hungrig und durstig, aber Zeeger lehnte es ab, irgend etwas zu kaufen. Als Dieke und Klaas nach anderthalb Stunden Johan fanden, hockte ein Totenkopfäffchen auf seinem Kopf, das dort, wie er ihnen erzählte, »mindestens eine Stu-unde« gesessen und sich mit den Händchen an seine Ohren geklammert hatte, um nicht herunterzufallen. Deshalb war auch er sitzen geblieben, wo er gerade saß. Es dauerte noch eine Weile, bis alle um den Einkaufskarren mit den Getränken und dem Proviant versammelt waren. In der nächsten Viertelstunde waren dann die Kaans selbst eine Attraktion für andere Zoobesucher. Anna Kaan hatte versucht, den Kopf oben zu behalten, aber als sie sich für einen Moment von der Gruppe entfernte und allein zum Pavianfelsen ging, wurde ihr ganz elend. Wie die ausgewachsenen Affen miteinander und mit den jungen Äffchen umgingen, das war zuviel, es stand in einem so krassen Gegensatz zu ihrer Vorstellung von diesem Tag, daß ihre Beine schlappmachten und sie sich auf die niedrige Mauer fallen ließ, die das Gehege eingrenzte.

Nie wieder, denkt sie, nie wieder etwas feiern. Wir können das nicht. Sie starrt durch die Lücke über ihrem Kopf in den Himmel. Ob er blau ist, kann man so nicht erkennen, es ist wie bei einem Farbmuster, dem man auch nicht ansieht, wie eine ganze Wand in der jeweiligen Farbe wirkt. Sie richtet sich auf und greift nach der Wasserflasche. Nachdem sie getrunken hat, ißt sie drei Bokkenpootjes und legt sich wieder auf den Rücken. Das nächstemal nehme ich ein Kissen mit, denkt sie.

Zeeger hatte ein Abendessen in einem Restaurant vorbestellt, nicht in der Stadt mit dem Zoo, sondern in einem Dorf am Amstelmeer. Auf der Rückfahrt fraßen Klaas, Jan und Johan alles auf, was noch an Eßbarem übrig war – Mandeltörtchen, Chips, Mars-Mini –, und weil kein Bier da war, stellten sie sich anschließend demonstrativ schlafend. Annas Bruder Piet und seine Frau und Zeegers Schwester betrachteten zwei Stunden lang schweigend die Landschaft, der Fahrer pfiff leise, aber falsch die Melodien im Radio mit, das reichlich laut eingestellt war. Zuerst mußten Fotos gemacht werden, auf dem Deich hinter dem Restaurant. Als Anna die Abzüge geholt hatte und zu Hause durchsah, konnte sie den Anblick kaum ertragen: all diese unzufriedenen, beleidigten Gesichter. Die Fotos stecken immer noch im Umschlag. Das Essen selbst, pünktlich um sechs Uhr, war eine Katastrophe. Es wurde von Samstagsaushilfen serviert, und Zeeger und Klaas' Frau meinten, in der Küche stehe bestimmt auch ein Samstagskoch. Alles war im voraus bestellt und besprochen, und natürlich war niemand mit dem Menü zufrieden. Teller wurden über den Tisch und wieder zurückgeschoben, und es dauerte nicht lange, bis die ersten Pommes frites hin und her flogen. Jan bestellte lautstark einen Schnaps nach dem anderen, obwohl auch die Getränke vorbestellt waren. Johan, der gar keinen Alkohol verträgt, trank mit, Klaas und seine Frau rauchten, während andere noch beim Essen waren, und auch das mißfiel Jan, weshalb Klaas aus Trotz zum Kettenrauchen überging. Zeeger war zehn Minuten in der Toilette eingesperrt, weil das Schloß kaputt war, was erst bemerkt wurde, als Dieke zur Toilette mußte und nicht hineinkonnte. Anna hatte Visionen von einer Tochter, die sich neben ihren Stuhl hockte und leise fragte, ob alles so sei, wie sie es sich gewünscht habe, und später Blätter mit einem Lied verteilte, einem Lied »nach der Melodie von dem und dem«. Es war dieselbe Tochter, die ein paar Stunden vorher schon fröhlich gesagt hätte, wie schön es doch sei, einmal richtige Paviane zu sehen.

Dann hatte jemand von dem Grab angefangen. Sie kann nicht mit Bestimmtheit sagen, wer es war, aber es wird wohl Zeeger gewesen sein, er läßt auch alle zehn Jahre das Grabrecht verlängern. Jan hatte das Thema gleich aufgegriffen, er könne ja die Inschrift neu malen. Als gerade einmal nicht alle durcheinanderredeten, hatte sie »Auf gar keinen Fall« gesagt, worauf niemand einging, außer vielleicht Johan, der sagte, er wolle »a-auch gern was machen«. Nachdem sie

noch einmal deutlich erklärt hatte, daß sie das nicht wünsche, und in einem Atemzug endlich auch ihrem Mann sagte, von ihr aus brauche das Grabrecht nicht verlängert zu werden, mischten sich sogar Klaas und seine Frau ein. Zeeger redete sich in Fahrt, alle redeten sich gegenseitig in Fahrt, eine Weile wurde nicht getrunken oder mit Pommes frites geworfen. Sie fühlte sich sehr allein, es war, als hätten alle auf diesen Moment gewartet, um sich geschlossen gegen sie zu wenden.
Und dann noch Dieke, die schmollend vor einem Nachtisch saß, den sie nicht bestellt hatte. Das war zuviel. Anna Kaan hatte sie fest, vielleicht etwas zu fest, am Oberarm gepackt und »Du ißt das jetzt!« gesagt. Klaas und seine Frau saßen ein Stück entfernt und pafften, als hinge ihr Leben davon ab. »So was wollte ich nicht«, plärrte Dieke. Da hatte Anna noch etwas fester zugegriffen. »Aufessen, du undankbares Kind!«

Sie angelt sich den Eierlikör und trinkt, besser gesagt, sie würgt etwas davon hinunter, denn die letzte Erinnerung sitzt als Kloß in ihrem Hals. Und warum die Goldene Hochzeit ausgerechnet im Juni feiern, wo sie im April geheiratet haben?

»Ich muß die letzte Fähre noch erwischen«, hatte Jan gesagt. Dabei hatte sie extra das Gästezimmer gelüftet und das Bett bezogen. Der Abend ging abrupt zu Ende. Ihr Bruder Piet, der in Den Helder wohnt, brachte Jan zur Fähre. Alle fuhren mit dem eigenen Auto oder wurden von irgendwem mitgenommen. Auf der Fahrt vom Restaurant nach Hause, die eine knappe Viertelstunde dauerte, sprachen Anna und Zeeger kein Wort. Sie dachte darüber nach, was am meisten

weh getan hatte. Als sie schlafen gingen, sagte Zeeger: »Na, war doch ein gelungener Tag.«
Vielleicht war es das, was am meisten weh getan hatte.

Sie schraubt die Flasche zu und sieht nach, wieviel noch drin ist. Ungefähr die Hälfte. Sie legt die Flasche neben sich und kriecht zum Rand des Strohs. Irgend etwas zittert, unter ihr, so stark, daß es nicht allein vom Kriechen kommen kann. Unten ist es sehr leer, stellt sie fest. Kein Hund, keine Warzenente, kein Zeeger. Sogar Dirk ist still. Wenn ich bloß nicht noch an frühere Feiern denken muß, denkt sie. Als sie sich wieder auf ihrem alten Platz ausstreckt, spürt sie, daß sie kalte Füße hat.

Großbuchstaben

»Kind abgeliefert?«
»Im Futtergang steht ein Block Silage.«
»Was?«
»Wieso liegst du hier auf den Knien?«
»Ich wollte mal sehen, ob der Teppichboden schon verschlissene Stellen hat.«
»Hattest du nicht vor, den Liegeboxenstall auszumisten?«
»Ja.«
»Und?«
»Wollte Dieke nicht doch noch ins Schwimmbad?«
»Nein.«
»Aber was macht sie denn jetzt da?«
»Woher soll ich das wissen? Ich hab nicht gewartet. Hat dein Bruder eigentlich ein Handy?«
»Bestimmt nicht.«

»Könnte es sein, daß dein Bruder eine kleine Macke hat?«
»Und du?«
»Wieso liegst du hier auf den Knien, statt im Stall zu arbeiten? Kontrollierst du, ob ich auch alles sauberhalte?«
»Nein. Es ist einfach viel zu warm.«
»Mir ist auch warm.«
»Du brauchst ja den Stall nicht auszumisten.«
»So geht es nicht mehr weiter.«
»Was?«
»Das hier. Alles.«
»Wieso arbeitest *du* eigentlich nicht?«
»Es ist Sommer, alle sind in Urlaub.«
»Aber bei einem Metzger gibt es doch immer genug zu tun. Die Metzgerei von deinem Bruder ist ja angeblich eine Goldgrube.«
»Es ist Sommer! Niemand ist zu Hause!«
»Reg dich nicht auf.«
»Was bedeutet *Eben Ezer*?«
»Hm?«
»Vergiß es.«
»Wenn jetzt alle Urlaub machen, gibt es in Schagen auch Urlauber, und bei deinem Bruder müßte genausoviel Betrieb sein wie sonst.«
»Was?«
»Du mußt lernen, eine Sache mal von verschiedenen Seiten zu sehen.«
»Was?!«
»Denk an all die Deutschen in Schagen.«
»Ich kann kein Deutsch.«
»Und wenn es so nicht mehr weitergeht, könntest du eigentlich mehr als einen Tag pro Woche in der Metzgerei arbeiten.«

»Aha, du hattest mich also sehr gut verstanden. Hast du schon einen Makler angerufen?«
»Einen Makler ...«
»Stell dich nicht dumm.«
»Was hat Jan gemacht?«
»Er lag auf den Knien, wie du, nur nicht im Zimmer seiner Tochter, sondern zwischen den Grabsteinen.«
»Was er gemacht hat, wollte ich wissen.«
»Klaas, ich hab Dieke nur abgesetzt und bin wieder gefahren.«
»Und wo kommst du jetzt her? Für das Stückchen hin und zurück braucht man höchstens eine Viertelstunde.«
Sie sagt nichts mehr. Sie dreht sich um und verläßt Diekes Zimmer. Mitten auf der Treppe sagt sie doch noch etwas, gerade laut genug. »Ich sitze lieber auf dem Rad als hier, auch wenn mir der Gummi von den Reifen schmilzt.« Schweigen. »Holst du Dieke gleich ab? Die hält es da keine halbe Stunde aus.« Die Treppentür wird leise geschlossen.
Klaas steht auf. Unter Diekes Bett liegt ihr Schatzbeutel. Nicht in einem Staubnest, sondern auf makellos sauberem Teppichboden. Er hat nicht hineingeschaut. Als er sich aufrichtet, springt das Glas des Kippfensters. Einen winzigen Moment hat er das Gefühl, daß es auch in seinem Kreuz geknackt hat, dann fragt er sich, wie so etwas plötzlich passieren kann. Ist es die Hitze? Ein Konstruktionsfehler? Der Sprung ist in der äußeren Scheibe, im Herbst wird sich im Zwischenraum Schwitzwasser ansammeln. Er rechnet nach. Das Fenster wurde vor fast vierzig Jahren eingesetzt. Liegt es am Alter? Er dreht den Fenstergriff und zieht daran, um zu prüfen, ob es sich noch normal öffnen und schließen läßt. Kurz bevor er es wieder zumacht,

glaubt er die schrille Stimme seiner Mutter zu hören, die seinen Namen ruft. Er schüttelt den Kopf, aber sein Name hallt leise nach.

Vor drei Jahren hatte er da weitergemacht, wo sein Vater aufgehört hatte. Mit einem weichen Besen und dem Staubsauger hatte er dicke Schichten Staub und Schmutz entfernt. Seine Frau ließ sich oben nie blicken. Material war in ausreichender Menge vorhanden. Profilbretter, Latten, Fußbodenleisten und mehr als genug Nägel. Nur Teppichboden fehlte. Zum Teppichgroßmarkt in Schagen nahm er Dieke mit. Ihr Fingerchen zeigte sehr bestimmt auf eine Rolle hellgrünen Teppichboden. Zeeger Kaan hätte die Profilbretter mit Klarlack gestrichen, wie es Ende der sechziger Jahre alle taten, aber Klaas strich das Zimmer lindgrün. Nach vier Wochenenden war er fertig. Sein Vater rührte keinen Finger. Er schaute zwar ab und zu vorbei, brummelte dann vor sich hin, tat aber nichts. Das muß ihm schwergefallen sein, er gehört zu den Vätern, die es nicht mit ansehen können, wenn etwas nicht gleich perfekt gemacht wird. Reifenflickende Kinder. Eine Weile schaute er schwer atmend zu, aber irgendwann riß er ihnen das Flickzeug aus der Hand, um die Arbeit selbst besser und schneller zu erledigen. Als das Zimmer fertig war, brachte er fünf Buchstaben. Großbuchstaben, die er in seiner Garage aus einer Holzplatte gesägt hatte. Die Buchstaben hatten verschiedene Farben und an der Oberseite kleine Ringschrauben. Dieke zog aus dem Schlafzimmer von Klaas und seiner Frau in das neue Zimmer um, sobald oben an der Treppe ein Türschutzgitter angebracht war. In den ersten Wochen schlief DIEKE in dem Zimmer, danach immer wieder jemand anders, weil sie im Flur ein Kistchen

zum Draufsteigen gefunden hatte. IKDEE hat hier schon geschlafen, und IDEEK.
Niemand hatte ihn gefragt, warum er das dritte Zimmer ausbaute, obwohl die beiden alten Schlafzimmer an der Vorderseite des Hauses schon seit Jahren leer standen.

Bevor er das Zimmer verläßt, nimmt er die mittleren drei Buchstaben von DEKIE von der Tür und hängt sie in der richtigen Reihenfolge wieder auf. Wie aus weiter Ferne hört er immer noch seine Mutter nach ihm rufen, irgendwo tief in seinem Hinterkopf. Es hätten genausogut fünf andere Großbuchstaben sein können, denkt er. Schwarz, oder grau. Nein, vier andere. Er geht am Treppenloch vorbei zur Vorderseite des Hauses und schaut in die beiden Schlafzimmer. In beiden steht ein Bett, nur mit einer Matratze und einem Kissen ohne Bezug. Nie übernachtet hier jemand. Im größeren Zimmer, dem mit Balkon, ist die Luft wie eine zähflüssige Masse, es bekommt mehr als genug Sonne. Er öffnet die Balkontüren, betritt das grün angeschimmelte Betonrechteck und stützt sich breit mit beiden Händen aufs Geländer. Die Blutbuche in der Mitte des Rasens wird oben kahl. Das war ihm noch nicht aufgefallen. Das Schmiedeeisen des Geländers bröckelt unter seinen Händen. Vorsichtig geht er rückwärts ins Zimmer zurück und schließt ebenso vorsichtig die Balkontüren. Dann zieht er sein Hemd aus und trocknet sich damit den Kopf. Staubteilchen taumeln durch diese zähflüssige Luft. Zähflüssig, denkt er. Hier atmen keine Menschen. Ich hole Dieke ab.

Scheiße

Warum steht das Mädchen da? Warum reagiert es nicht auf mein Klopfen? Sie nimmt ihre Brille von der Arbeitsplatte neben der Spüle, setzt sie auf und sieht noch einmal genau hin. Das Mädchen hat sich umgedreht und geht weg, einfach zwischen den Gräbern hindurch. Rötliches Haar. Ist das nicht das Kind, das ich vorhin hinten auf dem Fahrrad gesehen habe? Was hat es auf dem Friedhof zu suchen? Wo ist die Mutter? Was ist da los? »Benno!« ruft sie.

Eine Viertelstunde später ist sie unterwegs. Sie verflucht sich selbst, weil sie ein Jäckchen angezogen hat. Ein Sommerjäckchen, aber es ist das richtige Wetter für luftige Kleider. Eigentlich Wetter für den Strand, am besten legt man sich ins Wasser. Oder im Garten unter einen großen Sonnenschirm. Wenn hier nicht überall Häuser stehen würden und die hohe Hecke um den Friedhof, könnte sie bestimmt die Luft flimmern sehen. Benno kommt kaum von der Stelle, sie zerrt an der Leine, aber das kümmert ihn wenig. Alle paar Schritte muß sie ihre Brille auf die Nasenwurzel zurückschieben.
Das Mädchen hockt hinter der ersten Reihe neben einem knienden Mann. Sie hantieren mit Wasser und noch irgend etwas, Schwämmen vielleicht? Das Mädchen dreht sich um, sieht den Hund, steht auf und rennt weg. Bei dem Obelisken für die vier englischen Flieger bleibt sie stehen. Ihr hellgraues Kleidchen hat dunkle Flecken. Benno beachtet sie nicht. Der Mann kniet noch, hat aber den Oberkörper aufgerichtet und einen Fuß auf den Boden gestellt. Er blickt zu dem Mädchen. Sie erkennt ihn sofort.

»Du bist einer von den Kaans, stimmt's?«
»Ja«, antwortet der Mann mit einem Seufzer. »Ich bin einer von den Kaans.«
Benno hebt seinen großen Kopf und geht von sich aus auf den knienden Mann zu. Sie läßt die Leine nach. »Ich dachte«, sagt sie, »ich geh hier mal eben vorbei. Ich hatte gesehen, daß sich was bewegt, und in der letzten Zeit passieren hier häßliche Dinge. Ich wohne da drüben.« Sie zeigt auf die Hecke und weiß im selben Moment, daß von hier aus niemand sehen kann, wo sie wohnt. Der Kaan-Sohn blickt nicht einmal in die Richtung, die ihr Finger angibt.
»Und ich passe ein bißchen auf. Ja, denn wenn ich es nicht tue, wer sonst? Um gar nichts kümmert man sich hier! Da hinten, die Lücke in der Hecke, schon seit zwei Jahren. Mein Mann liegt hier auch, da drüben.« Jetzt zeigt sie auf das Grab ihres Mannes, einen hohen, schmalen Stein mit einer Trauerweide aus Granit als Abschluß. Sie hat noch viel mehr zu sagen, kann aber den Kaan-Sohn jetzt nicht ansehen, deshalb fixiert sie die steinerne Trauerweide. »Wenn ich mir vorstelle, daß diese Mistkerle vielleicht seinen Stein umkippen! Vorige Woche waren sie wieder hier, diesmal haben sie nichts umgekippt, aber Steine beschmiert! Nicht mit Farbe, sondern mit Scheiße. Kuhscheiße! Ist das nicht eine Sauerei? Wenigstens bekommt man es leicht wieder ab. Das Grab meines Mannes haben sie Gott sei Dank nicht beschmiert. Es hat in der Zeitung gestanden. Hast du's nicht gelesen? Nein, du wohnst nicht hier, du liest sicher andere Zeitungen, wo nichts von solchen Dorfereignissen drinsteht. Bisher ist niemand verhaftet worden, sie wissen nicht, wer es macht. Werden sich wohl auch nicht lange damit aufhalten.« Jetzt muß sie ihn doch wieder einmal ansehen. »Wenn mir was auffällt, das anders ist als sonst, seh ich nach

dem Rechten. Mit dem Hund. Und als ich hier eben ein Mädchen sah, dachte ich: Hin.« Sie schiebt ihre Brille hoch und würde gern die Jacke ausziehen, aber das geht nicht, es gibt keinen Grund dafür, außer daß ihr sehr warm ist. »Oder machst du den Stein sauber, weil er verschmiert war? Es ist dein Schwesterchen, das weiß ich noch, ein kleines Mädelchen, und das liegt nun hier zwischen den Erwachsenen. Da drüben, ähm ... da hat man eine Ecke extra für Kinder eingerichtet, das ist doch viel schöner ... Ich meine, die Kinder alle zusammen, lustige Steine, Bärchen, Sonnen, Sterne und ...«
»Kann der Hund weg?«
Bevor sie von den Kindergräbern anfing, hat sie den Bäcker vor sich gesehen. In seinem nagelneuen hellgrauen VW-Transporter. Sie muß ihm heute abend von der Begegnung hier erzählen. Oder besser nicht? Von dem Knie des Kaan-Sohns tropft Sabber. Bestimmt spürt er Bennos heißen Atem, so nah steht der Hund vor ihm. Am liebsten würde sie sich umdrehen und den Friedhof verlassen. Der Hund würde stehen bleiben. Benno ist ein Waschlappen, aber das wissen die Leute nicht, sie sehen ein riesiges Ungetüm, eine Art Pyrenäenberghund, nur nicht weiß, mit sehr dichtem Fell. Soll der Kaan-Lümmel doch ein Stündchen schwitzen, oder noch länger. »Benno, hierher!« sagt sie.
Der Hund kommt zum Muschelweg zurück, legt sich sofort hin, starrt den Kaan-Sohn wieder an.
»Aber du kippst keine Steine um«, sagt sie.
Er steht endlich auf. »Nein«, antwortet er, »ich kippe keine Steine um.«
Als hätte er noch einmal »Ja, ich bin einer von den Kaans« gesagt, genau der gleiche Tonfall. Macht er sich über sie lustig? Sie mustert ihn. Unverschämt, auf einem Friedhof

halbnackt herumzulaufen, nur in kurzer Hose. Und was hat er sich da um den Kopf gebunden? Sieht nach einem T-Shirt aus. Diese hellen Augen, harte Augen. Nein, nein, nicht an damals denken, an das große Geschlecht ihres Sohnes, an das freche Gesicht von ihm hier, nein, frech ist nicht das richtige Wort, er war eher blind für sie, als ob es sie gar nicht gäbe, oder als ob sie nicht zählte.
»Dieke, komm. Der Hund tut nichts.«
So? Bist du sicher? Sie sieht sich den Krempel auf und neben dem Kindergrab genauer an. Schraubenzieher, Eimer, nasser Lappen, aber was ist das andere da? Sieht aus wie Schulp. Auf dem Stein ist ein großer Kratzer. Der Kies ist naß und schmutzig, grünlich schmutzig. Was ist hier los? Sie traut der Sache nicht, sie will der Sache nicht trauen. Das Mädchen steht jetzt neben dem Kaan-Sohn. Was für ein häßliches rothaariges Kind. »Wer ist das?« fragt sie. »Deine Tochter?«
Er sagt nichts, lächelt nur schief und nimmt die Hand, die ihm das Kind entgegenstreckt.
»Ihr seid alle so rot.«
»Ich bin Dieke«, sagt das Mädchen.
»Ja«, sagt er. »Das ist Dieke, sie hilft mir.«
Sie will die beiden möglichst ausdruckslos ansehen, aber das ist nicht einfach. Sie verbirgt ihren Widerwillen gegen diese Nacktheit, gegen diese hellen Augen, indem sie wieder einmal ihre Brille hochschiebt. Er muß mich doch erkennen? Warum bin ich nicht sofort weggegangen, ohne Benno?
»Gut«, sagt sie.
»Gut? Wer bist du, die Friedhofswärterin?«
Wenn das Mädchen seine Tochter ist, war dann die Frau auf dem Rad seine Frau? Hat er mich tatsächlich geduzt? Mich?

»Das ist nicht mein Vater«, sagt das Mädchen. »Das ist Onkel Jan. Und wer bist du?«
Ja. Jan Kaan. Die grüne Schmutzschicht auf dem Kies trocknet mit leisem Knistern. Benno hechelt. Die Sonne brennt, aber nicht mehr so wie noch vor ein paar Stunden.
»Dann geh ich mal wieder.«
»Ja«, sagt er.
»Tschühüs«, sagt das Kind.
Sie zerrt mühsam den Hund hoch. »Paßt ihr auch ein bißchen auf?«
»Worauf?« hört sie das Mädchen fragen, als sie noch keine zwei Schritte gegangen ist.
»Ach, auf nichts«, antwortet Jan Kaan. »Weißt du, wer die Frau ist, Diek?«
»Nein. Irgendeine Frau, eine Oma, glaub ich.«
»Sind ihre Haare gefärbt, was meinst du?«
»Weiß nicht.«
»Komm, wir gehn wieder an die Arbeit.«
Das machen sie mit Absicht, denkt sie, während sie sich in quälend langsamem Tempo zum Ausgang bewegt. Der verdammte Hund! Das Mistvieh tut, als ob es zwölf Jahre alt wäre. Jetzt durch das Tor zwischen den immergrünen Nadelbäumchen. Sie blickt sich noch einmal kurz um und sieht, daß Bennos Schwanz auf dem Muschelweg eine Schleifspur wie von einem Mopp hinterlassen hat. Sie zieht die Jacke aus und nimmt die Brille ab.

Wasser

»Und was ist das hier?« fragt sie.
»Schulp«, sagt Onkel Jan. Er sieht sie nicht an, er starrt auf

einen Grabstein und reibt sich mit der Hand über die Brust. Auf diesen Stein hat die Hundefrau gezeigt. »Was?« fragt er nach einer Weile.
»Du hast doch zuletzt was gesagt.«
»Was denn?«
»Schuld.«
»Schulp!«
»Was ist das denn?«
»Das kommt aus Tintenfischen.«
»Die sind doch ganz weich und glitschig!«
»Ja. Trotzdem haben sie auch ein hartes Stück.«
»Wo denn?«
»Im Rücken?«
»Versteh ich nicht.« Sie streicht mit dem Finger über den abgenutzten weichen Teil des Schulps.
»Ich auch nicht. Und es ist Mist, es ist nichts damit anzufangen.«
»Alles ist schmutzig.«
»Wir holen noch einen Eimer Wasser.«
»Okay.«
»Oder möchtest du ins Schwimmbad?«
»Nein!«
Während sie zusammen zu dem Häuschen mit dem langen Namen gehen, blickt Dieke sich um. Hier liegen überall tote Menschen, hat Onkel Jan gesagt. Aber nicht alle toten Menschen kommen hierhin, andere wollen lieber verbrannt werden. Er hat noch mehr solche Sachen erzählt, aber dann haben sie zum Glück angefangen, den Stein abzureiben, und sie hat heimlich doch ans Schwimmbad gedacht, und an Evelien.
»Willst du es machen?«
»Nein, mach du's.«

Onkel Jan dreht den Wasserhahn auf, stützt die Arme in die Seiten und wartet darauf, daß der Eimer voll wird.
»Da drin hängt ein Vogel«, sagt sie.
»Hm.«
»An einem Bindfaden.«
»Hm.«
»Der ist auch tot.«
Onkel Jan dreht den Hahn zu, es geht ganz leicht. Sie sieht es und versteht nicht, daß sie das nicht geschafft hat.
»Warum?« fragt sie.
»Was?«
»Der Vogel?«
Erst jetzt geht er zum Fenster und schaut hinein. »Das ist eine Elster.«
Dieke seufzt.

Onkel Jan gießt immer wieder Wasser über den Stein, bis der Eimer leer ist. Dann wirft er die Stücke von den Tintenfischen hinein, das Sandpapier, wie er die Blätter genannt hat, und den nassen Lappen. Er macht mit dem Schraubenzieher das Farbtöpfchen auf und rührt darin herum. Anschließend nimmt er den nassen Lappen wieder aus dem Eimer und wischt den Schraubenzieher damit ab. Der saubere Schraubenzieher kommt mit dem Lappen in den Eimer, den er auf den Muschelweg stellt. »So«, sagt er. »Nur noch warten, bis alles trocken ist.«
»Gut«, sagt sie.
»Kennst du den Bullebak?«
»Nein.«
»Ich auch nicht. Früher haben uns Opa und Oma mit dem Bullebak Angst eingejagt. Der wohnte in den Gräben. So haben sie uns vom Wasser ferngehalten.«

»Warum?«
»Im Wasser konnte man ertrinken. Sie hatten immer Angst, daß wir ertrinken.«
»Man kann doch schwimmen lernen!«
»Ja, das haben wir natürlich auch, aber erst, als wir fünf oder sechs waren.«
»Was ist das denn, der Bullebak?«
»Ein sehr großes Tier, das einen plötzlich packen und ins Wasser ziehen kann, wenn man zu nah rangeht. In dem Graben zwischen euerm Haus und dem von meinen Eltern, da gibt es eine Stelle, an der immer Luftbläschen aufsteigen. Weißt du, welche ich meine?«
Dieke denkt nach. »Ich glaub nicht.«
»Das ist Sumpfgas, aber mein Vater sagte immer, das wäre der Atem des Bullebaks.«
»Opa?«
»Ja, dein Opa.«
»Und stimmte das? War da der Bullebak?«
»Nein, natürlich nicht.«
»Das ist aber unheimlich.«
»Ja, deshalb hat er das ja auch gesagt. Und weißt du, was passierte, als Johan seine erste Schwimmstunde hatte?«
»Nein.«
»Er hat den Bademeister gefragt, ob es im Schwimmbad einen Bullebak gäbe. Was ist das? fragte der Bademeister. Der beißt, hat Johan da gesagt. Er hatte furchtbare Angst. Der Bademeister hat gelacht und gesagt, er könnte nur von den Wasserflöhen gebissen werden, und die wären so klein, daß man davon nichts spürt.«
»Beißen die denn?«
»Nicht, daß ich wüßte. Oder hast du mal was davon gemerkt?«

»Nein, nie. Wie alt war Onkel Johan da?«
»Fünf, glaube ich. So alt wie du jetzt.«
»Und du?«
»Sieben. Und einmal haben wir erlebt, wie der Blitz eingeschlagen hat.«
»Wirklich?«
»Wirklich. Es war richtig voll im Schwimmbad, und auf einmal kam ein Gewitter. Der Bademeister hat dreimal in seine Trillerpfeife geblasen, und innerhalb kürzester Zeit waren alle aus dem Wasser. Johan und ich haben uns in eine Badekabine gesetzt. Johan hatte große Angst und fragte dauernd, ob das Gewitter wieder abziehen würde. Er war wie Tinus, das war der Hund, den wir damals hatten, der ist bei einem Gewitter sogar mal in den Keller gekrochen. Wir haben dann angefangen zu zählen.«
»Zählen?«
»Ja. Wenn es blitzt, und man kann bis zehn zählen, bevor der Donner kommt, dann ist das Gewitter zehn Kilometer weit weg. Je weniger Zeit zwischen dem Blitz und dem Donner vergeht, desto näher ist das Gewitter. Als man kaum noch bis eins zählen konnte, hab ich mich an der Tür der Badekabine hochgezogen. Und wie ich gerade über den Rand der Tür sehen kann, schlägt der Blitz ins Wasser.«
Dieke denkt an Evelien, sie hofft, daß jetzt kein Gewitter kommt.
»Es sah aus wie eine Decke aus Licht, die auf dem Wasser hing. Überall, vom Planschbecken bis zum Sprungbecken. Ich bin so erschrocken, daß ich den Rand der Tür losgelassen habe.«
»Und dann?«
»Ich konnte das Gerippe des Schwimmbads sehen, so kam es mir vor.«

»Hm?«

»Das Innere des Schwimmbads, wie wenn es sich umgestülpt hätte. Und ich hatte einen Metallgeschmack im Mund.«

»Und Onkel Johan?«

»Der saß auf dem Bänkchen und schlotterte.«

»Umgestülpt«, sagt Dieke. »Das versteh ich nicht.«

»Ich hab es auch nicht verstanden. Es war ganz merkwürdig.«

»Warum war Papa nicht im Schwimmbad?«

»Der hatte schon zwei Schwimmabzeichen. Er ist lieber im Kanal geschwommen, das Schwimmbad fand er kindisch.«

»Stirbt man, wenn der Blitz ins Schwimmbecken einschlägt?«

»Ja, ich glaube schon.« Onkel Jan zieht das T-Shirt um seinen Kopf ein paarmal hin und her, als ob es ihn darunter juckt. »Der Stein müßte jetzt trocken sein, oder was meinst du?«

»Liegt deine Frau hier unter der Erde?« fragt Dieke.

»Bitte?«

»Deine Frau.«

»Ich hab gar keine Frau. Auch nie eine gehabt.«

»Warum nicht?«

»Darum nicht.«

»Ach so«, sagt Dieke.

»Hier liegt deine Tante.«

»Ich hab keine Tante.«

»Ähm, nein, das stimmt. Die liegt nämlich hier.«

»Was?«

»Umpf«, macht Onkel Jan. »Warte mal«, sagt er. Er kippt den Eimer leer und geht damit zum Häuschen. Kurz darauf kommt er wieder und stellt den fast randvollen Eimer vor ihr auf den Boden. »Steck einfach den Kopf rein, wenn dir zu warm wird.«

»Steck du doch deinen Kopf rein.«
»Okay.« Er kniet sich hin, stützt sich neben dem Eimer mit den Händen auf und taucht den Kopf mit T-Shirt und allem ins Wasser.
Nach einer Weile beginnt Dieke zu pfeifen, manchmal geht etwas schneller vorbei, wenn man ein bißchen vor sich hin pfeift. »Onkel Jan!« ruft sie dann. Aber das kann er natürlich nicht hören. Was hat er noch alles gesagt, während sie vorhin auf der Bank saßen? Daß die Welt nicht mehr da ist, wenn man tot ist? Sie zerrt an seiner Schulter, die ist fettig, ihre Hand rutscht ab. Sie packt den Knoten des T-Shirts und zieht den Kopf ihres Onkels aus dem Wasser.
»Puh«, ächzt er.
»Das ist überhaupt nicht lustig«, sagt Dieke.
»Sollte aber nur ein Scherz sein. Ich hab drauf gewartet, daß du mich rettest.« Er knotet das klatschnasse T-Shirt nicht auf, das Wasser rinnt ihm in einem dünnen Strahl von der Nase. »Au«, sagt er und wischt sich Muschelstückchen von den Knien. »Sieh doch mal nach, ob die Blaumeisen noch im Baum sitzen.«
Sie beugt sich über den Eimer, denkt an den Tag, an dem sie ihr Schwimmzeugnis bekommen hat, holt tief Luft und taucht den Kopf ein. Jetzt wird sie's ihm zeigen. Sie kann schon die Hand spüren, die sie aus dem Wasser ziehen wird, ihre Schulter juckt ein bißchen. Sie öffnet die Augen und kneift sie schnell wieder zu. Warum macht Onkel Jan nichts? Ihr Kopf steckt doch sicher schon eine Minute im Wasser! Hätte ich bloß mehr Luft geholt, denkt sie. Noch einen Moment. Das schafft sie. Obwohl sie jetzt das Gefühl hat, daß ihre Brust voll Watte ist. Zieh mich doch raus! Mit einem Ruck richtet sie sich auf, sie spürt, wie ihr das nasse

Haar auf den Rücken klatscht. »Warum machst du nichts?!« plärrt sie.
Onkel Jan steht nur da, mit verschränkten Armen sogar, und blickt seelenruhig auf sie herunter. »Du willst doch nicht, daß die Welt jetzt schon verschwindet?« fragt er.

Er kniet sich neben den Stein und nimmt das Farbtöpfchen und den Pinsel in die Hand.
»Was soll ich jetzt machen?«
»Was ich eben schon gesagt hab. Sieh mal nach den Blaumeisen.«
Sie zögert sehr lange, bevor sie sich umdreht und widerwillig zu dem Baum mit der Bank geht. Sie kneift die Augen fest zu und tut so, als ob die Welt nicht mehr da ist. Als sie glaubt, daß sie den Baum erreicht hat, macht sie die Augen wieder auf. Ja, die Vögelchen sitzen immer noch auf ihrem Ast, ziehen mit weit geöffneten Schnäbeln Luft ein und pusten sie aus. Sie tun ihr leid, aber helfen kann sie ihnen nicht. Der Reißverschluß ihres Rucksacks ist nicht zu, sie greift hinein und findet einen Apfel. »Willst du jetzt auch einen Apfel?« ruft sie.
»Ja.«
Sie holt auch den zweiten Apfel heraus und geht zurück. Als Onkel Jan nach dem Apfel greift, zieht sie ihre Hand weg.
»Mach so was nie wieder«, sagt sie.
»Versprochen.« Sie essen ihre Äpfel neben dem Grab, jeder auf einer Seite.
»Die Vögel waren noch da«, sagt sie.
Er antwortet nicht.
»Wie alt ist die Tante?« fragt sie.
»Zwei.«
»Zwei? Kann nicht sein! Wie alt bist du? Dreißig?«

»Ha! Sechsundvierzig. Diese Tante war ein Kind von Oma, das ist dir doch klar?«
»Hm?«
»Ich bin ja auch ein Kind von Oma.« Er spuckt ein Stück Apfel aus. »Ba, das war faul.«
»Ähm …«
»Egal. Wir müssen uns was ausdenken, was du machen kannst. Oder willst du nach Hause?«
»Nein.«
Onkel Jan schaut sich um. »Möchtest du andere Steine saubermachen?«
»Ja.«
»Fein.«
»Auch mit Schurp?«
»Nein, dafür reicht Wasser.« Er geht zum Weg zurück, hebt den nassen Lappen auf und schüttelt den Muschelgrieß ab. »Hier hast du einen Lappen. Ist noch genug Wasser im Eimer?«
»Ja«, sagt Dieke. Sie nimmt den Lappen und gibt Onkel Jan ihr Kerngehäuse.
»Was soll ich damit?«
»Wegräumen.«
»Ach so.« Er geht ein paar Schritte auf die Hecke zu und wirft die beiden Kerngehäuse hinüber.
»Platsch«, sagt Dieke.
Onkel Jan kommt zurück und zeigt auf einen Stein, einen liegenden Stein, der ganz glatt ist und bräunlich.
»Wer liegt da drunter?« fragt sie.
»Möchtest du das wirklich wissen?«
»Nein.« Sie taucht den Lappen ins Wasser, wringt ihn aus und beginnt den Stein abzureiben. Bald schiebt sich die Zungenspitze zwischen ihre Zähne.

»Papa!« Sie hat ihn erst bemerkt, als er schon fast bei ihr war.
»Hallo, Dieke.«
»Hier liegen überall tote Menschen!« ruft sie aufgeregt.
»Und ich mach sie sauber!«
»Nein.«
»Doch.«
»Hat Onkel Jan gesagt, daß du das machen sollst?«
»Nein«, lügt sie. »Selbst ausgedacht.«
Ihr Vater geht zu Onkel Jan. Sie steht auf und folgt ihm. Er stützt die Arme in die Seiten und schaut Onkel Jan zu.
»Mach's doch anders«, sagt er.
»Wie meinst du?«
»Leg den Stein flach hin, dann ist es viel einfacher.«
»Geht das?«
»Einfach versuchen.«
Ihr Vater und Onkel Jan packen den Stein und zerren ihn hin und her, bis sie ihn hochheben können. Sie legen ihn mit dem oberen Ende auf den hochstehenden Rand des Grabes.
»Macht ihr's kaputt?« fragt sie.
»Wir stellen ihn gleich wieder auf«, sagt ihr Vater. »Alles in Ordnung.« Er geht ein paar Schritte zu einem anderen Grab, setzt sich darauf, holt sein Tabakpäckchen aus der Gesäßtasche und fängt an, sich eine Zigarette zu drehen.
Sie blickt aufmerksam von einem zum anderen. Die beiden sehen sich wirklich sehr ähnlich, irgendwie aber auch gar nicht. Sie glaubt, daß ihr Vater älter ist; das ist seltsam, denn ihr Onkel sieht älter aus. Onkel Jan tunkt den Pinsel in die Farbe und beugt sich über den Stein. Ihr Vater zündet sich seine Zigarette an. Der eine raucht, der andere malt. Sie geht wieder an ihre Arbeit. Die beiden Männer sagen

nichts, trotzdem ist es hier jetzt viel gemütlicher. Arbeiten, ohne dabei zu reden, das ist schön, merkt sie. Das bedeutet etwas. Als Onkel Jan nach einer Weile sagt: »Es geht so nicht, wir müssen ihn wieder hinstellen«, achtet sie gar nicht darauf. Sie hebt erst wieder den Kopf, als sie aus dem Augenwinkel jemanden auf dem Muschelweg näher kommen sieht. »Hund!« ruft sie. Und die große Frau mit dem schwarzen Haar. Hund und Frau gehen ohne ein Wort an ihr vorüber.

»Was soll das?« fragt die Frau. Sie spricht laut, und der Hund fängt an zu bellen. »Still, Benno! Gräber demolieren, ich hab's ja gewußt. Ich hatte euch gleich im Verdacht. Habt ihr vor, noch andere Steine umzuwerfen?«

Dieke ist aufgestanden, bleibt aber bei dem Saubermachstein. Ihr Vater und Onkel Jan stehen mit ihrem Stein in den Händen zwischen den Gräbern. Sie kann hören, daß die Frau wütend ist, und der Hund hat nicht gehorcht; er bellt immer noch.

»Das ist unser Grab«, sagt ihr Vater. »Du hast dich da nicht einzumischen.«

Dieke erschrickt. Er hat »du« zu der Frau gesagt, und es klang frech.

»Ich werde das melden! Und was macht das Mädchen da? An einem fremden Grab! Sie beschmutzt den Stein. Habt ihr vielleicht auch irgendwo einen Eimer Kuhscheiße stehen? Was treibt ihr hier?! Benno, still!«

Der Hund bellt, ihr Vater und Onkel Jan senken langsam den Stein. »Noch mal ein Stück hoch«, sagt ihr Vater, »da liegen Steinchen auf dem Beton.« Onkel Jan bückt sich und fegt mit der freien Hand etwas weg, dann verschwindet der Stein aus ihrem Blickfeld. Die Männer richten sich wieder auf, ihr Vater hat einen roten Kopf.

»Na?!« sagt die Frau.
Dieke schaut ihren Vater neugierig an. Ob er wieder etwas Freches sagt?
»Geh doch weg.«
»Was?«
»Kümmer dich um deine eigenen Sachen.«
Ihr Vater blickt den großen Hund durchdringend an, und nach einer Weile hört das Tier auf zu bellen. Es verkriecht sich hinter den Beinen der Frau.
»Ich kümmere mich um eigene Sachen«, sagt die Frau und zeigt auf den hohen, schmalen Stein, den sie auch schon Onkel Jan gezeigt hat.
Ihr Vater dreht sich um und schaut aufmerksam in die angegebene Richtung. »Wir tun nichts Unerlaubtes«, sagt er langsam.
»Das werden wir ja sehen«, ruft die Frau. Jetzt schaut sie Onkel Jan an. »Und du ...«, beginnt sie.
»Ja?« sagt Onkel Jan.
Es ist ein seltsamer Anblick, Onkel Jan mit dem T-Shirt um den Kopf und obenherum nackt, ihr Vater zwischen den Grabsteinen, die Frau und ihr Hund auf dem Muschelweg. Erst jetzt sieht Dieke, daß die Frau ihre Jacke nicht anhat. Und hatte sie vorhin nicht auch eine Brille auf? Sie ist gespannt, was die Frau zu Onkel Jan sagen wird. Es ist sehr still, sie glaubt sogar die beiden Vögelchen japsen zu hören. Aber die Frau sagt nichts, sondern dreht sich mit einem Ruck um und marschiert davon. Im Vorbeigehen wirft sie Dieke einen giftigen Blick zu. »Diese Mistbengel«, sagt sie.
Dieke lächelt sie freundlich an. »Ich bin ja ein Mädchen«, sagt sie vergnügt. »Tschühüs!«
Der Hund sträubt sich, die Frau muß ihn hinter sich herziehen.

»Eigentlich wollte ich dich abholen«, sagt ihr Vater kurz darauf.
»So?«
»Ja. Kommst du mit nach Hause?«
»Nein.«
»Möchtest du nicht ins Schwimmbad?«
»Nein.«
»Wir können auch an den Strand.«
»Böh.«
»Wann willst du denn etwas essen?«
»Ich hab schon eine Banane gegessen. Und einen Apfel.«
»Ich auch«, sagt Onkel Jan. »Laß sie ruhig hier, wenn sie möchte.«
»Gut.« Ihr Vater schiebt die Hände in die Taschen. »Fährst du heut abend wieder weg?«
»Ja«, sagt Onkel Jan. »Was soll ich sonst noch hier?«
»Vielleicht können wir ein bißchen angeln.«
»Bei diesem Wetter?«
»Warum nicht? Ein Wurm ist ein Wurm, oder haben Fische keinen Hunger, wenn ihnen warm ist?«
»Ja, angeln!« ruft Dieke.
»Weißt du schon, was du machen wirst?« fragt Onkel Jan ihren Vater.
»Wie meinst du?«
»Ist das Land schon verkauft?«
»Nein.«
»Aber wie soll's denn weitergehen?«
»Keine Ahnung. Ist nicht dein Problem.«
»Nein«, sagt Onkel Jan. »Also gegen Abend angeln wir.«
»Mal sehen«, sagt ihr Vater. »Bis später, Dieke.«
»Tschüs, Papa.«
Ihr Vater geht auf dem Muschelpfad Richtung *Polderhuis*.

Er geht ein bißchen krumm, sieht sie. Wie Opa, oder fast. Schnell wirft sie den Lappen in den Eimer, der so gut wie leer ist. »Mein Wasser ist alle«, sagt sie.
»Ich hol neues. Soll ich auch gleich deinen Trinkbecher füllen?«
»Ja, bitte.« Sie setzt sich auf den saubergemachten Stein, hat dabei aber kein so gutes Gefühl. Schade, daß ihr Vater wieder weg ist. Sie ist hier doch ein bißchen allein und fragt sich, warum sie nein gesagt hat. Denn nun denkt sie doch ans Schwimmbad. Und an Evelien, die bestimmt in diesem Moment im Wasser ist und Spaß hat. Vielleicht mit Leslie, obwohl man den jetzt nicht mehr so oft im Schwimmbad sieht. Es kann natürlich sein, daß noch jemand zum Friedhof kommt, Opa zum Beispiel, und dann kann sie mit dem nach Hause fahren. Und sich in das große Planschbecken zum Aufblasen legen. Bei einem Gewitter ist sie dann viel schneller aus dem Wasser als im Schwimmbad. Von ihr aus kann sogar Oma kommen. Obwohl sie ihr seit dem Besuch im Zoo und dem Essen danach lieber aus dem Weg geht. Es hat gemein weh getan, wie Oma sie in den Arm gekniffen hat. Die Kirchenuhr schlägt.
»Was sagt die Kirchenuhr, Dieke?« fragt Onkel Jan, der mit dem vollen Wassereimer zurückkommt.
»Viel.«
»Zwölf.«

Strohbuch

Ich brauche neue Unterhosen, denkt Zeeger Kaan, als er die knochentrockene Wäsche von der Leine nimmt und in den Korb wirft. In der Küche stellt er den Korb auf den

Tisch. Mehr wird von ihm nicht erwartet, zusammengefaltet oder gebügelt hat er die Wäsche noch nie. Does ist ihm wie ein Schatten gefolgt und streckt sich seufzend unterm Küchentisch aus. Zeeger schaut auf die Uhr. Halb eins. Wie lang so ein Sommertag doch sein kann. Klaas ist wieder da, sein Wagen, die schmutzige Klapperkiste, steht neben der Scheune. Wahrscheinlich ist sein Ältester auf dem Friedhof gewesen. Er stellt sich vor die verglaste Schiebewand und starrt in den Garten, in dem es mit den Jahren immer voller geworden ist. So viele Pflanzen blühen jetzt, und es gibt keine Staude, die nicht gut zu ihren Nachbarn passen würde. Trotzdem ist der Garten an einem Tag wie heute kein besonders fröhlicher Anblick. Er würde gern den Sprinkler anstellen, tut es aber nicht, er möchte keinen verbrannten Rasen. Die großen Blätter der Osterluzei sind matt und staubig. Jetzt schon, und es ist noch nicht einmal Juli. Er geht zum anderen Ende des Zimmers und schaut in den Vorgarten. Anna hat recht, sogar im Frühsommer ist es hier dunkel. Schon morgens kommt keine Sonne mehr durch. Aus irgendeinem Grund fällt es ihm schwer, etwas umzuhauen, was er selbst gepflanzt hat. Nicht nur Anna klagt, auch Klaas spricht davon, aber auf Klaas hört er nun ganz bestimmt nicht. Der sollte sich lieber um den Garten drüben kümmern, alles läßt er verkommen, es ist ihm schon zuviel, im Frühjahr mal ein Veilchen oder eine Tagetes in den Wassertrog neben der Hintertür zu pflanzen.

Er nimmt das Heft aus dem Schreibtisch im kleinen Zimmer. Erst will er damit ins Wohnzimmer, dann überlegt er es sich anders. Warum nicht hierbleiben? Es ist ein gemütliches kleines Zimmer, man hat hier ungefähr die gleiche Aussicht wie durch die Schiebewand, nur um ein paar Meter versetzt. Er schwingt die Tür zum Garten auf. Selbstverständlich wird es dadurch nicht kühler, aber er möchte das Radio in der Garage hören. Does fängt an zu winseln, er kann nicht gut allein sein. Zeeger geht ins Wohnzimmer. »Na komm«, sagt er zu dem Hund, der an der Küchentür steht. Der Rand des Fliesenbodens dort ist seine Grenze, weiter ins Haus darf er nicht. Mit hängendem Kopf, Schwanz auf fünf Uhr, schleicht er auf ihn zu. Was er tut, ist eigentlich verboten, er hat aber den Befehl bekommen, es trotzdem zu tun. So etwas bringt Hunde ganz aus dem Konzept. Er schlüpft ins kleine Zimmer und von dort gleich ins Freie. Mit einem tiefen Seufzer läßt er sich fallen, den Rücken an der Gartentür. »Du hast es auch nicht leicht, was?« sagt Zeeger Kaan. Er setzt sich auf den Schreibtischstuhl und reibt sich die Knie. Manchmal muß er seinem linken Knie einen Klaps geben, wenn er aufstehen will, als würde das Gelenk nicht mehr freiwillig arbeiten.

Das Heft ist nicht sehr dick, es hat einen grau marmorierten Umschlag und ein unbeschriftetes Etikett, er hat ihm keinen Namen gegeben. Es ist kein Tagebuch, es ist ein Strohbuch. Bevor er zu schreiben beginnt, blättert er ein bißchen darin. Die Seiten fühlen sich jetzt trocken und spröde an, können aber zu anderen Jahreszeiten schlaff und klamm sein.

Donnerstag, 9. Oktober 1969. Anna war wieder auf dem Stroh. Zum zweitenmal. Kurz nach der Beerdigung konnten Jan und Johan ihre Mutter nicht mehr finden. Ich ging mit Klaas auf die Suche. Sie war auf dem Stroh. Ich bat sie herunterzukommen, aber sie sagte nichts und kam nicht. Schwiegermutter kam. Am Donnerstag, dem 26. Juni (1969), Schwiegermutter kochte gerade, kam sie herunter. Sie schickte ihre Mutter nach Hause. Gestern

(8. Oktober) habe ich die Leiter ans Stroh gestellt. Sie hat sie umgetreten, als ich ungefähr auf halber Höhe war. Handgelenk gebrochen. Melken geht, aber schwer. Gips ist schmutzig und naß geworden. Ein paar Stunden später kam sie herunter. Ohne Kommentar.

23. Dezember 2003 (Dienstag). Klaas' Frau wollte Anna dazu bringen, vom Stroh zu kommen. Sie hat geschimpft wie ein Marktweib. Anna sagte natürlich nichts, wie immer. Sie hatte ihre Bettdecke mitgenommen, zum Glück, es ist schneidend kalt. Als Klaas' Frau aus der Scheune ging, hat Anna doch etwas gesagt. »Geh du mal zu deinem Kind.« Stunden später kam sie herein, es war schon dunkel. Fragte ärgerlich, warum ich den Weihnachtsbaum noch nicht geschmückt hätte.

21. März 2004 (Sonntag). Es war zu erwarten. Die alte Königin ist tot. Statt sich vor den Fernseher zu setzen (den ganzen Tag kam nichts anderes), ist sie aufs Stroh geklettert. Viel Stroh ist es ja gar nicht mehr, noch drei Schichten. Auch heute noch jede Menge im Fernsehen. Zwischen dem letzten Mal und jetzt liegen nur drei Monate, dabei hatte ich bis Dezember gedacht, sie würde es nie wieder tun. Das letzte Mal davor war nämlich Ende Juni 1994. »So«, sagte sie, als sie heute nachmittag hereinkam. Und am Abend noch etwas: »Allmählich sterben wirklich alle weg. Jetzt ich noch.«

30. März 2004 (Dienstag). Ich hatte so meine Befürchtungen, aber Anna hat brav vor dem Fernseher gesessen. Den Trauerzug mit der protzigen lila Kutsche und allem hat sie sich angesehen, bis der Vorhang vor der Öffnung im Kirchenboden zugezogen wurde. Danach hat sie eine Kanne Tee gekocht.

Obwohl die Aufzeichnungen alle kurz sind, ist das Heft zur Hälfte voll. Das liegt daran, daß er nach einiger Zeit angefangen hat, es auch als Gartenbuch zu benutzen. Das heißt, über alles, was im Garten kaputtgeht, führt er genau Buch. Zuerst drüben auf dem Bauernhof, seit dem Umzug hier. Zwei Ulmen umgeweht am 24. Dezember 1977, im Frühjahr 2001 mehrere Funkien nicht aufgegangen, Birnbaum entwurzelt am 1. April 1994, Ende März 2002 beide Schmetterlingsflieder erfroren, nach dem Sommer 2003 Lebensbaum braun geworden (*unerklärlich, Pilz?*), im Herbst 1993 Purpur-Fetthenne wegräumen müssen (*auseinandergebrochen*). Und zwischen Berichten über Unglücksfälle bei Bäumen, Sträuchern und anderen Pflanzen hier und da eine Todesnachricht:

12. Oktober 1981. Klaas hat Tinus vom Tierarzt untersuchen lassen. Völlig verkrebst, sagte der. Dann gib ihm bitte eine Spritze, hat Klaas gesagt. Mittags kam jemand von der Tierkörperbeseitigung, um ein totes Kalb abzuholen. Klaas wollte ihm Tinus mitgeben. Das habe ich verhindert. Ein Loch geschaufelt am Fuß der letzten Kopfweide und den Hund da begraben. Der Boden war noch locker. Klaas schnaubte durch die Nase, Anna wirkte fast erleichtert. Sie hat immer mit dem Hund geschimpft, sie hat ihn getreten, trotzdem war es ihr Hund. Beim Graben stand sie die ganze Zeit hinter mir, ich glaube, sie hätte mir am liebsten die Schaufel aus der Hand gerissen.

Mai 1984. Hinterste Weide kommt nicht richtig. Habe jetzt alle zweimal gekappt, andere vier bilden allmählich schönen Kopf aus. Lasse diese noch stehen, sie ist nicht tot. Tinus?

»Soll ich jetzt schon schreiben oder noch warten, Does?« fragt Zeeger Kaan. Er hat diesen alten Kram satt, dieses Heft hat er satt, aber er fühlt sich verpflichtet, auch weiterhin Buch zu führen. Kein einziger Vogel singt im Garten, als hätte die Hitze alles mürbe gemacht, was dort lebt. Aus dem Radio kommt keine Geigenmusik mehr, jemand spricht, aber es ist eine Idee zu leise, um es verstehen zu können. Hin und wieder erkennt er einen Ortsnamen oder ein Wort. *Maartenszee, Marinewerft, Volleyball.* Does hat einmal geseufzt, als er seinen Namen hörte. Zeeger nimmt einen Kugelschreiber aus dem Stifteköcher. Dreht ihn einen Moment zwischen den Fingern, tippt mit der Spitze auf die Seite im Heft. Dann steckt er ihn wieder in den Köcher, der dabei umfällt, so daß ein paar Stifte über den Schreibtisch rollen und zum Teil auf den Boden fallen. Er klappt das Heft zu und legt es in die Schublade zurück. Dann geht er auf Socken hinaus. »So«, sagt er. »Komm mal mit.« Does steht auf und trottet widerwillig hinter ihm her, als würde er ahnen, was kommt. An der Seitentür schlüpft Zeeger in seine Klompen. Er lockt den Hund zur Böschung des breiten Grabens zwischen seinem Haus und dem Bauernhof. Dort setzt er sich hin, zieht den Hund auf seinen Schoß und rutscht mit ihm zum Graben hinunter, bis er mit den Klompen die hölzerne Uferbefestigung berührt. Mühsam schiebt er Does, der verdammt schwer ist und nicht gerade mithilft, von seinen Oberschenkeln. Der Hund fällt seitlich ins Wasser und taucht unter. Zeeger Kaan reibt sich die

Knie und sinkt auf die Böschung zurück. Ein bißchen liegen, es ist ihm egal, daß Klaas und seine Frau ihn vielleicht von ihrem Küchenfenster aus sehen können.

Zwergziegen

Der Bäcker mit dem schmalen Gesicht ist im Begriff, das Haus zu verlassen. Er will weg. Er will nicht weg. Er schwankt. Der Kulturmann von Radio Noord-Holland bespricht gerade die Ereignisse der kommenden Tage. Nächste Woche Kofferraummarkt in Sint Maartenszee, heute abend Freiluft-Kino auf dem Gelände der alten Marinewerft in Den Helder, Straßenmärkte in Harenkarspel und Middenmeer, Volleyballturnier in Schagen. Schön, denkt er. Was so alles geboten wird. Er stellt sein Wasserglas auf die Spüle und geht ins Zimmer. Das niedrige Tischchen ist mit Fotos bedeckt; Aschenbecher, Tischfeuerzeug und Pflanze haben dafür Platz machen müssen und stehen auf der Fensterbank, vor den Zeitungen, die durch die Hitze spröde geworden sind.
Die Zeit zwischen dem Blick auf den Kalender und dem Ausbreiten der Fotos hat er mit den Kleinanzeigen ausgefüllt. In der Rubrik *Tiere und Zubehör* wird nicht ein einziger junger Hund angeboten. Zwei alte Hunde, »umständehalber«. »Also die bestimmt nicht«, hat er gemurmelt. Außerdem hat er viel Wasser getrunken, am Küchenfenster, von dem er Aussicht auf das *Polderhuis* hat. Hinter dem *Polderhuis* stehen ein paar große Kastanienbäume, die hohe Nadelbaumhecke versperrt ihm die Sicht auf den Friedhof. Er setzt sich und stemmt dabei eine Hand ins Kreuz wie eine hochschwangere Frau. Die Fotos vom Besuch der Königin

sind nie eingeklebt worden. Der Umschlag, in dem er sie aufbewahrt – er sieht die Hände seiner Tochter danach greifen –, ist immer noch der von 1969, normalerweise steckt er zwischen den Blättern des rotbraunen Albums. Spätere Fotos sind eingeklebt, auch die vom Urlaub in Schin op Geul, Ende August 1969. Kein fröhlicher und entspannter Urlaub, trotz des schönen Wetters. Jeden Tag Sonne und jeden Abend ein kräftiger Gewitterschauer. Nur seine kleine Tochter lacht, auf zwei oder drei Fotos. Das Album liegt auf einem der Sessel, obendrauf der jetzt eingerissene Umschlag. Er kann sich nicht erinnern, wann er zuletzt in dem Album geblättert hat. Für ihn sind sie alle traurig, diese Bilder, später wurden sie noch trauriger, weil keine Frau und keine Tochter mehr da waren, die sie kichernd und flüsternd hätten betrachten können.

Er schaut auf die Uhr und denkt: Na, wenn schon. Er holt eine Flasche Zitronenbranntwein aus der Anrichte und gießt sich ein Glas ein. Diesmal setzt er sich nicht wie eine schwangere Frau, er braucht all sein Gleichgewichtsgefühl, um das Glas gerade zu halten. Die Zwergziegen sind tatsächlich auf einem der Fotos, also doch. Er wußte es nicht mehr, schon seit längerer Zeit hat er sich sogar gefragt, ob es sie nicht nur in seiner Einbildung gab. Blauwboer in seinem makellosen Overall hält sie fest, während er den Dank der Königin entgegennimmt. Die Zicklein knabbern an einem Sträußchen Bartnelken in der Hand einer Frau, die mit großen Augen aufgeregt die Königin anstarrt und die Blumen neben sich herunterhängen läßt. Viele Bilder von seiner Tochter und dem Sohn des Metzgers, die zusammen ein kostbares Bukett halten. Er trinkt einen Schluck. Die Königin ist nur auf einem einzigen anderen Foto zu sehen, von

hinten, wie sie durch ein Spalier von Kindern mit Fähnchen aufs *Polderhuis* zugeht. Auch Jan Kaan ist dabei, er zieht ein unzufriedenes Gesicht, streckt den Bauch vor und läßt sein Fähnchen hängen. Er hat ein graues Jäckchen mit schwarzen Kanten und blanken Knöpfen an. Ein nagelneues Jäckchen. Auf zwei Bildern ist er zu sehen, und auf beiden macht er so ein böses Gesicht. Warum? Der Bäcker trinkt noch einen Schluck und stellt erst dann das Glas ab, zwischen den Fotos. Seine Tochter strahlt. Sie freut sich wohl wirklich. Der Sohn des Metzgers wirkt gleichgültig, er hat das eine Knie vorgeschoben, die ganze Veranstaltung scheint ihn maßlos zu langweilen. Und das, obwohl er der Königin Blumen überreichen darf. Der Bäcker schaut sich noch einmal den wütenden Jan Kaan an. Ob er eifersüchtig war? Hatte er noch ordentlicher als ordentlich auf der Schulbank gesessen, um auserwählt zu werden? Oder kam er sich in dem Jäckchen mit Norwegermuster lächerlich vor?
Der Bäcker nimmt das zweite Foto mit Jan Kaan vom Tisch. Neben Jan steht Dinies Sohn. Teun, nicht wahr? Wo der wohl abgeblieben ist? Dinie spricht nie von ihrem Sohn. Merkwürdig eigentlich. Teun ist drei oder vier Jahre älter als Jan Kaan. Was hatte er überhaupt zwischen den jüngeren Kindern zu suchen? Sie stehen Hand in Hand. Auf jeden Fall schaut Teun nicht die Königin an, wo auch immer die im Moment des Auslösens war. Er schaut von der Seite Jan Kaan an. Der Bäcker seufzt und greift wieder nach dem Glas, kippt den Rest des Zitronenbranntweins in einem Zug hinunter. Teun Grin sieht aus wie jemand, der den Blick nicht von einem verkrüppelten Bein abwenden kann, obwohl er weiß, daß sein Starren ungehörig ist. Heute abend doch mal Dinie fragen, was aus ihrem Sohn geworden ist. Ihm wird etwas schwindelig.

Hastig schiebt er alle Fotos zusammen und steckt sie in das Album. Den Umschlag zerknüllt er, bevor er ihn in den Papierkorb wirft. Dann nimmt er den Aschenbecher, die Pflanze und das Tischfeuerzeug von der Fensterbank und stellt sie auf den Tisch zurück. Er gießt sich noch ein Glas Zitronenbranntwein ein, leert es in zwei Zügen. Mit ein bißchen Alkohol fühlt sich ein alter Körper weniger alt an, lockerer, freier.

Im leeren Laden hängt an einer Wand ein großes Foto, in einem schwarzen Rahmen mit entspiegeltem Glas. Der hellgraue VW-Transporter. Vor der Bäckerei geparkt. *Blom Backwaren*. Seine Frau, seine kleine Tochter und er neben dem Heck. Strahlend. Er greift mit der linken Hand unter den Rahmen, zieht ihn vorsichtig nach vorn und hält die rechte Hand auf. Trotzdem segelt das kleine Foto, das hinter dem Rahmen klemmte, auf den Boden. Er bückt sich, was nach den zwei Gläschen tatsächlich um einiges leichter geht als am Vormittag beim Gießen der Hortensien, und hebt es auf. Etwas ganz Besonderes. Aber auch unerträglich. Und was nützt verstecken, wenn man genau weiß, wo etwas versteckt ist?

Am frühen Morgen hatte er das Bestellte zum *Polderhuis* gefahren. »Kein Schnickschnack«, hatte der Bote gesagt. »Einfach nur Brot, Brötchen, Rosinenbrot. Die Königin ist ein Mensch wie jeder andere. Hauptsache, alles ist knusprig frisch.« Er nahm den neuen Lieferwagen, er wollte, daß sich die Leute schnell an den Namen *Blom Backwaren* gewöhnten. Obwohl der Transporter eigentlich fürs Umland gedacht war. Die Runde durchs Dorf machte sein alter Vater in dem ebenso alten Dreiradlieferwagen mit dem

glänzenden Nußbaum-Aufbau, auf dem noch der alte Name *Blom – Bäckerei & Konditorei* stand. Zu seiner Frau sagte er im Spaß, jetzt könnten sie, ohne der Wahrheit Gewalt anzutun, auch noch »Hoflieferant« unter die neuen Buchstaben auf der Schaufensterscheibe schreiben lassen.
Ein paar Stunden später hatte er eine größere Menge weiße Brötchen beim Notar abzuliefern. Daraus schloß er, daß der nicht zum Mittagessen mit der Königin eingeladen war und deshalb wohl selbst ein Festmahl ausrichten wollte. Vor dem Haus des Notars öffnete er die Tür, ohne in den Außenspiegel geschaut zu haben. Im selben Moment schoß ein kleiner Junge auf einem Fahrrad vorbei und schrie: »Eh!« Erschrocken zog er die Tür zu. Der Junge fuhr schon wieder am rechten Straßenrand und blickte sich um. Es war Jan Kaan, der zweitälteste Sohn von Zeeger und Anna Kaan. Um dem Jungen zu zeigen, daß es ihm leid tat, hob er die Hand. Gleich darauf kam in hohem Tempo Johan Kaan auf einem Tretroller hinter seinem Bruder her. Der Schreck saß ihm noch in den Gliedern, nachdem er die Brötchen abgeliefert hatte und langsam zur Bäckerei zurückfuhr, er spürte es vor allem in den Knien, das Kuppeln ging auch nicht ganz glatt. Das Umland mußte bis zum Nachmittag warten, jetzt stand die Ankunft der Königin bevor. Er parkte den Transporter schräg vor der Bäckerei und blickte zufrieden zum anderen Ufer des Kanals hinüber. So stand er gut, der hellgraue Wagen, die Königin konnte ihn nicht übersehen. Vor dem *Polderhuis* hatten sich schon ziemlich viele Leute angesammelt, aus der Ferne waren aufgeregte Kinderstimmen zu hören. Das halbe Dorf fieberte diesem Mittag entgegen. Er betrat den Laden, grüßte seine Frau und holte den Fotoapparat aus dem Wohnzimmer.
Er blieb nah bei seiner Tochter, einem der beiden auserwähl-

ten Kinder. Drückte in dem Moment auf den Auslöser, als sie, ganz befangen vor Nervosität, der Königin das Bukett überreichte. Und als sie sich erleichtert in das Kinderspalier einreihte. Da stand auch Jan Kaan mit bösem Gesicht. Der Grin-Junge stand neben ihm und hielt seine Hand. Dann kam die westfriesische Tanzgruppe an die Reihe, und auch von dem Tanz machte er Aufnahmen, und von dem alten van der Goes mit seiner Geige, ganz Konzentration, mit geschlossenen Augen und zusammengepreßten Lippen. Das wird ein schönes Foto, dachte er. Danach sprach er mit verschiedenen Leuten, schüttelte Hände und genoß das schöne Juniwetter. Man beglückwünschte ihn zu seinem neuen Lieferwagen, und von Blauwboer hörte er, der Sekretär der Königin habe tatsächlich mit ihm abgesprochen, daß jemand die Zicklein abholen würde. Er gab seiner Tochter einen Kuß. Vor dem *Polderhuis* wurde es immer leerer, er blieb. Und weil er blieb, bekam er die Gelegenheit, das schönste Foto zu machen, das er sich hätte wünschen können.
»Was strahlst du so?« fragte seine Frau, als er endlich auch zu Mittag aß, bevor er die aufgeschobene Lieferrunde fuhr.
»Ich bin glücklich«, antwortete er. Nie zuvor hatte er so etwas gesagt.
Seine Frau schnaubte durch die Nase und ging in den Laden, die Türklingel hatte gebimmelt.

Brot und Leder. Der Bäcker hatte in den Lieferwagen ein Radio einbauen lassen, und das spielte nun. Musik, offenes Fenster, Geruch von frischem Brot und neuem Leder. Westwind, dachte er, als er die Ulmen an der langen Straße sah. Immer nur Westwind. Vor dem Hof der Kaans kam er am Knechtshaus vorbei. Dort war niemand, die waren in Urlaub, außerdem katholisch und deshalb vielleicht gar nicht

an der Königin interessiert. Er selbst legte keinen so großen Wert auf Urlaub, er hatte im Dorf genug Abwechslung, und außerdem, wie sollte er Ruhe haben, wenn er in einem Ferienhäuschen in Overijssel oder Drenthe war, während jemand anders das Brot backte und verkaufte? Auch wenn dieser Jemand sein Vater war. Er bog auf das Grundstück der Kaans ein. Vor dem neuen Melkstand stellte er den Motor aus, sprang aus dem Wagen und schob die Seitentür auf. Ein ganzes Graubrot und ein halbes Weißbrot. Hinter ihm klatschte etwas, erschrocken blickte er sich um. Ein nasses Laken an der Wäscheleine. Durch den Melkstand und den Flur ging er zur Küche. Die Tür ließ er offen, er würde ja nur kurz bleiben. Schwungvoll legte er die anderthalb Brote auf den Küchentisch. »Bitte sehr, wie immer«, sagte er.
Anna Kaan blickte sich um. Sie stand am Fenster und hatte die Wäsche angestarrt.
»Noch etwas anderes heute?« Das fragte er jedesmal, und fast jedesmal lautete die Antwort nein. Selten einmal eine Packung Zwieback oder friesisches Roggenbrot. Und noch seltener verlangte Zeeger Kaan sechs Mandeltörtchen.
»Nein«, sagte Anna Kaan.
»Auch nicht an diesem besonderen Tag?«
»Nein.«
»Wie war die Königin?«
»Großartig.«
Der Bäcker konnte Anna Kaan ansehen, daß sie nichts weiter darüber sagen würde. Noch einmal erschrak er, diesmal vor einem Wummern über seinem Kopf. »Was ist das?« fragte er.
»Zeeger baut ein Zimmer aus. Für Hanne.«
»Zieht sie nach oben? Ist sie schon zwei?« Der Bäcker wußte, daß alle Kaan-Kinder die ersten zwei Jahre unten schliefen,

in dem kleinen Zimmer neben dem Wohnzimmer. Wenn man die Leute jahrelang zu Hause belieferte, wußte man alles über sie.

»Gerade geworden«, antwortete Anna Kaan. »Und unten kommen dann die Zwischentüren und die Einbauschränke raus.«

»Dann bekommt ihr ja ein richtig großes Wohnzimmer.«

»Ja.«

Aus dem Flur kam der junge Irish Setter in die Küche. Tinus. Eigenartiger Name für einen Hund. Der Bäcker ging in die Knie und streichelte den Hund, ließ sich übers Gesicht lecken. Von oben kamen jetzt Sägegeräusche.

»Aber soweit ist es noch nicht. Erst muß mal das Zimmer oben fertig werden.«

»Im Augenblick scheinen alle umzubauen.«

»Und zu kaufen«, ergänzte Anna Kaan. »Schöner Lieferwagen.«

»Danke«, sagte er. Noch nie hatte sie ein Wort über seine Neuerwerbung verloren.

Er gab dem Hund einen sanften Schubs und stand auf. Dann drehte er sich um, und auch zum Abschied grüßte er nicht. Das fand er überflüssig, er kam zu so vielen Leuten ins Haus, da nähme die Grüßerei ja kein Ende. Pfeifend verließ er die Küche, diesmal schloß er die Tür. Auf dem Weg zum Lieferwagen notierte er mit einem abgekauten Bleistift das ganze Graubrot und das halbe Weißbrot in seinem Anschreibebuch. Das konnte er, der Bäcker mit dem schmalen Gesicht: gleichzeitig pfeifen, gehen und schreiben.

Geistesabwesend pfiff er »Oh Happy Day«. Das hatte er gerade in der Küche gehört. Aus einem offensichtlich nagelneuen Radio. Es war eine Melodie, die hängenblieb. Erst als er rückwärts vom Grundstück fuhr, dachte er wieder an die Autotür und Jan Kaan, und ihm fiel ein, daß er Anna Kaan nichts davon gesagt hatte. Ach, das war auch nicht nötig. Seine Knie zitterten nicht mehr. Zwischen den Kaans und der nächsten Adresse sah er einen Greifvogel fliegen. Ein Mäusebussard, dachte er. Oder eine Weihe? Er war sich nicht sicher, er mußte einmal im Vogelbuch nachsehen, wie man die auseinanderhalten konnte. Noch ein paar Bauernhöfe und dann nach Hause. Es gab drei Arten von Weihen, fiel ihm ein. Die Rohrweihe, die Wiesenweihe und noch eine, es reichte also nicht, wenn man Bussarde und Weihen unterscheiden konnte. Er begann wieder zu pfeifen, schaltete ohne Probleme und überlegte, wo im Bücherregal das Vogelbuch stand.

Eine halbe Stunde später fuhr er wieder am Hof der Kaans vorüber, diesmal in der anderen Richtung. In Gedanken war er immer noch bei den Bussarden und Weihen, und deshalb fuhr er ganz gemächlich, ohne besonders auf die lange, schmale Straße zu achten. Es war sehr ruhig, nur einmal hatte er für einen entgegenkommenden Wagen an den Rand fahren müssen. Als er gerade am Damm vorbeigerollt war, stieß er gegen irgendein Hindernis. Er beugte sich übers Lenkrad, den Fuß leicht auf dem Bremspedal. Vor ihm auf der Straße war nichts zu sehen. Im rechten Außenspiegel sah er etwas Braunes. Einen Hund, den jungen Irish Setter von Zeeger Kaan. Hatte er den angefahren? Aber wie konnte der Hund dann so aufrecht sitzen? Der Schreck war ihm wieder in die Knochen gefahren, beide Knie begannen zu zittern. Während er bremste und das Radio ausschaltete, blickte er immer noch in den Außenspiegel. Seine linke Hand glitt übers Lenkrad. Fast quer auf der Straße kam der Lieferwagen zum Stehen. Stille. Der Geruch von neuem Leder und frischem Brot. Ein plötzlicher Windstoß riß ihm beinahe die Tür aus der Hand. Die Ulmen am Straßenrand neigten sich zu ihm hinunter. *Blom Backwaren.* Schon bevor er das Heck des Lieferwagens erreichte und den Hund sitzen sah, verachtete er sich selbst wegen dieser Aufschrift, hörte er sich von den siebziger Jahren schwafeln, die vor der Tür stünden, von neuen, anderen Zeiten.

Dem Hund fehlte nichts. Er saß nur da. Er saß, aber so, wie ein Vorstehhund steht, als wäre das Kind, das halb auf der Straße, halb im Gras lag, ein Stück Wild. Weil der Bäcker noch etliche Meter weitergefahren war und kaum imstande zu gehen, dauerte es einen Moment, bis er bei dem Kind und dem Hund ankam. Auf der Straße breitete sich ein unregelmäßiger Schatten aus, die Ulmen neigten sich noch weiter über ihn, ohne zu rauschen. Das Kind sah unversehrt aus. Es lag still, seine Augen waren geschlossen, das war alles. Er ging in die Knie, und der Hund, der das auf sich bezog, stellte sich an ihm hoch und begann ihn eifrig zu lecken. Der Bäcker stieß das junge Tier grob zur Seite. Aus einem Ohr des Kindes sickerte ein klein wenig Blut. Der Hund fing an zu bellen, hoch und durchdringend. Die Seitentür des Bauernhofs öffnete sich, eigentlich war es die Haustür, denn die Tür in der Vorderfront war blind. Der Bäcker stand auf. Anna Kaan ging ein paar Schritte auf den Hof. Blieb stehen. »Zeeger!« rief sie. Der junge Hund hörte auf zu bellen.

Der Bäcker blickte auf die blinde Tür und von dort aus aufwärts. Ein paar Meter über dem Balkon sah er zum erstenmal – obwohl er doch über alles, was sich in dem Haus tat, Bescheid wußte – einen Zierstein. *Anno 1912.*

»Zeeger!«

Der Hund begann leise zu winseln.

In dieser Nacht ging er nicht ins Bett. Er saß in einem Sessel, den er vor das große Fenster zum Garten geschoben hatte, und rührte sich nicht einmal, als er in der Bäckerei seinen Vater – wie war der dort hineingekommen? – an die Arbeit gehen hörte. Das Vogelbuch lag auf seinem Schoß, er starrte die zusammengefalteten Zeitungen an, die seine Frau hinter die Zimmerpflanzen gesteckt hatte. Er kannte nun genau die Unterschiede zwischen einem Mäusebussard und den drei Weihenarten. Kornweihe, das war der Name, der ihm heute nachmittag, ach nein, gestern, nicht eingefallen war. Es interessierte ihn nicht mehr. Und außerdem, wie sollte man Wiesenweihe und Kornweihe auseinanderhalten, bei beiden waren die Männchen grau, die Kornweihe nur etwas heller, ungefähr wie sein neuer VW-Transporter. Um halb fünf, es war also längst Mittwoch, der 18. Juni, kam seine Tochter herunter.
»Was machst du?« fragte sie.
»Ich sitze«, sagte der Bäcker.
Seine Tochter schob mühsam einen zweiten Sessel zum Fenster und setzte sich auch. Sie schlief sofort wieder ein.
Ist es das, was mir im Gedächtnis bleiben wird? Die Unterschiede zwischen diesen Greifvögeln? Er schaute seine Tochter an. Ihr Gesicht glühte noch von der Berührung der Königin. Das Gesicht von Hanne Kaan würde nie mehr von irgend etwas glühen. Er starrte nach draußen, wo es schon hell war und Nebelschwaden die Wassergräben markierten. So fand seine Frau ihn vor, als auch sie herunterkam. Sie stellte sich hinter seinen Sessel.
Die Tochter wachte auf. »Was ist los?« fragte sie.
Seine Frau erzählte ihr, was passiert war.
»Ich muß zu ihnen«, sagte der Bäcker. Er dachte an seinen Lieferwagen, empfand Übelkeit bei dem Gedanken an den

Geruch von neuem Leder und frischem Brot. Er sah sich die Fahrt zu den Kaans mit dem Rad machen.
»Aber nicht jetzt«, sagte seine Frau. Sie ging in die Küche.
»Nein«, murmelte er. »Nicht jetzt.«

Ja, denkt er, einen Hund. Einen Schnauzer vielleicht. Er betrachtet das Foto in seiner Hand. Er will jetzt endlich weg. Er will nicht weg. Er schwankt.

Mohrchen

»Was hast du da?«
Onkel Jan befühlt seine Stirn. »Einen Mückenstich, glaub ich«, sagt er.
»Oh.« Langsam wird sie es doch leid, es ist ziemlich langweilig hier. Der Eimer ist wieder fast leer, und Dieke hat keine Lust, Onkel Jan zu fragen, ob er ihn für sie füllt. Sie hat auch keine Lust, es selber zu tun, weil sie dann darüber nachdenken muß, wie sie den Hahn wieder zubekommt, das ist viel zu anstrengend. Der nasse Lappen ist nicht mehr naß, sie hat ihn auf einen Stein gehängt, und nach ein paar Minuten war er trocken, sie konnte ihn heller werden sehen. Sie geht um Onkel Jan herum, bis sie dicht hinter ihm steht. Er läßt sich nicht stören, füllt weiter Buchstaben mit der weißen Farbe. Ein Wort hat er fertig und malt jetzt das nächste aus. Er hat eine kahle Stelle auf dem Hinterkopf, nein, sie ist nicht kahl, es sind nur weniger Haare drauf als an anderen Stellen. Das T-Shirt ist immer noch ein bißchen naß, das liegt natürlich daran, daß es aufgerollt ist. Ihr Vater hat keine Stelle wie diese auf dem Kopf. Onkel Jan hat

schon eine ganze Weile nichts gesagt, und jetzt hätte sie ihn fast nicht verstanden.
»Tut es dir leid, daß keine Kühe mehr da sind?«
Aha, er will doch wieder mit ihr sprechen. »Nein, überhaupt nicht.«
»Wieso nicht?«
»Ich mag keine Kühe.«
»Wolltest du denn nicht Bäuerin werden?«
»Pah! Natürlich nicht!«
»Warum nicht?«
»Ich kann doch nicht Trecker fahren.«
»Das kann man lernen.«
»Nein, ich nicht.«
»Sogar ich kann Trecker fahren.«
»So? Ohne Führerschein?«
»Auf Texel fahre ich so einen kleinen Trecker.«
»Ach, das zählt nicht.«
Er nimmt den Pinsel aus einem Buchstaben, taucht ihn in das Farbtöpfchen und fängt mit einem neuen an.
»Was ist das für ein Buchstabe?«
»Das ist ein *l*. Hier steht *kleiner*. Das *l* ist einfach, finde ich. Ein *e* ist ganz schön schwierig.«
Dieke seufzt. Sehr tief.
»Oder willst du bei einem Metzger arbeiten? Wie deine Mutter?«
»Nein, da stinkt es.«
»Was willst du denn werden?«
»Malererin.«
»Malerin? Eine, die so was malt wie ich jetzt.«
»Nein. Bilder.«
»Sieh mal einer an!«
Sie seufzt noch einmal und dreht sich um, weil sie ein biß-

chen herumgehen möchte. Es kommt ihr so vor, als würde sie das Schwimmbad hören, ganz weit weg. Geschrei. Was tut Evelien wohl gerade? Vielleicht macht es ihr eigentlich gar keinen Spaß im Schwimmbad, weil sie, Dieke, nicht da ist? Oder denkt sie gar nicht an sie, sondern schaukelt mit ihren Schwimmflügeln neben Leslie im Wasser? Denkt Leslie auch nicht an sie? Nein, Leslie ist bestimmt nicht im Schwimmbad. Als sie die Bank erreicht und ihren Rucksack sieht, fragt sie sich, wo ihr Trinkbecher ist. Den hatte Onkel Jan doch nachfüllen wollen. »Wo ist mein Trinkbecher?« brüllt sie.
Es dauert einen Moment, bis eine Antwort kommt. »Der steht noch beim Friedhofsgerätehäuschen.«
Och Mensch, jetzt muß sie wieder den ganzen Weg dahin gehen. Es ist doch fürchterlich warm. Sie tritt Muschelgrieß vor sich her. Am Häuschen ist es ein klein bißchen kühler. Der Heiner-und-Hanni-Trinkbecher steht unterm Wasserhahn. Als sie ihn hochhebt, fühlt sich das in ihrem Arm ganz komisch an, weil der Becher leer ist. »Au«, sagt sie leise. Und nun? Sie geht noch ein Stückchen weiter und schaut um die Ecke des Häuschens. Da steht eine kleine Kiste, eine ziemlich stabile Kiste. Sie hebt sie hoch, trägt sie unter das Fenster und stellt sie mit der Seite auf den Boden. Diesmal braucht sie sich kaum an dem Rand unterm Fenster hochzuziehen, die Kiste ist viel höher als der Eimer. Da ist der Vogel. Er dreht sich langsam im Kreis. Was für ein Vogel war das noch? Eine Elster. Opa fängt diese Vögel, in einer Art Eisenkäfig, in dem schon einer sitzt. Ein Lockvogel, so heißt dann diese Elster. Jetzt dreht sich der Vogel noch langsamer in die andere Richtung. Er ist tot. Mausetot. Trotzdem bewegt er sich. Sonst gibt es in dem Häuschen nicht viel zu sehen. Sie erkennt ein paar Schaufeln, Pfosten, einen großen

Holzhammer, eine Art Tisch, mit Stangen dran. Sie schaut sich die Elster noch einmal genau an, sieht, wie die Füße zusammengebunden sind, verfolgt den Bindfaden bis zu dem Balken mit dem Nagel. Dann springt sie von der Kiste und wischt ihr Kleidchen vorne sauber. Sie kniet sich vor den Wasserhahn. Erst ein ganz kleines Stückchen aufdrehen und sofort wieder zu. Dann etwas weiter aufdrehen, die Hand auf dem Griff lassen und nicht vergessen, wie herum der Hahn zugeht. Als der Trinkbecher überläuft, dreht sie, ohne groß darüber nachzudenken, den Griff nach rechts.

»Aber du könntest doch einen Bauern heiraten. Dann würde der den Trecker fahren.«
»Neeee«, sagt sie.
»Okay«, sagt Onkel Jan. »Kein Wort mehr darüber.«
»Wir müssen sowieso da weg.«
»Vom Hof?«
»Ja.«
»Wer sagt das?«
»Mama. Sie sagt, das Haus fällt bald auseinander.«
»Und stimmt das?«
»Einmal ist ein Stück vom Balkon runtergefallen.«
»Das ist ja lebensgefährlich.«
»Nee. Es steht ja nie jemand drauf!«
»Möchtest du's auch mal versuchen?«
»Erst was trinken.« Sie trinkt in einem Zug den halben Becher leer. Das tut gut, aber es wäre noch viel schöner gewesen, wenn Onkel Jan etwas über das Wasser gesagt hätte. Na ja. Daß sie wegwill, erwähnt sie lieber noch nicht. Sie stellt den Trinkbecher zur Seite und tritt auf die dünne Schicht alten Kies. Onkel Jan reicht ihr den Pinsel. Sie hockt sich hin und sieht ihre Hand zittern. Schnell steht sie wieder auf.

»Ich trau mich nicht.«
»Nicht schlimm. Dann mache ich weiter.«
Er packt sie unter den Achseln und hebt sie auf die trockene Erde neben dem Grab. Ja, sie will jetzt wirklich weg, und langsam bekommt sie auch Hunger. Eine Banane und ein Apfel, das macht überhaupt nicht satt. Onkel Jan sitzt schon wieder, malt schon wieder, summt vor sich hin. Eigentlich will sie so gerne weg, daß sogar Oma kommen dürfte, um sie nach Hause zu bringen. Dann beginnt Onkel Jan zu singen.
»Mohrchen, schwarz wie Pech und Ruß, ging im Sonnenschein zu Fuß. Die Sonne schien ihm aufs Gehirn, da nahm er seinen Sonnenschirm.« Er malt einen Buchstaben fertig und fängt mit dem nächsten an, ohne zwischendurch aufzublicken. »Kennst du das Lied?«
»Neeee.«
»Das handelt von einem kleinen schwarzen Jungen.«
»Von Leslie?«
»Ist der in deiner Vorschulklasse?«
»Ja.«
»Dann handelt es von Leslie.«
»Der ist jetzt im Schwimmbad. Glaub ich. Und Evelien auch.«
»Und du möchtest allmählich auch dahin.«
»Mjoh ...«, sagt sie. »Leslie hat einen sehr großen Vater.«
»Wie meinst du?«
»Groß. Lang.«
»So?«
»Ja.« Dieke singt leise und dreht die Spitze ihrer Sandale im Muschelgrieß hin und her.
»Ich nehme an, daß Opa bald kommt. Dann kannst du mit ihm nach Hause.«
»Mjoh.«

Kies

Etwas sehr Schwieriges hatte der Kerl im Gartenmarkt gefragt. Etwas mit Flächen. Wieviel mal wieviel, und daß er es dann ausrechnen würde. »Na, was auf den Ba-auch von 'nem Kind paßt«, hatte Johan Kaan gesagt. Dann hatte es noch eine ganze Weile gedauert, bis der Gartenmarktheini endlich kapiert hatte, und dann mußte ein Sack extra für ihn gefüllt werden, weil die Steinchen, die er wollte, nicht fertig abgepackt geliefert werden. Geld hatte er, ja. Natürlich hatte er Geld, ohne kann man nichts kaufen. »Hä-älst du mich vielleicht für blöd?« hatte er gefragt. Der Kerl hatte immer langsamer geredet, langsamer und lauter.
Jetzt trägt er den Sack auf der Schulter, mal auf der einen, mal auf der anderen, manchmal auch auf dem Nacken, und wenn er das nicht mehr aushält, einen Augenblick vor dem Bauch. Er geht auf langen, schmalen Straßen. Er hat vergessen, wieviel der Sack wiegt, was der Kerl ausgerechnet hat. Aber egal, was spielt das für eine Rolle, wenn man den Sack so oder so tragen muß. Eine Zahl. Es ist sehr, sehr still, nur vorhin, als er auf dem Radweg an der Landstraße war, kurz hinter der weißen Brücke über den Kanal, kamen ein paar Autos vorbei. Er kennt diese langen geraden Straßen und auch die eine gewundene vor der weißen Brücke, er weiß, wo die Abzweigungen und Kurven sind, er sieht die Wassergräben vor sich, früher, ja, früher ist er oft ein ganzes Stück mit geschlossenen Augen gefahren, so lange wie möglich, und dann noch länger, unter sich die Zündapp wie ein, wie ein ... na ja, wie ein Moped eben. Seit dem Tag, an dem er sechzehn wurde, hat er nie mehr auf einem Fahrrad gesessen. Zur Kneipe in Schagen, nüchtern hin, besoffen zurück. Er kennt die Straßen bei Sturm, Hagel, Nebel, Kälte, Hitze,

bei Vollmond, mit dem würzigen Geruch von Grabenwasser im Frühling, dem sauren von Pappelblättern im Herbst, einer Spur von Metall in der Luft, wenn es regnete (war das dann die Zündapp, oder roch der Regen selbst nach Metall?), von ruhenden Tieren im Dunkeln, fast nur zu ahnen (neben der gewundenen Straße im Sommer wie Winter Schafe). Und immer gerast, aber nie aus der Kurve geflogen, nie gegen das Geländer der weißen Brücke geknallt, das alle fünf Jahre neu gestrichen wird, nie im Graben gelandet. Nein, erst als er ganz vorsichtig über Autos und Baumstämme und Betonbrocken ...
Er fängt an zu singen. Sehr laut. Gerade ist etwas in seinem Kopf gewesen, das weggebrüllt werden muß. Die hellblauen Steinchen drücken Dellen in sein Fleisch, auch das hilft. An der Straße stehen nur noch ein paar große Bäume, auf zwei davon ist ein gelber Punkt gemalt. Zwischen den großen Bäumen stehen kleinere mit bräunlichen, krumpeligen Blättern. Der Sack wird zu schwer, er muß ihn kurz abstellen. Bei einem Dammzaun zieht er seine Turnschuhe und Socken aus und setzt sich auf das Ende des Dükers, der unter dem Damm herführt. Von seinen bloßen Füßen sieht er Dampf aufsteigen. In seinem Kopf. Mit dem Singen hat er aufgehört, und einen Moment vergißt er, wohin er unterwegs ist. Aus der Gesäßtasche seiner abgeschnittenen Jeans holt er ein Päckchen Marlboro, die Zigaretten sind platt, aber nicht durchgebrochen. Rechts die Straße, an einigen Stellen ist der Teer geschmolzen, links eine Wiese, über die zwei Vögel stelzen, sie haben lange, krumme Schnäbel. »Klüüiit!« ruft er, trotzdem fliegen sie nicht auf. Blöde Viecher. Oder ist es heute zu warm zum Fliegen?
Heute. Heute ist doch der Tag, an dem Jan ...? Er denkt

nach. Versucht nachzudenken. Stellt sich Toon vor, vielleicht kann er den Tag dann wieder besser einsortieren. Hat Toon noch etwas zu ihm gesagt, bevor er losging? Nein, er hatte ja dafür gesorgt, daß Toon ihn gar nicht weggehen sah. Er zieht an der Zigarette. Schlägt mit den Fußsohlen aufs Wasser des Grabens. Jan wohnt auf Texel, denkt er. Fähre. Möwen. Er hat die Zigarette aufgeraucht, macht einen Zug zuviel, hat schon den fiesen Geschmack des Filters im Mund. Er rutscht vom Düker hinunter und steht bis zu den Oberschenkeln im Wasser, das klar war, es aber jetzt nicht mehr ist. Mit einer Handvoll Wasser spült er sich den Mund aus. Der Filtergeschmack ist weg. Er steigt aus dem Graben und trampelt sich den Matsch von den Füßen. Die Stellen zwischen den Zehen trocknet er sorgfältig mit seinen weißen Socken, bevor er sie anzieht, schmutzig und feucht, wie sie sind. Danach die Schuhe, und noch ausführlich im Schritt gekratzt, wo alles ein bißchen schweißig ist. Den Sack wieder auf die Schulter. »Klüüiit!« ruft er noch einmal und geht weiter, mitten auf der Straße. Ein paar Minuten später hupt ihn ein Auto an den Rand. Es ist, als würde ein riesiger Apfel an ihm vorbeifahren, noch nie hat er ein Auto in dieser Farbe gesehen, einem komischen Grün, es tut seinen Augen weh. Der Wagen bremst nicht ab, der Fahrer ist wohl nicht auf die Idee gekommen, ihn mitzunehmen. Johan Kaan lehnt sich mit der freien Schulter an den Stamm der alten Ulme. Er schaut nach oben. Tot, denkt er. »Mausetot!« ruft er.

Sims

Ja, die Blutbuche wird wohl eingehen. Der Baum ist knapp hundert Jahre alt. 1912 nach der Fertigstellung des Bauernhofs in den wahrscheinlich frisch gesäten Rasen gepflanzt. Genau in der Mitte vor der blinden Tür des Vorderhauses und dem Balkon darüber. Zeeger Kaan betrachtet den Baum durch ein Küchenfenster, in das die Sonne nicht scheint, weil er auf seinem eigenen Rasen drei Kastanien gesetzt hat. Von denen eine schon Symptome dieser neuen Krankheit hat: schwarzes Blut, das langsam aus kleinen Löchern quillt. Woran liegt das bloß, überlegt er. All diese Krankheiten, die Bäume bekommen? Kann das irgendeinen Sinn haben? Fahre ich mit dem Fahrrad oder mit dem Auto? Fahrradfahren ist gut für seine Knie. An einem Tag wie diesem ist vielleicht das Auto besser, wegen der Klimaanlage.
Als er ein wenig geistesabwesend – den ganzen Tag war keine Menschenseele auf der Straße – rückwärts aus der Einfahrt rollt, muß er plötzlich scharf abbremsen, weil hinter ihm ein Wagen vorbeischießt, mindestens dreißig Kilometer schneller als erlaubt. Verblüfft schaut er dem grünen Fleck nach. Welcher Idiot kauft sich ein Auto in so einer Farbe? Dann fährt er langsam durch absinkenden Staub Richtung Dorf. Im Dorf wird er noch langsamer. Ab und zu hebt er den Zeigefinger, um Bekannte zu grüßen, die an den Giebeln ihrer Häuser Stirnbretter streichen oder den Hund ausführen oder auf dem Rad an ihm vorbeifahren. Erst als er den Wagen neben dem *Polderhuis* parkt, spürt er etwas von der Klimaanlage. Dumm, denkt er, bei diesem Wetter Stirnbretter streichen, bis heute abend zieht die Farbe Blasen.

»Hallo, Opa!«
»Ah, Diek«, ruft er.
»Hier sind wir!«
»Sehe ich.« Dieke steht auf dem Muschelweg, in dem Durchgang zum neuen Teil des Friedhofs. Jedesmal, wenn er hier ist, kommt ihm der Friedhof kleiner und schmaler vor. Jan sitzt vor dem Stein. *Unser kleiner* ist fertig, er arbeitet jetzt am ersten *L* von *Liebling*. »Kommst ja gut voran.«
»Ja«, sagt sein Sohn.
»Hunger?«
»Nö.«
»Dieke! Hast du Hunger?«
»Ja«, ruft Dieke. »Opa«, sagt sie dann, als hätte sie ihn noch gar nicht begrüßt, »schau mal hier.«
Er läßt seinen Sohn allein. Dieke darf nicht mehr allzulange in der Sonne bleiben, sieht er, ihre Arme werden schon ein bißchen rot. Sie zeigt. Drei große Silbermöwen stehen im Kreis auf dem dürren Gras, trampeln mit den Füßen und starren mürrisch auf den Boden. Würmer wollen sie, aber da können sie warten, bis sie schwarz werden. Auch der rote Fleck auf ihren gelben Schnäbeln, der sagt: »Hier gibt's was zu fressen!«, wird die Würmer nicht herauslocken. »Möwen an Land, Sturm am Strand«, zitiert er.
»Bitte?«
»Das ist ein Sprichwort.« Er blickt nach Westen. Von dort her wird es immer dunstiger, die Sonne kommt schon nicht mehr richtig durch.
Dieke flüstert etwas.
»Was hast du gesagt, Diek?«
»Ich möchte gern nach Hause.«
»Na, dann kannst du doch gleich mit mir fahren.«
»Ja, gut.« Sie gehen zusammen zurück, Hand in Hand. Bei

Jan angekommen, läßt Dieke seine Hand los und geht weiter zur Bank unter der Linde. Sie nimmt ihren Becher, setzt sich hin und trinkt. »Puh«, sagt sie, als sie den Deckel wieder auf den Becher schraubt.
»Dieses Schulpzeug …«, beginnt Jan.
»Ja?«
»Wofür sollte das eigentlich gut sein?«
»Fürs gründliche Reinigen.«
»Dafür taugt es überhaupt nicht, der Stein ist viel zu rauh.«
»Na gut, dann wissen wir das fürs nächste Mal.«
Jan nimmt den Pinsel aus dem *i* und schaut ihn an. »Ja«, sagt er dann.
Es ist nicht immer leicht, seine Kinder anzusehen. Sie sind einem so ähnlich, sie können einem so nahkommen, fast bedrohlich nah. Vor allem Jan kann ihn so anschauen, daß ihm unbehaglich wird.
»Da liegt eine Tante von mir«, brüllt Dieke auf ihrer Bank. »Da in der Erde.«
Manchmal scheint sich das eine Gesicht über das andere zu schieben, dann sieht er in Klaas plötzlich Jan, oder Jan in Klaas, und muß die Augen zukneifen, um das Bild zu berichtigen, dann wieder sieht er sich selbst, und das kommt immer öfter vor, je älter sie werden. Ringe unter den Augen, Falten um den Mund, Furchen in der Stirn. Nur bei Johan geht es ihm nie so, er fällt in jeder Hinsicht aus dem Rahmen, er ist seit seinem Unfall zum hübschesten der Kaans geworden.
»Ist ›Mohrchen, schwarz wie Pech und Ruß‹ ein Er oder eine Sie?«
Er blickt zur Seite, öffnet schon den Mund, um seinem Sohn zu antworten, summt dann aber erst das Lied, bis er zu »scheint ihr« kommt. »Ihr«, sagt er. »Eine Sie.«

»Bist du sicher?«
»Ja.«
»He!« schreit Dieke. »Hört ihr mich überhaupt?«
»Aber ja! Ist dir warm?«
»Warm ist nicht das richtige Wort«, sagt Jan.
»Morgen ist's wahrscheinlich besser.«
»Morgen bin ich nicht mehr hier.«
»Wir angeln heut abend!« ruft Dieke.
»Du hast ja gar keine Angel«, antwortet Zeeger Kaan.
»Aber du!«
»Paß auf, das *e* wird nicht gut.«
Jan steht auf und will ihm den Pinsel geben.
»Nein.«
»Doch. Komm.«
»Stell dich nicht an.«
»Vielleicht kannst du's ja viel besser.«
»Nein.« Er schiebt die Hand seines Sohnes weg.
»Was macht ihr?« ruft Dieke.
»Mir tun die Knie weh.«
Jan geht langsam in die Hocke, setzt sich auf den Kies, hebt die Füße über die erhöhten Ränder und stellt sie links und rechts neben das Grab. »Du hast mich gebeten, das hier zu machen, und wenn du jetzt so anfängst, laß ich es bleiben.«
»Ja«, sagt Zeeger Kaan. Er hat recht, denkt er, ich habe ihn gebeten. Malen kann er am besten, er muß da oben auf Texel so viele Ferienhäuschen unterhalten. Und er hatte schon früher immer was zu beanstanden, wenn ich gemalt habe. Aus gutem Grund, ich hasse die Kratzerei und Schmirgelei. Aber ich habe nie etwas gestrichen, auf das die Sonne knallte.

Zeeger Kaan möchte sich einen Augenblick die Beine vertreten. Auf dem Friedhof, der immer kleiner und schmaler wird. Er streicht sich über das kurzgeschnittene Haar, reibt sich das Knie.
»Gehst du schon?!« schreit Dieke.
»Nein«, ruft er. »Noch nicht.«
»Vergiß mich bloß nicht!«
Auf den Kindergräbern Plüschtiere, die sich mit Regen vollgesaugt haben und beim Trocknen flockig geworden sind. Er liest die Namen und Daten auf den Steinen der Erwachsenen. Drei Bürgermeister nebeneinander. Alle drei allein, ohne Frauen. Einer von ihnen war Bürgermeister, als die alte Königin zu Besuch kam, und wie Zeeger ihn kannte, dürfte er vor dem Betreten des *Polderhuis* nervös und fast kriecherisch etwas gesagt haben wie: »Bitte hier hinein, Majestät. Hier ist alles für den Lunch vorbereitet.« Ein Sträußchen Narzissen, völlig vertrocknet, aber noch nicht zerfallen, liegt vor dem Denkmal für die englischen Flieger. Er geht weiter, zum älteren Teil.
»Fährst du jetzt?!«
»Ich komme gleich wieder, Diek!«
»Willst du so gerne weg?« hört er seinen Sohn fragen.
»Nö«, antwortet Dieke.
Vor dem Grab seiner Eltern bleibt er stehen. *Jan Kaan* und *Neeltje Kaan-Helder*. Viel neuer als das Grab, dessen Stein Jan bemalt. Ein Grab, für das er bald, wie ihm gerade einfällt, weitere zehn Jahre Grabrecht erwerben muß. Daneben liegen seine Großeltern. *Zeeger Kaan* und *Griet Kaan-van Zandwijk*. Immer ein komisches Gefühl, den eigenen Namen auf einem Grabstein zu lesen. Seinen Großvater hatte er nicht gekannt, der war jung gestorben. Aber seine Großmutter starb erst mit fünfundneunzig, in einer Sturmnacht

im November. Dutzende von Dachziegeln auf dem Hof, umgewehte Bäume, kein Strom mehr, ein großer Sprung in einem der vorderen Fenster. Und am frühen Morgen eine tote Großmutter in ihrem Bett. Er hatte lange in ihr Gesicht geschaut, auf dem – so glaubte er – noch etwas von Auflehnung zu lesen war. Anna hatte neben ihm gestanden, sie zerquetschte ihm fast die Hand, und er hätte sie auch gern angesehen, angelächelt, konnte sich aber nicht vom Anblick der toten Frau losreißen. In den Tagen danach hatten seine Eltern gründlich aufgeräumt. Fast alles landete hinter dem Bauernhof auf einem großen Scheiterhaufen, der erst nach drei Tagen angezündet werden konnte, als der Wind nicht mehr von Osten kam. Die alte Kapokmatratze rauchte und zischte sehr lange, bevor sie endlich Feuer fing, die Sansevierien verspritzten beim Zerplatzen Wasser.
Er geht schnell weiter, zum Häuschen der Totengräber. Dort dreht er den Wasserhahn auf, formt aus seinen Händen eine Schale und befeuchtet sich das Gesicht. Dann sieht er noch seinen Vater, wie er nach dem Wegräumen der kaputten Dachziegel zielstrebig zum Kabinettschränkchen der Großmutter geht und seine Medaille herausnimmt. Eine Goldmedaille, beim Pferdeschlittenfahren auf dem Eis im Hafen von Kolhorn gewonnen. Sein Vater konnte sehr gut mit Pferden umgehen. Wie er mit der Medaille über seine Brust reibt, sie anhaucht, noch einmal putzt, während schräg hinter ihm seine Mutter tot in ihrem Bett liegt. Endlich gehörte der Hof ganz ihm.
Er schaut durch das kleine Fenster. Dahinter hängt eine vertrocknete Elster an einem Bindfaden. Im Häuschen lehnt ein Schlegel an der Wand. Eine altmodische Bahre. Spaten und Schaufeln, Pfosten. Zum Ersticken muß es da drin sein.

Als er zurückgeht, um Dieke zu holen, kommt ihm der Gedanke, daß ein ganzes Dorf unter seinen Füßen liegt. Nein, mehrere Dörfer. Und trotzdem erscheint ihm, je älter er wird, der Friedhof immer kleiner und schmaler. Ist hier überhaupt noch Platz für mich, überlegt er. Nellie, so hieß das Pferd, mit dem sein Vater die Goldmedaille gewonnen hatte. Nicht zu fassen, daß ihm das jetzt plötzlich einfällt.
»Wir fahren.«
»Ja!« sagt Dieke. Sie springt von der Bank herunter, nimmt ihren Rucksack und will schon zum Ausgang laufen.
»Erst noch von Jan verabschieden.«
»Ach so, ja.«
Jan ist beim *b* angekommen. Er hat einen muskulösen Rücken, sieht Zeeger, die gebogene Wirbelsäule steht nicht vor, sondern liegt in einer Vertiefung. »Nimm doch das T-Shirt vom Kopf und zieh es an.« Ein muskulöser Rücken und schütteres Haar auf dem Hinterkopf.
»Weißt du, woran ich heut morgen dachte, als ich am *Polderhuis* vorbeifuhr?«
»Nein, woran?«
»An Onkel Piet, und wie er auf dem schwarzen Rand gestanden hat.«
»Wie meinst du?«
»Vor der Beerdigung, da stand er, ohne sich festzuhalten, auf dem schwarzen Sims.«
»Ach, Junge. Das geht doch gar nicht.«
»Fahren wir jetzt?« fragt Dieke.
»Es war aber so.« Er spricht, ohne aufzublicken. Er tunkt den Pinsel noch einmal ins Farbtöpfchen und setzt dann die Spitze wieder in das *b*.
Zeeger Kaan seufzt. Wie kommt der Junge bloß darauf. Er nimmt Dieke bei der Hand. »Auf geht's.«

Als sie sieben oder acht Gräber entfernt sind, ruft Jan ihm nach: »Hat Mutter noch was gesagt?«
»Nein«, lügt er.
»Hast du versucht, sie runterzubekommen?«
»Nein.«
Dieke zieht an seiner Hand. »Opa ...«
»Wann ist sie eigentlich raufgestiegen?«
»Kurz bevor ich gestern losgefahren bin, um dich abzuholen, rief Johan an. Er wollte deine Mutter sprechen. Als wir nach Hause kamen, war sie schon oben.«
»Und jetzt?«
»Opa!«
»Ja, Diek. Nichts.«
Sie gehen weiter. Es ist jetzt sehr still. An der Linde zeigt Dieke wortlos auf zwei Vögel, die auf einem der unteren Äste sitzen. Blaumeisen, mit weit geöffneten Schnäbelchen. Die Muscheln knirschen. Er blickt zu Annas Fahrrad hinüber, das Jan an den Stamm einer Kastanie gelehnt hat. Hier ist der schwarz lackierte Sims, der unten ums *Polderhuis* herumläuft. Er kann nicht viel breiter als sieben Zentimeter sein. Teerlack heißt das schwarze Zeug. Um sicherzugehen, inspiziert er die gebrochen weiß gestrichene Wand, vielleicht ist ja irgendwo ein Ring, an dem sein Schwager sich festgehalten haben könnte. Nichts. Dieke ist schon zum Wagen vorgegangen. Er öffnet die Tür, sie schlüpft hinein.
»Pfu!« macht sie.
»Warte«, sagt er. »Ich muß gerade noch ...«
»Ja, aber es ist so heiß hier drin.«
»Laß die Tür offen. Es dauert nicht lange.« Er geht um den Wagen herum und öffnet auch die Fahrertür. Dann dreht er den Zündschlüssel um und schaltet das Radio ein. Einen Moment hört er noch zu. Ein Reporter von Radio

Noord-Holland steht an der Küste: *Es ist richtig voll hier, die Strandpavillons machen heute gute Geschäfte, ganz anders als in dem total verregneten Sommer letztes Jahr. Ich gehe jetzt zum Strand ...*
»Langweilig«, sagt Dieke.
»Gleich kommt sicher Musik.«
Er kehrt zu der Wand mit dem schwarzen Sims zurück, geht dann aber weiter. Am Fahrrad seiner Frau vorbei, auf das jetzt der Kastanienschatten fällt, und zum Tor, das er glücklicherweise nicht geschlossen hat, so daß er wieder auf den Friedhof kann, ohne Lärm zu machen.
Von seinem Sohn ist nichts zu sehen, er ist hinter den Grabsteinen verborgen. Vielleicht mit dem zweiten *l* beschäftigt, vielleicht sogar schon mit dem zweiten *i*. Die Silbermöwen, die er ganz vergessen hat, fliegen lachend auf. Jans Kopf erscheint, sein Sohn beobachtet die Vögel, die über ihn hinwegsegeln, über die Hecke und in Kapriolen Richtung Westen. Zum Strand. Dann ist der Friedhof wieder wie ausgestorben. Zeeger dreht sich um und geht zu dem schwarzen Sims. Er stellt sich mit dem Rücken an die Wand und setzt eine Ferse auf die Kante. Als er sich abdrückt, um auch den zweiten Fuß auf den Sims zu stellen, verliert er sofort das Gleichgewicht. Noch einmal versucht er es, jetzt mit dem anderen Fuß zuerst, und auch diesmal ohne Erfolg. »Seltsamer Junge«, murmelt er.
»Opa!«

Radio

Klaas sitzt wieder in dem bequemen Sessel im alten Kuhgang. Nicht, weil er zu bequem zum Arbeiten wäre, sondern

weil das Rufen seiner Mutter in seinem Kopf nicht verstummen will. Er weiß immer noch nicht, ob er es sich einbildet oder ob sie wirklich gerufen hat. Er starrt hinaus, auf ein Viereck Land und Himmel an der Stelle, an der gestern abend noch die Schiebetür war. Auf dem halbhohen Mäuerchen aus weißen Steinen zwischen dem kurzen breiten und dem schmaleren langen Teil des L-förmigen Kuhgangs steht auch ein Radio. Früher verließ man den Liegeboxenstall mit Musik und wurde nach ein paar Metern von derselben Musik empfangen. Jetzt ist das einzige immer eingeschaltete Radio das alte Ding in Vaters Garage. Daß dieses hier noch funktionieren würde, hätte er nicht gedacht. Er hat es versuchsweise eingeschaltet, und siehe da, es läuft ... *Ich gehe jetzt zum Strand hinunter, mal sehen, ob hier jemand ... Darf ich Sie fragen, ob ... Halt, das ist eine deutsche Familie, ja, es sind Deutsche, die verstehen mich natürlich nicht, und wenn sie etwas sagen, verstehen Sie sie natürlich nicht, außer wenn ich es simultan übersetze, aber dafür ist es viel zu warm, hahaha. Ich gehe einfach mal weiter ... und ... ha, hier liegen doch zwei waschechte Nordholländerinnen. Na, meine Damen, habt ihr einen angenehmen Tag am Strand? – Es ist herrlich, nur ist jetzt die Sonne weg, also viel wird es nicht mit dem Braunwerden. Trotzdem gehn wir natürlich nicht nach Haus! Rie und ich schwimmen sehr gern, wir springen dann gleich mal ins Wasser! – Sie hören es, liebe Hörer, hier läßt es sich gut aushalten. Die beiden Damen, wie war Ihr Name? ... Jenneke und Rie fühlen sich wohl. Die Sonne ist übrigens tatsächlich verschwunden, schalten wir doch einmal zu unserem Wetterfrosch Jan Visser. Jan, kannst du ...*
Es knackt im Holzsilo, von dem hier unten, wie von einem umgedrehten Eisberg sozusagen, nur ein kleiner Teil sichtbar ist, ein kegelförmiges Endstück, das aus einer Öffnung

im Strohboden herausragt und an der Unterseite einen eisernen Schieber mit Griff hat. Erst knackt es, dann fällt etwas auf den Schieber. Danach wird es wieder still, abgesehen von dem Gequassel im Radio.

Hast du das Land schon verkauft? Sein Bruder, der immer nur da oben auf Texel hockt und hier nie einen Finger krumm gemacht hat, der nicht mal zum Heueinfahren kam, während Johan quasi schon auf dem Wagen stand, bevor die Ballen aus der Presse rollten, eigentlich kaum zu verantworten, ihn bei so was helfen zu lassen – ausgerechnet dieser Bruder fragt, ob er das Land schon verkauft hat. »Tss«, sagt er. Er steht auf und stellt das Radio aus. Staubteilchen tanzen über dem Laken, mit dem der Sessel abgedeckt ist.
Warum geben wir uns bloß jedesmal Mühe, Mutter zum Runtersteigen zu bringen, überlegt er. Was hat das für einen Sinn? Letztlich kommt sie doch immer von sich aus. Wie damals, als sie die Flinte seines Vaters mit nach oben genommen und auch noch damit geschossen hat. Auf einen Mauersegler hatte sie gezielt, gestand sie viel später seinem Vater, und ihn natürlich verfehlt. Aus irgendeinem Grund hat seine Mutter nicht viel für Tiere übrig. Am Tag danach hatten Jan und er alle Leitern zusammengebunden, die sie finden konnten, und waren aufs Dach gestiegen, um Dutzende kaputter Ziegel zu ersetzen. Seine Mutter hatte noch wochenlang einen blauen Fleck an der Schulter gehabt. Klaas kann sich nicht erinnern, wann das war, Anfang der achtziger Jahre vielleicht. Es wird auch immer peinlicher, schließlich ist sie schon in den Siebzigern. Der alte Körper auf der Leiter, der alte Körper auf dem harten Stroh, diese schrille Stimme, gedämpft von hundert Jahren Staub.
Er geht hinaus und tritt im Vorbeigehen noch einmal gegen

die Tür, die auf dem Beton liegt. Da ist auch wieder das tote Schaf. Was hat man früher gemacht? Hat man die toten Tiere einfach auf dem eigenen Land begraben? Er erinnert sich an eine Geschichte, die sein Großvater erzählt hatte, von einem Massengrab weiter hinten auf dem Land, nach der Milzbrandepidemie von 1923. Eine riesige Grube voller Kuhknochen am Kopfende einer Weide. Er erinnert sich an so vieles. Er beginnt zu pfeifen, geht wie am Vorabend zum Dammzaun und legt die Unterarme auf das obere, angenagte Brett. In etwa fünfzig Meter Entfernung sitzen zwei Hasen. Ihre Ohren zucken, sie sitzen sich gegenüber, blicken sich an, scheinen sich gegenseitig zu hypnotisieren. Merkwürdig, man sieht oft einen einzelnen Hasen oder zwei, ganz selten eine Gruppe. Sie reagieren nicht auf sein Pfeifen.

Neben dem Endstück des Holzsilos ist eine Luke. Sie steht offen. Klaas zerrt ein verrostetes Fahrrad aus einem Haufen Gerümpel und lehnt es an die niedrige weiße Mauer. Er hält sich an ihr fest, klettert auf den Sattel und richtet sich auf, wobei er die Mauer losläßt und in die Luke greift. Füße vom Sattel auf die Mauer, Oberkörper durch die Luke. Das geht nur, indem er die Beine nach hinten schwingt, und dabei tritt er das Radio von der Mauer. Jetzt dürfte es wirklich hinüber sein.
Hier ist es dämmerig, durch die zwei kleinen Dachfenster am hinteren Ende der Stallscheune fällt nur wenig Licht. Vor ihm liegt das Stroh fast drei Meter hoch. Er hört Dirk schnauben. Ohne den Stier wäre es hier öde und leer. Er kostet praktisch nichts; das bißchen Heu, ab und zu ein paar Schippen Kraftfutter, ein Eimer Wasser. Die Leiter lehnt nicht am Stroh, seine Mutter ist ja nicht von gestern. Noch

eine peinliche Vorstellung: der alte Körper, der die Leiter hochzieht. Das heißt, eigentlich ist sie doch von gestern, es gibt schließlich noch andere Leitern. Nicht alle besonders stabil, aber keine ganz kaputt. Eine lehnt an der alten Milchkammer, eine andere, aus Aluminium, liegt bei einem der vorderen vier Pfosten, unter dem früheren Heuboden. Wenn er wollte, wäre er ruck, zuck oben, sogar ohne Leiter.

Er lehnt sich an die Strohballen, noch etwas außer Atem vom Klettern. Er möchte, daß seine Mutter ein paar freundliche Worte zu ihm sagt, sei es auch nur, damit das immer noch leise nachklingende »Klaas« in seinen Ohren verstummt. Von seiner Frau kommen im Augenblick wenig freundliche Worte, sie drängt, sie setzt ihn unter Druck. Es ist nicht zu glauben, achtundvierzig ist er und wünscht sich, daß seine Mutter etwas Liebes zu ihm sagt, vielleicht sogar, daß sie ihm sagt, was er jetzt tun soll.

Stroh

Als sie unten etwas zu Bruch gehen hörte, hat sich Anna Kaan auf den Bauch gerollt. Hatte er das Radio für sie angestellt? Sie sieht die »waschechten Nordholländerinnen« vor sich. Jenneke und Rie. Die Bokkenpootjes hat sie aufgegessen. Zusammen mit dem lauwarmen Wasser und dem Eierlikör haben sie dafür gesorgt, daß ihr jetzt ziemlich flau ist. Sie hätte gern etwas Frisches, einen sauren Apfel, knackige Prinzeßbohnen. Die Bohnen kann sie haben, später, im Garten gibt's mehr als genug davon. Sie hört Klaas schnaufen. Sie weiß, daß er leicht ohne Leiter hochklettern könnte. Sie weiß inzwischen auch, daß sie nicht aus Überzeugung hier liegt, sie kann den Paradedegen kaum ansehen, weil ihr dann noch wärmer wird, als ihr schon ist. Seltsamerweise sind ihre Füße nach wie vor kalt, und in den Waden hat sich ein taubes Gefühl ausgebreitet. Sie ist ratlos. Sie ist aufs Stroh geklettert, weil sie das schon seit fast vierzig Jahren tut, sie liegt hier zur Erinnerung an früher, aus Gewohnheit. Ich würde lieber neben Jenneke und Rie am Strand liegen, denkt sie. Ich würde lieber mit ihnen schwimmen. Mir wär's ganz egal, daß die Sonne weg ist.

Jetzt sind sie zu dritt. Dirk, Klaas und sie. Abgesehen von den Schwalben natürlich. Sie läßt ihren Ältesten noch ein bißchen warten.

»Klaas?«
»Ja?«
»Was machst du?«
»Ich stehe hier.«

Dazu fällt ihr so schnell nichts ein. Sie dreht sich auf die Seite, ihr Nacken ist steif, der Arm tut weh. Sie reibt über ihr Brustbein, die Übelkeit läßt schon etwas nach.

»Hattest du mich vorhin gerufen?«
»Nein«, lügt sie. »Wieso sollte ich dich rufen?«
»Vielleicht hast du mich gebraucht.«
»Ich brauche überhaupt niemanden.«
»Warum kommst du nicht runter?«
»Kümmer dich um deinen eigenen Kram.« Sie hört, wie Klaas sich vom Stroh löst, es knistert, dann hört sie ihn ein paar Schritte über den Bretterboden gehen. Zur Luke? »Du mußt Jan vom Friedhof holen.«
»Warum?«
»Ach, warum, hol ihn. Johan wird wohl auch da sein.«
»Johan? Wie kommst du darauf?«

Als Johan zum erstenmal verschwunden war, lag er unter dem offenen Sockel, den Zeeger für die Waschmaschine gebaut hatte. Im neuen Melkstand. Einen Miele-Toplader hatten sie. Angeblich gab es keine besseren Waschmaschinen als Miele. Aber diese ging dauernd kaputt, und dann kam wieder der Mechaniker mit seinem Lieferwagen. *Miele, es gibt nichts Besseres* stand darauf. »Hmpf«, sagt sie, jetzt, fast vierzig Jahre später. Dann hätte dieser Kundendienstwagen ja nicht ständig unterwegs sein dürfen. Und wie der Bäcker bis zum Überdruß sein »Bitte sehr, wie immer« rief, wenn er die Brote schwungvoll auf den Küchentisch legte, so sagte der Miele-Mann jedesmal: »Sie tut's wieder, Frau Kaan.« Ja, bis zum nächsten Defekt. Sie hatte Johan gefunden, als sie ihre Suche unterbrach, um eine Maschine Wäsche laufen zu lassen. Er lag mit hochgezogenen Knien auf der Seite, unter der Maschine. Das konnte nur ein Fünfjähriger. »Ich wollte weg«, sagte er auf ihre Frage, was er da mache. Warum, wollte sie wissen. »Einfach so«, antwortete er. Später verkroch er sich öfter dort. Manchmal holte sie ihn, manchmal ließ sie ihn liegen und wartete ruhig ab, bis er von sich aus kam.

»Hmpf?« fragt Klaas. »Ich hatte dich gefragt, wieso du glaubst, daß Johan auch da ist.«
Ach ja, Klaas. »Das weiß ich einfach.«
»Johan ist in Schagen. Wie soll er hierherkommen? Soweit ich weiß, dürfen sie da auch nicht ohne weiteres weg.«
»Als ob ihn das interessiert.« Sie dreht sich auf den Rücken und breitet die Arme weit aus. Sie riecht ihren eigenen Körper, und einen Augenblick denkt sie wieder an den Strand, ans Meer. »Fährst du zum Friedhof?«
»Vielleicht.«

»Ich bin eure Mutter!« Sie seufzt. Etwas in seiner Stimme macht sie mißtrauisch. »Oder warst du schon da?«
»Nein. Was hab ich auf dem Friedhof verloren?«
»Fährst du hin?«
»Ja.«
»Jetzt gleich?«
»Ja. Oder bald.«
»Dann tust du wenigstens noch was Nützliches.«
Klaas sagt nichts mehr. Sie hört ihn durch die Luke nach unten klettern. Wieder fällt etwas auf den Boden, es klingt seltsamerweise nach einem Fahrrad, und anscheinend landet er auch nicht auf seinen zwei Beinen. »Verdammt noch mal!« flucht er. Wie er und seine Frau vor sich hin pafften bei dem Essen, mit beleidigter Miene, und nur, um Jan zu ärgern. Pommes frites auf dem Tisch statt auf den Tellern, Johan hatte mit der Werferei angefangen. Und nachmittags hatte er mit diesem Äffchen auf dem Kopf herumgesessen wie der letzte Idiot. Sich mit Essen bewerfen, das hatten sie ja immer schon gemacht. Wenn sie wütend aufeinander waren, brachten sie es fertig, sich gegenseitig den Siruptopf auf den Kopf zu stülpen, oder einer steckte seinen Zeigefinger, nachdem er ihn ausgiebig beleckt hatte, beim andern in das Schälchen mit der Vla. Und dann Zeeger, der zum Abschluß »Na, war doch ein gelungener Tag« sagte. Sie müßte sich sehr irren, wenn er dabei nicht auch noch zufrieden geseufzt hätte.
Es ist wieder still unten.
Nein, nie wieder etwas feiern.
Ja richtig, so war es, Johan unter der Waschmaschine. Aber erst später, denn an dem Tag selbst waren er und Jan bei Tinie und Aris. Mit denen hatte sie selbst noch telefoniert, obwohl sie sich das jetzt kaum vorstellen kann. Wann hat-

te sie dafür Zeit gefunden? War das, bevor oder nachdem sie den Krankenwagen gerufen hatte? Und Klaas, wo war Klaas? Danach noch all die Jahre der Bäcker mit seinem gräßlichen hellgrauen Lieferwagen. Nur ohne sein munteres »Bitte sehr, wie immer«. Natürlich kam er, es gehörte zu seiner Arbeit, er hätte ja schlecht nur zu ihnen jemand anders schicken können, aber sie konnte ihn nicht mehr ansehen, und er konnte sie nicht mehr ansehen. Als *Blom Backwaren* dann schloß, weil das Supermarktbrot aus Schagen das Geschäft kaputtgemacht hatte, regte sich das ganze Dorf furchtbar auf. Dabei brauchte man sich gar nicht zu wundern, im Grunde wußten doch alle, daß sie selbst schuld waren. Das ganze Dorf, sie nicht. Sie war erleichtert. Wäsche hatte auch an der Leine gehangen, Kochwäsche, Laken, die im Juniwind knatterten. Vielleicht hatte ihre Mutter die abgenommen. Und irgend jemand, sie weiß nicht, wer, hatte das Radio ausgestellt. Das war gut, weil sie dieses Mistlied so ungefähr stündlich brachten.

Anna Kaan nimmt die Eierlikörflasche vom Stroh, schraubt den Verschluß ab und läßt die zähe Flüssigkeit in ihren Schlund gleiten. Schläfrig wird sie davon, bei Geburtstagsfeiern beschränkt sie sich auf ein oder zwei Gläschen. Als das große Knacken beginnt – wo ist das nur? Sind es die Kehlbalken? Die Dachsparren? Oder doch etwas in ihrem Körper? –, schraubt sie die Flasche wieder zu. Noch ein Viertel. Dehnt sich das Holz aus, überall, weil es so warm ist? Oder zieht es sich eher zusammen? Sie schaut durch das Loch im Dach zum Himmel, der jetzt tatsächlich weiß zu sein scheint, zumindest grau. Ihre Zeit auf dem Stroh neigt sich dem Ende zu. Ein Regentropfen, denkt sie. Den ersten Regentropfen, den ich spüre, betrachte ich als Anlaß, hier zu verschwinden. Sie trinkt noch ein paar Schlucke schales Wasser, um den süßen Geschmack loszuwerden, und schüttelt ihre Waden. Das Taubheitsgefühl bleibt.

Spazierstock

Der Spazierstock mit dem Elfenbeingriff. Der wird ihm den nötigen Halt geben. Die Blätter der Hortensien sehen besser aus, jedenfalls hängen sie nicht mehr so schlaff herunter. Der Kies unter seinen Füßen knirscht dumpf, die Spitze des Spazierstocks hinterläßt kleine Löcher. Lieber niemandem begegnen auf dem kurzen Weg vom Haus zum Friedhof, er möchte ihn zügig zurücklegen, und auch dabei hilft der Spazierstock. Er denkt an Dinies Hund, so einer soll es auch wieder nicht sein. Der ist groß und schwerfällig, er wirkt auch nie besonders interessiert an dem, was um ihn herum vorgeht. Der Name ist allerdings gut gewählt, Benno. Nein, ein Schnauzer, das könnte etwas sein, mit einem kurzen, pfiffigen Namen.
Er nimmt die Brücke über den Kanal, jetzt ist es nur noch ein kleines Stück bis zur Einfahrt des *Polderhuis*. Die Stockspitze tickt auf den Gehwegplatten. Eins, zwei, drei, eins, zwei, drei. Einmal kommt er aus dem Rhythmus, als er in die linke Gesäßtasche faßt. Er befühlt den zugeklebten Umschlag mit dem Foto. Damit es keine Knitter bekommt, hat er ein Stück Karton dazugelegt. Für eine Jacke ist es viel zu warm, sonst hätte er den Umschlag in eine Brusttasche gesteckt. Er hatte kaum die Haustür hinter sich geschlossen, da war sein Hemd im Rücken schon naß. Vorhin hat er die Fotos vom Königinnenbesuch betrachtet – und sich, bevor er zum Spazierstock griff, schnell noch ein Gläschen Zitro-

nenbranntwein genehmigt –, und jetzt kommt ihm das *Polderhuis* ganz fremd vor. Früher standen hier Bäume, Ulmen, und altmodische Laternenpfähle, und neben der Tür hing das Schild mit der Aufschrift *Gemeindeverwaltung von 9:00 bis 12:30 Uhr geöffnet. Nachmittags geschlossen.* Da drüben haben die Königin, der Bürgermeister und ein unbekannter Mann gestanden und der Tanzgruppe zugeschaut, und neben ihnen spielte der steinalte Geiger und preßte dabei die dünnen Lippen zusammen. Der liegt natürlich schon längst hundert Meter von hier unter der Erde. Wie der Bürgermeister. Die alte Königin liegt in Delft, in diesem großen Grabgewölbe. Im Schatten der alten Spalierlinden standen sie. Er dreht sich um, denn so deutlich hat er all das vor Augen, daß er fast erwartet, drüben vor der Bäckerei seinen hellgrauen Lieferwagen zu sehen. Selbstverständlich steht er dort nicht. Ein Radfahrer nähert sich, und er geht eilig am *Polderhuis* vorbei zum Friedhofstor. Es ist weit geöffnet, als wäre vor kurzem jemand durchgegangen.

Der Bäcker ist nicht oft auf dem Friedhof gewesen. Seine Eltern sind beide eingeäschert worden, und auch sonst liegen hier keine Verwandten. Dinie hat ihn einmal mitgenommen, um ihm das Grab ihres Mannes zu zeigen. Er hatte verlegen herumgestanden, während sie den Stein mit einer Spülbürste bearbeitete (er konnte kein Stäubchen darauf entdecken), alte Blumen wegwarf und sie durch neue ersetzte. Der Hund lag in ein paar Metern Entfernung und blickte nicht ein einziges Mal zu ihnen herüber.
Er hat leichte Kopfschmerzen, was nach drei Gläsern Branntwein mitten am Tag kein Wunder ist. Zu Hause an der Garderobe hängt ein Hut, er sieht ihn vor sich, leider hat er ihn nicht aufgesetzt. Eine Hutkrempe schützt ja nicht

nur das Gesicht vor Sonne, was jetzt nicht nötig wäre, weil die Sonne kaum noch scheint, sie beschattet auch die Augen. Am besten tut er so, als käme er öfter hierhin, als wäre die Runde über den Friedhof ein fester Bestandteil seines Nachmittagsspaziergangs. Er blickt auf die Inschriften, ohne einen Buchstaben zu erkennen, der Muschelgrieß unter seinen Schuhen klingt ganz anders als der Kies in seinem Vorgarten, und er ist froh, daß er den Spazierstock hat, der gibt ihm wirklich Halt. Da steht eine Bank, unter einer großen Linde. Und jetzt sieht er Jan Kaan, das heißt, er sieht einen glänzenden Rücken und einen Kopf mit umgebundenem Tuch. Er setzt sich schwer auf die Bank, zuerst in der Mitte, aber da ist ein Messingschild, das ihn in den Rücken sticht, weshalb er ein Stück zur Seite rückt. Den Spazierstock stellt er zwischen die Beine und legt beide Hände auf den Elfenbeingriff.

Dann wird es so still, daß er ein sehr leises Hecheln hören zu können glaubt, und seltsamerweise scheint das von oben zu kommen. Herrje, da sitzen zwei Vögel in der Linde. Zwei Vögelchen, denen viel zu warm ist, wenn er Pech hat, purzelt ihm gleich eins auf den Kopf. Er rutscht ans andere Ende der Bank und zieht dabei mit der Stockspitze einen Strich in den Muschelgrieß. Jan Kaan richtet sich etwas auf und dreht sich zu ihm um. Einen Moment blicken sie sich an, haben sie die Möglichkeit, etwas zu sagen, sich zu begrüßen, aber dieser Moment verstreicht. Als der Bäcker seinen Stock hebt, sitzt Jan Kaan schon wieder mit gekrümmtem Rücken zwischen den Grabsteinen.

Oh Happy Day

Dinie Grin sitzt auf dem Sofa in ihrem Wohnzimmer. Die Markise hat sie noch weiter heruntergelassen, es ist noch gelber im Zimmer, obwohl die Sonne schon lange nicht mehr in das große Fenster an der Vorderseite scheint. Ihre nackten Füße ruhen auf einem Bänkchen mit Rindslederbezug. Vor der Fußbank sitzt Benno und leckt ihr die Fersen. Sie weint. Schon dreimal hat sie die Hand nach dem Telefon ausgestreckt und sie jedesmal wieder zurückgezogen. Es hat keinen Zweck, die Polizei anzurufen, wenn man weint, entweder wird man dann nicht verstanden oder nicht für voll genommen. »Ja, mein Schatz«, schnieft sie. »Wenigstens du bist lieb zu deinem Frauchen.« Der Hund schaut sie an und hört auf zu lecken. »Nein«, sagt sie. »Mach weiter.« Der Hund gehorcht.
Auf dem Friedhof sind die Leute normalerweise nett und freundlich. Manche sagen nicht viel, und das kann sie gut verstehen. Manche sagen dafür sehr viel, dann muß sie den Redeschwall unterbrechen, weil sie ja auch einiges zu erzählen hat. Die Gemeinde kümmert sich um nichts, deshalb sieht sie ein bißchen nach dem Rechten, räumt ab und zu verwelkte Blumen weg, und Bennos buschiger Schwanz kehrt gratis den Muschelgrieß auf den Wegen. Und diese Mistbengel von Kaans schicken *sie* weg! Diese Rotköpfe!
»Bah!« sagt sie. Sie schiebt Benno zur Seite, steht auf und schaltet das Radio ein. Sie schaut auf die Uhr. Ja, es sind die *Goldenen Stunden*. Alte Hits, ganz ohne Kommentar. Mit einem Seufzer setzt sie sich wieder hin, schwingt die Beine aufs Lederbänkchen. Sie haben sie praktisch weggescheucht. Was haben sie gesagt? »Geh doch weg!« Und »Kümmer dich um deine eigenen Sachen!« Aber sie kümmert sich dort um

eigene Sachen, und sie weiß auch, was Kummer ist. Und dann dieses freche Mädchen – Dieke, wie kann man ein Kind nur so nennen? – mit ihrem vorgestreckten Bauch und diesen hellen Augen unter farblosen Brauen. Wie sie noch »Tschühüs« zu ihr gesagt hat, das war wirklich allerhand. Und ob es nun ihr eigenes war oder nicht, sie waren dabei, ein Grab zu demolieren. Zum vierten Mal bewegt sich ihre Hand in Richtung Telefon. Sie hat inzwischen aufgehört zu weinen, nimmt den Hörer aber trotzdem nicht ab. Wenn überhaupt jemand auf der Wache ist, wird man sie auslachen, sie weiß es, ihre Stimme ist noch nicht wieder in Ordnung. »Ja, Schatz«, sagt sie tröstend zu sich und ihrem Hund. Sie zieht den Rock ein Stückchen höher.
Oh Happy Day. Sie starrt das Radio an, sie kann es nicht glauben. *When Jesus washed oh when He washed mmm, when He washed my sins away.*

Sie schließt die Augen, spürt nicht mehr Bennos warme Zunge, sondern den Luftzug an ihren Knien, wenn sie in dem weißen Kassenhäuschen saß; Wind, der durch ein Loch in der Wand unterm Schaltertisch blies, lauer Wind meistens, manchmal aber auch eklig kalt. Dieses Lied, den ganzen langen Sommer über, und nie war sie es leid geworden. Auf alle Köpfe im Schwimmbad plätscherte der Gospel, tröstete, machte keinen Unterschied zwischen christlichen und unchristlichen Köpfen. Es war der erste Sommer, in dem das Radio an die Lautsprecher am Kassenhäuschen angeschlossen war. Sie verkaufte Einzelkarten, kontrollierte die Dauerkarten, fischte klebrige Ein- und Fünfcentmünzen aus Kinderhänden, um dafür *noch* einen Lakritzschlüssel herauszugeben, und wieder einen Butterbonbon.
He taught me how, He taught me, taught me how to watch.

Nur wenn sie ihren Sohn eine Weile nicht auf dem Sprungbrett gesehen hatte, erhob sie sich kurz von ihrem Stuhl, um mehr Übersicht zu haben, und warf bei der Gelegenheit auch einen verstohlenen Blick auf Albert Waiboer, der mit seiner kleinen Tochter im Planschbecken stand und sich zu dem Kind hinunterbeugte, sah seine kräftigen Beine, die angespannten Muskeln. Sie tagträumte in dieser Zeit von Albert Waiboer. Er tat Dinge mit ihr, die sich ihr eigener Mann gar nicht vorstellen konnte. Wenn Albert Waiboer nicht da war, und er war oft nicht da, gab es eigentlich immer einen anderen Mann zum Anschauen. Ja, sie rauchte auch ab und zu eine Zigarette, obwohl das eigentlich nicht erlaubt war, aber wenn sie die Tür einen Spaltbreit öffnete, zog der Rauch schnell ab. Die beiden jüngeren Kaan-Brüder kamen immer zusammen, und immer sagte sie fröhlich: »Aha, die Kaan-Bande.« Dann schaute der eine sie nur böse an, und der Kleine fluchte vor sich hin. Sehr unfreundlich waren sie, nicht nett, nicht lustig und fröhlich wie alle anderen Kinder. Und wie großartig Teun springen konnte, vom Einmeterbrett. In seiner gelben Badehose. Den ältesten Kaan sah sie nicht oft im Schwimmbad. Aber den zweiten, diesen Jan Kaan, der ihren Sohn auf dem Dachboden der Garage …
He washed my sins away …
Darauf folgt sofort ein anderer goldener Hit. Sie öffnet gern wieder die Augen.
Die Kaans. Einmal, im Winter, war sie mit dem Rad an ihrem Hof vorbeigefahren, und da standen sie, der Älteste und Zeeger und noch sechs oder sieben Männer mit geknickten Gewehren überm Arm, ekelhaft. Vor einer weißen Plane, auf der Hasen, Fasane und Enten aufgereiht waren. Die armen Tiere. Und die Jäger kippten mit der freien

Hand Genever in sich hinein, draußen, am hellichten Tag! Komisches Volk. Anna Kaan kennt sie kaum, aber mit der wird wohl auch was nicht stimmen.

Teun. Ihre Hand will wieder zum Telefon. »Jetzt ist's genug, Benno«, sagt sie. Der Hund hört nicht. Statt der Polizei Teun anrufen? Und ihn dann bloß nicht aus Versehen mit »Teun« anreden, sondern mit dem richtigen Namen, er wird sonst manchmal so wütend. Den Bäcker könnte sie auch anrufen, der ist immer zu Hause. Der sitzt jetzt bestimmt im Garten unterm Sonnenschirm, mit einem Kreuzworträtsel auf dem Schoß. Nein, das hat nicht viel Sinn, sie sieht ihn ja in ein paar Stunden. Sie fängt wieder an zu weinen, mehr aus Hilflosigkeit jetzt. Ihre ganze Überredungskunst hatte sie aufbieten müssen, um aus dem Dorf wegzukommen, aber am Ende hatte sie es geschafft. Der Sohn in Den Helder verheiratet, zwei Kinder. Und dann läßt er sich scheiden. Will plötzlich auch nicht mehr als Maschinenschlosser arbeiten, sondern läßt sich zum Jugendbetreuer umschulen und endet in irgendeinem Heim für »schwierige« Jungen. Legt einfach auf, wenn sie ihn anruft und dabei aus Versehen mal »Teun« sagt. Dabei hat man ja nicht zufällig einen bestimmten Namen. Ihr Mann und sie haben sich doch was dabei gedacht, als sie ihn Teun nannten. Namen sind wichtig, deshalb ist es so schlimm, wenn jemand einen häßlichen Namen hat. Dieke? Irgendwie ja auch schrecklich für das Kind. Sie überlegt, ob sie ihre frühere Schwiegertochter anrufen soll, tut es aber nicht, weil der neue Mann ans Telefon gehen könnte, und der kennt sie gar nicht. Da fällt ihr ein, was der rothaarige Kaan noch zu dem häßlichen Kind gesagt hat: »Sind ihre Haare gefärbt, was meinst du?« Und: »Weißt du, wer die Frau ist?« Als ob er das nicht sehen würde. Wenn ich ihn erkenne, muß er mich doch wohl auch erkennen. »Benno-o«, sagt sie, aber deshalb unterbricht der Hund das Lecken nicht für einen Moment.

Den Helder. Fast alle Stauden und Sträucher, die sie aus ihrem Vorgarten hier ausgegraben und mitgenommen hatten, waren im ersten Winter erfroren, die Möbel ließen sich in dem kleinen Wohnzimmer nicht gut stellen, ihr Mann war dort todunglücklich. Als alles ausgepackt und eingeräumt war, hatte sie einmal »Absonderling« zu ihrem Sohn gesagt, den das kaltließ. Nach etwa einer Woche besuchte er eine neue Schule und schien mit dem Ortswechsel weiter keine Probleme zu haben. Ihr Mann hatte bald so einen entgeisterten Ausdruck in den Augen, als würde er sich ständig fragen, wie um alles in der Welt er in dieser windigen Ecke gelandet war. Wegen ihr natürlich. Auf ihr Betreiben hin waren sie umgezogen. Bis kurz vor seinem Tod hatte er diesen seltsamen Blick. Erst als sie ihm versprach, ihn im Dorf beerdigen zu lassen, wirkte er endlich wieder halbwegs normal.

Am besten ruft sie niemanden an, es ist merkwürdig, jemanden anzurufen, wenn man weint. »Benno!« ruft sie. Der Hund hört auf zu lecken. Sie wuchtet sich hoch und geht ans Fenster. Starrt auf das verdorrte Gras. Der Hund stellt sich neben sie und bellt eine träge Drossel an. Von seiner Schnauze senken sich lange Sabberfäden auf den Teppich. Gleich schon mal das Abendessen vorbereiten, eine Flasche Weißwein in den Kühlschrank legen. Einen frischen Weißwein trinken sie nämlich beide gern, der Bäcker und sie. Der Bäcker hat nicht die geringste Ähnlichkeit mit dem Neger, der heute vormittag durch ihr Schlafzimmerfenster eingestiegen ist. Der würde dunkles Bier trinken und es sich ungeniert übers Kinn laufen lassen, und von dort würde es auf seine nackte Brust tropfen und dann nasse Spuren bis zu seinem Nabel ziehen, oder noch weiter abwärts. Sie seufzt. Der Neger ist natürlich auch viel jünger als der Bäcker.

Spazierstock

Der Bäcker klopft mit dem umsonst gehobenen Spazierstock auf den Stamm der Linde, um das Gesicht zu wahren. Im ersten Moment befürchtet er, die Vögel gestört zu haben, aber sie fliegen nicht auf. Soll er einfach zu ihm hingehen, ihm kurz bei der Arbeit zuschauen und dann eine Bemerkung darüber machen? Vom Zitronenbranntwein ist sein Mund trocken geworden, außerdem hat das Zeug einen fiesen, süßlichen Geschmack hinterlassen. Den Stock hat er wieder zwischen die Beine gestellt, jetzt stemmt er sich mit seinem ganzen Gewicht darauf, um hochzukommen. Langsam gehen, denkt er, nicht hasten. Ein Stein links von ihm glänzt, als wäre er erst gestern dort hingelegt worden. Jan Kaan ist mit Malen beschäftigt. Ein kleiner Topf weiße Farbe, ein Pinsel. Der Bäcker steht nicht genau hinter ihm und kann deshalb die Schrift auf dem Stein deutlich lesen. Vier Wörter in frischer Farbe. Jan Kaan hat gerade mit der ersten Jahreszahl angefangen. Der Bäcker schließt die Augen, er will gar nicht lesen können, was auf dem Stein steht. »Ah«, beginnt er und weiß erst einmal nicht weiter. Kann er »Jan« sagen? »Kaan«, sagt er. »Ah, Kaan.« Erst dann öffnet er wieder die Augen.
Der rothaarige Mann nickt kaum merklich.
»Wird schön«, meint der Bäcker.

»Hm«, sagt Jan Kaan.
»Ein Glück, daß die Sonne weg ist, sonst wär's hier nicht auszuhalten.«
»Hm«, sagt Jan Kaan.
»Und du bist gut vorangekommen.«
Jan Kaan sagt nichts. Er stellt den Farbtopf ab und legt den Pinsel auf den Rand. Dann kniet er sich hin, knotet das Tuch los, das um seinen Kopf gebunden ist, und schlägt es aus. Es ist ein T-Shirt. Er zieht es an und dreht sich schon im Aufstehen um. »Ich setze mich einen Moment auf die Bank da«, sagt er.
Der Bäcker riecht ihn, als er an ihm vorbeigeht, den Blick starr auf die Bank gerichtet. Kein unangenehmer Geruch, Sonnencreme und Schweiß, vielleicht auch Deodorant. Er ist älter geworden, selbstverständlich, er hat schon den leicht gekrümmten Gang seines Vaters und Großvaters, trotzdem kann man noch den Siebenjährigen in ihm erkennen. Und den Zwölfjährigen. Der Bäcker versucht sich zu erinnern, wann er Jan Kaan zum letztenmal gesehen hat. Bewußt gesehen. Vielleicht, als er etwa achtzehn war. Und danach noch zwei-, dreimal? Hin und wieder dürfte der Junge doch in der Küche gewesen sein, samstags, wenn er das Brot lieferte? Jan Kaan hat sich auf die Bank gesetzt, zieht an den kurzen Ärmeln seines T-Shirts. Der Bäcker faßt seine Worte als Einladung auf, ihm Gesellschaft zu leisten. Er braucht seinen Spazierstock, um die fünfzehn Meter zu bewältigen. Mit einem tiefen Seufzer läßt er sich zum zweiten Mal auf die Bank fallen. Erst ein bißchen plaudern, denkt er. »Wo wohnst du jetzt?«
»Texel.«
»Und was machst du da?«
»Ich verwalte eine Ferienhaussiedlung.«

»Ach«, sagt der Bäcker. »Und was gehört so alles dazu?«
»Malerarbeiten, Rasenmähen, Deutsch sprechen, Müll wegräumen.«
»Und heute hattest du frei?«
»Na ja, eigentlich bin ich nur stellvertretender Verwalter.«
»Aha. Denn jetzt ist doch Hochsaison?«
»Ja.«
Der Bäcker überlegt krampfhaft, was er noch sagen könnte. Der Mann neben ihm gibt Antwort, ja, aber von ihm kommt überhaupt nichts. Er sitzt da wie Dinies Hund, der kann auch so teilnahmslos alles über sich ergehen lassen.
»Verheiratet?«
»Nein.«
Das ist schade, denn eine Frau stammt ja irgendwoher, und über Kinder läßt sich immer das eine oder andere sagen.
»Keine Frau, keine Kinder. Gar nichts hab ich.«
»Na«, sagt der Bäcker, »so schlimm wird es wohl nicht sein. Wie geht es deinen Eltern?«
»Ausgezeichnet.«
»Also beide noch bei guter Gesundheit?«
»Ja.«
»Hast du Hunger? Soll ich dir eben etwas holen?«
Jan Kaan schaut ihn an. Helle Augen unter farblosen Brauen. »Wieso sollte ich Hunger haben?« Wieder erinnert er den Bäcker an Benno, denn er hebt das Kinn, als hätte er etwas gewittert und würde auf diese Weise seine Nasenlöcher in eine günstigere Lage bringen.
»Na, vielleicht ...«
»Ich hab keinen Hunger. Und wenn ich Durst habe, geh ich zu dem Wasserhahn da drüben.«
»Ja, ja.«
»Haben Sie getrunken?«

»Ach.« Was mache ich hier, fragt sich der Bäcker. Er fährt sich mit der einen Hand über die Stirn, während seine andere den Elfenbeingriff des Spazierstocks umklammert. Die feuchte Hand wischt er an seiner Hose ab. »Ich hab mir eben, zu Hause, alte Fotos angesehen.«
»Hm.«
»Von dem Tag, als die Königin kam.«
»17. Juni 1969.«
»Was?«
»An dem Tag war die alte Königin hier.«
»Kannst du dich denn daran noch erinnern?«
»Nein, überhaupt nicht.«
»Ach. Du bist aber drauf. Auf den Fotos.«
»Ich weiß.« Jan Kaan steht auf. »Ich mach mal weiter.«
»Äh ...«
Jan Kaan entfernt sich von der Bank.
Der Bäcker steht auch auf, zu schnell, die Hand, mit der er sich den Schweiß von der Stirn gewischt hat, rutscht vom Elfenbeingriff ab, er fällt auf die Knie. Das tut gemein weh, auch an den Händen, das Muschelzeug ist spitz und scharf. Jan Kaan dreht sich um und schaut ihn an. Er wirkt unschlüssig. Dem Bäcker ist klar, daß er sich ohne Hilfe nicht aufrappeln kann. Ohne die Hilfe des Mannes dort vor ihm oder die seines Spazierstocks. Er tastet nach dem Stock. Jan Kaan kommt ein paar Schritte auf ihn zu. »Nein«, sagt der Bäcker. »Laß mich einfach noch einen Moment hier unten.« Er sieht die Szene von oben, als wäre er einer der beiden Vögel in der Linde. Alter Mann auf Knien. Viel jüngerer Mann in T-Shirt und kurzer Hose, der auf den alten Mann hinunterblickt, ihm aber nicht aufhelfen darf. »Ich wollte ...«, beginnt der Bäcker.
»Ja?« fragt Jan Kaan, gar nicht mal so unfreundlich.

»Nichts ... Ich ...«
»Soll ich Ihnen helfen oder nicht?«
»Sag doch ...« Sag doch was? Blom? Du? Harm? »Ich wollte eigentlich ...« Er umklammert den Spazierstock fest mit beiden Händen, bohrt die Spitze in den Muschelweg und drückt sich langsam hoch. Als er wieder einigermaßen aufrecht steht, pocht ihm das Blut in den Schläfen, er sehnt sich nach seinem Hut und einem großen Glas kaltem Wasser. Er will sich die Muschelsplitter von den Hosenbeinen wischen, läßt sie aber erst einmal, wo sie sind. »Hier«, sagt er, nimmt den Umschlag mit Foto und Karton aus der Gesäßtasche und drückt ihn Jan Kaan in die Hand. Von ihm aus darf er ihn gleich hier aufreißen, es ist ihm jetzt egal. »Meine Frau ist mir weggelaufen«, sagt er. »Schon vor vielen Jahren.« Als würde das etwas über das Foto sagen. Er darf ihn auch geschlossen lassen und sich das Bild später ansehen. Jan Kaan hält den Umschlag noch zögernd in der Hand, er hat nirgends Taschen, fällt dem Bäcker jetzt auf. Nicht in dem T-Shirt und nicht in der kurzen Hose, einer Art Sporthose. »Sie hat es nicht mehr mit mir ausgehalten.« Jetzt drehe ich mich um, denkt der Bäcker, und gehe ruhig und beherrscht zum Tor. Das schaffe ich, mit Stock ganz bestimmt. Eins, zwei, drei, Schwung, eins, zwei, drei, Schwung.
»Wo sind eigentlich alle?«
Er dreht sich um. Wo sind eigentlich alle? Jan Kaan steht noch genauso da wie eben, er starrt den Umschlag an, den er nirgends hinstecken kann. »Wer, alle?«
»Im Dorf.«
»Wie meinst du?«
»Es ist ja wie ausgestorben.«
»Na, ausgestorben ist übertrieben, oder?« Was meint der Junge?

Jan Kaan geht zum Grab zurück und legt den Umschlag oben auf den Stein. Er wischt sich mit der Hand über den Nacken und geht in die Knie. Der Bäcker schwingt den Stock. Eins, zwei, drei, Schwung. Als Jan Kaan leise, aber deutlich »Danke« sagt, verlangsamt er nicht den Schritt. Eins, zwei, drei, Schwung. Doch das bedeutet nicht, daß er es nicht gehört hätte.

Kastanie

Klaas' Frau steht auf der anderen Seite des Grabens. »Schwiegervater!« ruft sie. »Weißt du, was *Eben Ezer* heißt?«
»*Eben Ezer*? So heißt doch das Haus von Kagers?«
»Ja, aber was bedeutet das?«
»Keine Ahnung. Muß es denn was bedeuten?«
»Dachte ich. Und *Linquenda*?«
»Du stellst aber schwierige Fragen heute.«
»Du weißt es also auch nicht?«
»Nein.«
Sie geht ins Haus. Anscheinend ist sie extra herausgekommen, um ihm diese Fragen zu stellen. Er hat die Motorsäge einen Moment ins Gras gelegt. Als er sie aus der Garage holte und durch den hinteren Garten zur Seite des Hauses ging, hat er mindestens sechs Bäume gezählt, die auch weg können. Er hat selbst einen Wald, und vor ein paar Stunden hatte er in Gedanken noch über den Wald von diesem Stadtmenschen gemeckert. »Does, geh mal weg«, sagt er zu dem Labrador, der während des Gesprächs mit seiner Schwiegertochter zwischen ihnen stand und aufmerksam immer den ansah, der gerade sprach. Der Hund hört nicht, der Form halber setzt er sich, wo er gestanden hat, während

Zeeger Kaan sich der Kastanie mit den Löchern und dem Blut zuwendet. Es ist die mittlere von den dreien, die größte. Von der Gemeinde ist mal ein Schreiben gekommen, vor einiger Zeit schon, in dem dringend empfohlen wurde, befallene Bäume stehen zu lassen. Zeeger Kaan wird also nicht einen kranken Baum umsägen, nein, er wird einen Baum fällen, den er als Unkraut betrachtet. Einen Baum, der dort, wo er steht, unerwünscht ist. Does läuft ihm vor die Füße. »Weg, hab ich gesagt!« Der Hund fiept und geht widerwillig zur Ecke des Hauses, wo er sich auf den Klinkerweg setzt.
Zeeger hat den Tank bis zum Rand mit Zweitaktgemisch gefüllt, auch der Öltank ist voll, sogar den Luftfilter hat er gereinigt. Er zieht den Choke heraus und drückt mit dem Handgelenk gegen den Handschutz, aber die Kettenbremse ist schon eingelegt. Einen Fuß in den Griff, um die Säge auf dem Boden zu halten, dann zieht er am Starterseil und seufzt schon im voraus. Unbegreiflich, diese Maschinen. Das eine Mal springen sie sofort an, beim nächsten Mal kann man ziehen und ziehen. Er weiß auch nie, ob der Choke raus oder rein muß. Jetzt drückt er ihn hinein und zieht wieder am Starterseil. Nein, das wird nichts, das hört er gleich. Der Choke muß raus. Beim dritten Versuch springt der Motor an. Does bleibt erst tapfer sitzen, dann wird ihm der Lärm doch zuviel, er steht auf und trollt sich zur Brücke. Zeeger zieht den Handschutz auf sich zu, die Kette beginnt zu laufen. Vor vielen Jahren hat er an einem eintägigen Kurs teilgenommen. Er weiß nicht mehr genau, wie die einzelnen Schritte des Baumfällens genannt werden, hat aber in Erinnerung behalten, daß er auf der Seite, zu der sich der Baum neigen soll, ein dreieckiges Stück aus dem Stamm heraussägen, anschließend rechts und links

der Kerbe je einen Splintschnitt und zuletzt von der anderen Seite des Stamms den eigentlichen Fällschnitt machen muß. Der Baum ist gut und gern zwölf Meter hoch, er muß ihn zur Seite fallen lassen, zwischen die Hausecke und die dritte Kastanie. Zur anderen Seite hin geht es nicht, dann würde er halb auf der Straße landen. Zum Glück sind die meisten Erdbeerpflanzen im Garten kahl. Bin ich noch ganz bei Trost, fragt er sich, als er mitten in der Arbeit die Motorsäge aufs Gras legen muß, weil ihm der Schweiß in die Augen läuft. Er zieht ein Taschentuch aus der Hosentasche und versucht, sich das Gesicht damit zu trocknen. Does drückt sich bei den offenen Scheunentüren herum. Die Bäume stehen schon fast vierzig Jahre. Er hat sie gepflanzt, als der Knecht noch hier wohnte. »Muß das sein?« hatte der Knecht gefragt. »Ja, das muß sein«, hatte er geantwortet und drei Löcher gegraben. Die beiden Kinder des Knechts hatten sich über die kleinen Bäumchen gefreut, wochenlang hatten sie ihnen treu Wasser gegeben. Er steckt das zusammengeknüllte Taschentuch weg, löst die Kettenbremse und läßt das Blatt in den Schnitt gleiten, den er schon angefangen hat. Kurz darauf beginnt das Holz zu knacken, er macht schnell einen Schritt rückwärts und zur Seite. Die Kastanie kippt langsam um und schlägt mit unerwartet lautem Krachen auf den Boden, Zweige und braune Blätter segeln durch die warme Luft. Ist doch schade um die Prinzeßbohnen, die da noch standen, denkt er, als er die Motorsäge ausstellt und ins Haus geht. Und um die paar Erdbeeren natürlich. In der Küche blickt er sich gründlich um. Sie ist heller geworden. »Hm«, macht er. Könnte noch heller sein. Bevor er wieder hinausgeht, holt er sich ein Handtuch aus dem Badezimmer und trinkt zwei Gläser Wasser. Does steht schon auf der Stufe vor der Hintertür und wartet auf ihn. »Nein, Does, ich bin noch nicht fertig.« Er wedelt den Hund mit dem Handtuch fort. »Geh mal wieder nach drüben.«

Stroh

Jetzt hat sie alles auf. Die Bokkenpootjes, den Eierlikör und sogar das Wasser. Den Rest Eierlikör hat sie getrunken, nachdem Dieke lange dort unten gestanden und laut erzählt hat. Wann war das? Vor einer Stunde? Vor einer halben? Von Jan, der »einen Stein bemalt, mit einem ganz kleinen Pinsel«, und daß da »eine Tante« liege, »aber das versteh ich nicht«. Von jemandem, der Leslie heißt, und daß Jan gesagt habe, Leslie sei »ein Möhrchen«. Sie selbst habe »ganz viele Steine saubergemacht, mit toten Menschen drunter«, was »doch ein bißchen komisch« gewesen sei. Sie hat nicht geantwortet, natürlich nicht, und nach einiger Zeit ist Dieke wieder verschwunden. Dirk hat danach noch eine Weile geschnaubt, bis auch er verstummte.
Anna Kaan ist an den Rand des Strohs gekrochen, weil sie hoffte, durch die offenen Scheunentüren etwas sehen zu können. Beim Haus ist ein Baum gefällt worden, aber welcher? Sie sieht nichts, außer einem kleinen Rechteck Kies. Und Does natürlich, der in der Öffnung herumsteht, mit den Vorderbeinen mal auf dem Beton, dann wieder auf dem Kies, und schließlich wegläuft. Wenn sie wirklich wissen will, wo Zeeger sägt, wird sie vom Stroh heruntermüssen, und es kribbelt ihr im ganzen Körper, so gern möchte sie wieder nach unten. Ich komme nicht, denkt sie. Noch nicht. Beim ersten Regentropfen, so hab ich es mit mir abgemacht. Sollen sie ruhig ein bißchen warten.

Jetzt heult die Kettensäge wieder auf. Noch ein Baum? Kurz darauf kehrt auch Does zurück. Wieso kommt er nicht einfach rein? Warum dieses Hin und Her? Sie reibt sich die Finger warm. Es kommt vom Liegen, denkt sie. Das Blut fließt nicht richtig.

Glücklicherweise sind keine Erinnerungen an frühere Feiern hochgekommen. Sie hat gedöst. Ein Halbschlaf, aus dem ihre Enkelin sie geweckt hat. Das Hütchen der alten Königin. Ein schönes Hütchen mit einer breiten, runden Krempe, aus einem Stoff, der zu ihrem Kleid paßte. Das Kleid mit Blümchen, einschließlich kleinen Stielen. Die Lederhandschuhe, nicht als Schutz vor Kälte, es war ja schönes Frühsommerwetter. Und der Handschuh, den sie auszog, und die Worte, die sie sprach. Die Wange, die sie kurz berührte, mit der bloßen Hand. Die beiden Frauen hinter der Königin, eine sehr vornehm mit einem gelben Topfhütchen, und eine andere, die sie aus nächster Nähe anstarrte, fast unverschämt. Der eine Handschuh locker in ihrer anderen, behandschuhten Hand. »Die Königin hat sie berührt«, hat sie gemurmelt, als wäre das erst vor einem Augenblick geschehen, und dann hat Dieke sie mit ihrem lauten »Oma! Was machst du da?!« aufgeschreckt. Unbegreiflich, daß die Kleine mit ihr reden will, eine Antwort von ihr verlangt.

Kastanie

Klaas sitzt im Gras neben dem großen Plastikplanschbecken und hat ein Auge auf seine Tochter. Das Planschbecken steht an der Seite des Vorderhauses. Wenn er richtig gehört hat, liegen jetzt schon zwei Bäume flach, sehen kann

er es von hier aus nicht. Er würde es gern sehen, aber Dieke liegt im Planschbecken, und obwohl sie ihr Schwimmzeugnis hat, bleiben sogar vierzig Zentimeter Wasser gefährlich.
Das Kreischen der Motorsäge ist nervenzerreißend an diesem stillen Nachmittag. Anscheinend muß noch ein dritter Baum gefällt werden.
»Was macht Opa?« fragt seine Tochter.
»Bäume umsägen.«
»Warum?«
»Opa findet Bäume blöd.«
»Nein!«
»Nein. Ich vermute, daß Oma sich beklagt hat. Daß sie meint, in ihrer Küche würde es zu dunkel.«
»Warum liegt Oma auf dem Stroh?«
»Hast du sie nicht gefragt?«
»Doch, ich hab gefragt: ›Oma, was machst du da‹, aber sie hat überhaupt nichts gesagt.«
»Vielleicht erzählt sie's dir später mal.«
»Hat sie denn was zu trinken?«
»Ich hoffe sehr, sonst dürfte sie so langsam ausgetrocknet sein.«
»Wann kommt sie runter?«
»Ach, das dauert bestimmt nicht mehr lange.«
»Von mir aus muß sie nicht.«
»Oma hat nichts gegen dich, Dieke. Das weißt du doch?«
Sie antwortet nicht, starrt ins Wasser.
Er schaut sie an und denkt darüber nach, in welchem Alter man aufhört, die Dinge so schnell abzuhaken. Sie hat die Bäume schon vergessen, und er kann sehen, wie sie jetzt, in diesem Augenblick, ihre Großmutter vergißt.
»Papa ...«, sagt sie.
»Ja?«

»Warum spricht Onkel Johan so komisch?«
»Findest du, daß er komisch spricht?«
»Ja. So langsam.«
»Das hab ich dir aber, glaub ich, schon mal erzählt.«
»Nö.«
»Doch, daß er einen Unfall gehabt hat, mit seinem Motorrad ...«
»Er ist über Autos gefahren.«
»Siehst du, du weißt es doch.«
»Ich hatte es ein bißchen vergessen.«
»Trial nennt man das. Und daß er dann eines Tages gestürzt ist, als er über ein Hindernis fuhr.«
»Hinder...?«
»Ja, so ein Stapel Baumstämme.«
»Ach so, ja. Und dann war er bewußtlos.«
»Genau. Mindestens zehn Tage. Warte mal gerade, Diek. Ich geh nur kurz um die Ecke und seh nach, was Opa macht. Dann komm ich wieder. Bleibst du so sitzen? Genau so? Nicht hinlegen?«
»Ja.«
»Was heißt ›Ja‹? Daß du dich doch hinlegen willst?«
»Nein, nicht hinlegen. Kommst du gleich auch ins Wasser?«
»Ja. Mir ist furchtbar warm.« Er steht auf. Bevor er um die Hausecke biegt, schaut er sich noch einmal um. Seine Tochter versucht angestrengt, ganz genau so sitzen zu bleiben, wie sie gerade sitzt. Unterm Balkon blickt er nach oben. Irgendwann kommt sicher in dem Moment, wenn er hier entlanggeht, ein Balken oder ein Stück Beton runter. Diesmal läßt der Balkon nichts fallen. Die Ligusterhecke zwischen Rasen und Hof ist so hoch, daß sie die Sicht versperrt, ein Jahr lang hat die keine Heckenschere gesehen.

Der Geruch der Blüten ist unerträglich. Blöd, denkt er, wenn ich die Hecke schneiden würde, dann würde sie auch nicht mehr blühen. Neben der Hecke bleibt er stehen und atmet durch den Mund. Der mittlere Baum liegt quer im Gemüsegarten, den muß er als ersten umgesägt haben. Den zweiten Baum hat er mitten in den Vorgarten fallen lassen, das war naheliegend, weil der Baum, der dort stand, nicht mehr steht. Und so, wie sein Vater jetzt sägt, wird der dritte auf dem zweiten landen. Er hat nur die grobe Arbeit gemacht, die Bäume umgesägt, aber nicht entastet. Klaas hat ein mulmiges Gefühl bei der Sache, sein alter Vater, gebückt neben dem Stamm der dritten Kastanie, mit einer lebensgefährlichen Maschine. Als der dritte Baum fällt, hat er genug gesehen. Die Motorsäge wird ausgestellt. Does, der mitten auf der Brücke saß, steht sofort auf und läuft zu seinem Herrn. Klaas dreht sich um und geht auf dem gleichen Weg zurück. Er blickt in jedes Fenster, an dem er vorbeikommt, durch keins sieht er seine Frau. Dieke hat sich nicht gerührt und schaut ihn zufrieden an.
»Ist er fertig?« fragt sie.
»Ja, er ist fertig.«
»Kommst du auch rein?«
Klaas zieht sich Schuhe, Socken und Hose aus und steigt ins Wasser. Es ist längst nicht mehr kühl. Das Planschbecken ist gerade so groß, daß er sich noch darin ausstrecken kann. Dieke setzt sich auf seinen Bauch.
»Du bist eine Insel«, sagt sie.
»Ja, ich bin eine Insel. Mit einer Unterhose.«
Oma vergessen, Jan auf dem Friedhof vergessen, Johan vergessen und jetzt auch schon die Kastanienbäume. »Texel«, sagt sie dann. Jan auf dem Friedhof ist also noch nicht ganz vergessen.

Einen Moment so liegen, denkt Klaas. Einen Moment diesen altmodischen Plastikgeruch einatmen, scharf, so rochen die Wasserbälle und Schwimmflügel früher am Strand. Dann fahre ich.
»Papa?«
»Ja?«
»Die Tante, die da auf dem Friedhof liegt ...«
»Ja?«
»Wieso ist die tot?«
»Ach, Dieke.«
»Bin ich dafür noch zu klein?«
»Ja. Lassen wir's dabei.«
»Wo warst du?«
»Wo war ich?«
»Ja, als sie gestorben ist.«
»Och, das ist so lange her. Das weiß ich nicht mehr.«

Vor dem Seitenfenster hatte er gestanden, zwei Meter von der Stelle entfernt, an der er jetzt liegt.
Am Morgen hatte er geschwänzt. Er hatte keine Lust, Hand in Hand mit anderen Kindern aus seiner Klasse vor dem *Polderhuis* zu stehen und ein blödes Fähnchen hochzuhalten. »Wenn ich die Königin sehen will, kann ich ja fernsehen«, hatte er zu einem Freund gesagt, und zusammen mit diesem Freund war er zum Kanal gefahren, um bei der weißen Brücke schwimmen zu gehen. Sie wußten, daß die Königin aus Slootdorp kommen würde, und es war kein Zufall, daß sie dann beide mit triefenden Badehosen auf dem Geländer standen und genau in dem Moment hinuntersprangen, als der große Wagen über die Brücke fuhr. Sie hatten abgemacht, sich nicht nach ihm umzusehen, sondern so zu tun, als würden sie einfach nur schwimmen wie

an ganz normalen Tagen. Das klappte aber nicht, dafür waren sie doch zu neugierig. Klaas sah die Königin im Wagen sitzen, eine Frau mit einem runden Hut. Später aß er bei diesem Freund, anschließend fuhr er nach Hause. Er sorgte dafür, daß seine Mutter ihn nicht zu Gesicht bekam.
Am Nachmittag saß er unter der Werkbank in der Stallscheune. Er hatte Schrauben und Muttern, Holz, feines Drahtgewebe und Nägel zusammengesucht. Irgend etwas bauen wollte er, ohne eine genauere Vorstellung zu haben. Die drei jungen Stiere drückten ihre Köpfe an die Eisenstäbe ihrer Box, ein roter Kater lag neben ihm auf einem leeren Jutesack. Schließlich baute er eine Art Karren, mit Bindfadenspulen als Rädern. Dann hörte er seine Mutter schreien. »Zeeger!« Das war kein Kommst-du-essen-Rufen. Er fuhr hoch und stieß sich den Kopf am Schraubstock. Der Kater flitzte weg, die jungen Stiere machten einen Schritt rückwärts. Er nahm nicht den kürzesten Weg, durch die Stallscheune nach vorne, sondern ging hinten hinaus. Als er am alten Spülhaus vorbeikam, hörte er seine Mutter noch einmal nach seinem Vater rufen. Er durchquerte den Gemüsegarten neben dem Haus in Richtung Vorgarten. Am Seitenfenster blieb er stehen, wenn er dort hineinschaute, konnte er durch die vorderen Fenster auf die Straße sehen, über die Kakteen auf den Fensterbänken und die Ligusterhecke hinweg. Auf der Straße stand der VW-Transporter des Bäckers.
Er rührte sich nicht von der Stelle. Er sah seine Mutter, seinen Vater, einmal hörte er Tinus aufjaulen, als hätte ihm jemand einen Tritt gegeben. Der Bäcker stieg aus seinem Wagen, die drei auf der Straße bückten sich immer wieder und waren dann von der Hecke verdeckt, sie sprachen, aber was, konnte er auf diese Entfernung nicht verstehen. Er

hörte eine Sirene, der Bäcker verschwand, der VW-Transporter blieb einfach auf der Straße stehen, ein Krankenwagen manövrierte sich daran vorbei, dann kam ein Polizeiwagen. Männer in weißen Kitteln auf dem Hof, Männer in Uniform auf dem Damm und beim Lieferwagen, und er begriff immer noch nicht, was passiert war. Seine Mutter rief ein paarmal seinen Namen.
Nach einiger Zeit war die Straße bis auf den Lieferwagen wieder leer, er war sich nicht sicher, ob der Bäcker noch darin saß. Er sah nur noch die Kakteen, es waren fünf, von der grauen, wolligen Sorte mit den gemeinen Widerhaken. Etwas stieß gegen seine Beine. Tinus. Zusammen liefen sie nach hinten, quer durch den Gemüsegarten, er hörte die Bohnen unter seinen Gummistiefeln knacken. So kam er wieder in die Scheune, er wußte nicht, was er tun sollte. Er ging in den Kuhgang und öffnete die Tür zum Kälberverschlag. Tinus folgte ihm auf den Fersen, und kurz bevor er die Tür hinter sich zuzog, schlüpfte noch der rote Kater hinein. Die Kälber erschraken vor ihm. Er setzte sich mit dem Rücken an die Mauer, nach einer Weile kamen sie auf ihn zu und begannen ihn vorsichtig zu beschnuppern. Tinus leckte ihnen die feuchten Nasen. Die drei jungen Stiere blickten nicht mehr in den Scheunenteil, sie drückten ihre Köpfe gegen die Stäbe an dieser Seite. Er schob einem Kalb die Hand ins Maul und gleich darauf die andere Hand einem zweiten Kalb. Er dachte an eine Broschüre von der Besamungsstation Stompetoren, die ihm sein Vater vor kurzem gegeben hatte. Darin war ein Stier abgebildet, der Blitsaert Keimpe hieß. Blitsaert Keimpe! Das war doch ganz was anderes als Dirk. Dirk mit einer Nummer dahinter, wie die drei kleinen Stiere hießen. Es war ein langer Nachmittag. Der Kater döste stundenlang in einem Winkel vor sich hin, er selbst

nickte auch kurz ein, Tinus war unruhig. Dann kamen die Kühe in den Stall. Würde sein Vater gleich melken? War alles wieder normal? Mühsam stand er auf, er hatte Tinus, der doch eingeschlafen war und mit dem Kopf auf seinem Oberschenkel lag, nicht wecken wollen und sich lange nicht bewegt. Er öffnete die Tür des Kälberverschlags. Davor stand Großvater Kaan. »Da steckst du«, sagte sein Opa.

Kies

Schuhe aus, denkt Johan Kaan. Socken auch. So schnell wie möglich. Irgendwo weit weg ist jemand mit einem Lärmding zugange. Im Dorf begegnet er einem Radfahrer und einem Mann mit Hündchen. Der sagt etwas zu ihm, aber er versteht ihn nicht, es ist, als würde der Mann eine andere Sprache sprechen. Vor *Het Wapen* stehen Tische und Stühle, auf den Stühlen sitzt niemand. Um ein leeres Glas auf einem Tisch schwirren drei Wespen. Er betritt den Friedhof. Der Sack, den er auf dem letzten Stück vor dem Bauch trägt, ist so schwer, daß seine Schuhe tiefe Spuren in den Muschelgrieß ziehen. Er sieht niemanden.
»Hallo. Suchst du mich?«
Er blickt zur Seite. Sein Bruder taucht hinter dem Häuschen auf. »Hal-lo, Jan«, sagt er und bleibt stehen, wo er ist. Jan kommt auf ihn zu. »Was hast du da hinterm Schuppen gemacht? Dir einen run-tergeholt?«
»Natürlich nicht.«
»Wieso hast du dann 'ne Lat-te?«
»Ich hab nur gepinkelt.«
»Ich bin doch nicht blind. Und du bist kla-atschnaß geschwitzt.«

»Wasser. Da ist der Hahn. Was hast du da?«
»Hast du Tomaten auf den Augen? Stei-ine, sieht man doch.«
»Wofür sind die?«
»Ich hatte ges-tern auch 'ne Lat-te. Im Wohnzimmer. Und da hat Toon gesagt, soll ich dich da-avon mal befreien? Würde dir sicher gefal-len, was?«
»Mein Gott, Johan.«
»Etwa nicht?«
»Ich weiß nicht mal, wer Toon ist.«
»Weißt du wo-ohl, ein schö-öner Mann, wär was für dich, und er hat einen Rie-senschwanz. Da steht ihr doch so drauf.«
»Das hast du mir schon hundertmal erzählt.«
»Siehste, also wei-ißt du doch, wer er ist?!«
»Wofür hast du den Sack Kies mitgebracht.«
»Für Han-ne. Hier.« Johan drückt Jan den Sack in die Hände. Endlich ist er den los. Er zieht sein Hemd aus, stopft es mit dem Saum unter den Gürtel, massiert seine Schultern und kratzt sich im Schritt. Die Grabsteine ringsum sind wie Kachelöfen, sie strömen Wärme aus. »Gottverreckter Dreck! Diese Hitze!« Er weiß nie, wie laut so was rauskommt, auf jeden Fall kommt es ohne Stocken.
»Schrei nicht so«, sagt Jan.
»Ach, halt den Rand.« Johan geht weiter. Er hat keine Ahnung, wie spät es ist. Auf dem Handy, das in der Klemmtasche an seinem Gürtel hängt, kann er es nachsehen, wenn er will. Bei Hannes Grab steht ein Eimer auf dem Weg. Der Eimer erinnert ihn an das Auto, das vor einer Stunde an ihm vorbeigefegt ist. Oder vor zwei Stunden. Der Eimer ist leer. Er setzt sich auf einen liegenden Stein und zieht Schuhe und Socken aus. Die Socken stopft er nicht in die

Schuhe, sondern läßt sie fallen, wo er sie von den Füßen streift. Sein Bruder kommt hinterher, mit dem Sack Kies.
»Schön«, sagt Johan. »Se-ehr schön. Sauber gemacht. Und fast fertig.« Er hebt kurz den Arm in Richtung von Hannes Stein. Da liegt was Komisches drauf. »Was ist das?«
»Ein Umschlag.«
»Ja-a, das seh ich selber.«
Sein Bruder greift danach. »Hat mir der Bäcker gegeben.«
Das versteht Johan so wenig, daß er nicht weiterfragt.
»Wie bist du eigentlich hergekommen?« fragt Jan. Er schiebt den Umschlag hinten in seinen Hosenbund.
»Zu Fuß.«
»Zu Fuß? Mit diesem Sack?«
»Ja-a.«
»Aus Schagen?«
»Ja-ha. Woher sonst?« Er legt sich hin, ganz vorsichtig, damit sich jedes Stück Haut kurz an die Hitze gewöhnen kann. Dann wischt er sich das lange Haar aus dem Gesicht und schlenkert die Füße in der Luft.
»Wund?« fragt Jan.
»Und bren-nen.«
»Soll ich eben den Eimer füllen?«
»Ja.«
Jan geht weg.
Johan starrt in den weißlichen Himmel. Wann ist die Sonne verschwunden? Bevor er eine Antwort darauf gefunden hat, ist Jan schon wieder zurück. Er stellt den Eimer vor ihm auf den Weg. Johan richtet sich auf und beugt sich darüber, die Hände auf dem Rand. Er trinkt. Als er mit Trinken fertig ist, taucht er den Kopf ins Wasser. Und als er sich dann wieder langsam auf den Stein zurücksinken läßt, versucht er, die Füße in den Eimer zu stecken. Der ist zu eng, er kann

die Füße nicht flach hinstellen. Dann eben möglichst locker reinhängen, Zehen auf den Boden.
»Warum hast du dich nicht abholen lassen?«
»Wei-iß nicht.«
»Oder hast du gar nicht dran gedacht?«
»Verges-sen.«
»Mein Gott. Der Sack wiegt mindestens zehn Kilo.«
»Nein, nicht zehn. Me-ehr.« Er richtet sich wieder auf und zerrt das Päckchen Zigaretten aus der Gesäßtasche. Das hätte er wohl besser im Liegen getan. Jan steht vor ihm, der raucht nicht. Klaas, der ja, und Klaas' Frau raucht auch. Er zündet sich eine Zigarette an und mustert seinen Bruder. Sieht er mir nun ähnlich oder nicht? Nein, ich hab viel mehr Haare. Aber er kann besser nachdenken. Jetzt blinzelt Jan und reibt sich über den Bauch. Ach so, ja, ich darf ihn nicht so lange ansehen. Hat er doch mal gesagt? Oder hat das jemand anders gesagt? Und überhaupt, muß ich mich da dran halten?
»Ist ›Mohrchen, schwarz wie Pech und Ruß‹ ein Er oder eine Sie?«
Johan starrt Jan immer noch an. Er zieht an seiner Zigarette. Er bläst Rauch durch die Nasenlöcher. In ihm kommt etwas nach oben, etwas von früher. Ein Stück Stoff, das hing in Hannes Zimmer. »Mohr-chen? Kochtopf? Sonne?« Ja, ein großer Lappen, auf den kleinere genäht waren. Auch Palmen waren drauf. Jan dreht sich um und setzt sich vor den kleinen Stein. Er nimmt einen Pinsel von einem Farbtöpfchen. »Ich warte, bis du fertig bist, dann ki-ippen wir den Kies rein.« Und Negerkinder, die waren auch auf das große Stück Stoff genäht. Noch was kommt hoch. Das ist doch komisch, jede Menge Sachen hat man im Kopf, und erst, wenn ein anderer was sagt, tauchen sie auf. Wie wenn

man eine Angel nimmt mit einem Haken und einem Wurm dran. »Ich hab ei-inmal einen Ring von dem Lappen abgemacht, den wollte ich Han-ne geben. Und, aber, dann war der Ring zu groß, vi-iel zu groß.« Johan sieht sich in Gedanken aus Hannes Zimmer in die Küche gehen, vor langer Zeit. Zur Fensterbank, auf der spillerige Pflanzen standen. »Da hab ich ihn in einen Blu-umentopf gesteckt, ich hab so lange fest auf den Ring ge-drückt, bis ein Loch in der Erde war, und dann ha-ab ich das Loch zugemacht.«
»Wie willst du das noch wissen«, sagt Jan. »Du warst vier oder fünf.«
»Trotz-dem weiß ich's.« Johan drückt die Zigarette auf dem Stein aus, neben seinem Knie. »Ich träum auch o-oft von früher.« Er zieht sein Hemd unter dem Gürtel weg und legt es zusammengefaltet dorthin, wo sein Kopf ist, wenn er sich wieder ausstreckt. Was er dann tut. Als er den Kopf zur Seite dreht, kommt ein großer Baum in Sicht, und als er ihn noch etwas weiter dreht, unter dem Baum eine Bank. Die hat er eben gar nicht gesehen. »Als alles noch gu-ut war.«
»Ja«, sagt sein Bruder. Es klingt schwach, nicht wie aus ein paar Metern, sondern aus sehr vielen Metern Entfernung.

Johan zündet sich noch eine Zigarette an, nachdem er mit den Händen Wasser aus dem Eimer geschöpft und es dann geschlürft hat. Den Filter reißt er ab, nächstesmal zur Abwechslung Zigaretten ohne Filter kaufen. Oder Shag, Klaas und die Frau von Klaas rauchen auch Selbstgedrehte. Ist nur eine fummelige Sache, die Dreherei. Mal sehen. »Dann träum ich zum Bei-spiel, daß ich Han-ne durch den Flur schleppe, aber dann ist sie eine Frau, und deshalb ist sie sehr schwe-er, und ich weiß nicht, wo ich mit i-ihr hin soll. Deshalb schlepp ich sie im-mer hin und her.« Er

schaut auf Jans Rücken, sein Bruder blickt stur auf den Stein und antwortet nicht. Aber das liegt natürlich daran, daß er ihn nichts gefragt hat. »Hast du dich eigentlich ein-geri-ieben?«
»Ja«, sagt Jan. Er streicht mit der freien Hand über seinen Nacken. »Wieso?«
»Nur so.« Einen knallroten Nacken hat sein Bruder. So was spürt man doch. Moment, jetzt sieht er auch drei kleine nackte Hintern vor sich, oder besser gesagt, zwei kleine nackte Hintern neben sich. Wer war am braunsten nach einem Tag am Strand? Dabei waren sie alle drei so verbrannt, daß Schlafen mindestens eine Nacht kaum drin war. Rotes Haar, Sommersprossen, Sonnenbrand. Noch was kommt nach oben, ungefähr aus dieser Zeit. Johan zieht ungeduldig an seiner Zigarette. Etwas in einer anderen Sprache. »One small step for man«, sagt er. Das ist Englisch!
»Was?«
»Als das mit Han-ne war. Jemand auf dem Mo-ond!«
»War das im Sommer 1969?«
»Wei-ißt du das nicht mehr? Ich se-eh es noch vor mir!«
»Wir hatten doch gar keinen Fernseher.«
»Wir *hat-ten* einen Fernseher.«
»Meiner Ansicht nach nicht, ich kann mich nicht dran erinnern. Und war das nicht mitten in der Nacht?«
»Ja-a.«
»Na also.«
»Trotz-dem hab ich's gesehn.«
»Gut! Wenn du's sagst.«
Ja, denkt Johan Kaan. Ich sage es. Ich sehe es. Ich *weiß* es. Er kratzt sich im Schritt. Ich *weiß* es. Diese verbrannte Haut, feuerrot, das Jucken, nicht nur von der Sonne, auch von was anderem. Er will noch einmal kräftig an der Zigarette

saugen, je stärker er zieht, desto mehr fällt ihm ein, jedenfalls war das vorhin so, aber die Zigarette ist fast aufgeraucht, und er verbrennt sich die Finger. »Au! Ver-dammte Scheiße!«
»Was ist?« Jan hat sich umgedreht.
»Nichts. Ver-dammte Scheiße.« Er taucht seine Hand ins Wasser.
»Warum fluchst du dann so? Jetzt hab ich über den Rand gemalt.«
Johan steht auf, geht zu Jan und schiebt ihn grob zur Seite. Neben einer Zahl ist ein weißer Strich. Er sieht sich um. Links und rechts vom Grab liegen jede Menge Sachen. Ein Schraubenzieher, abgeschliffenes ... abgeschliffenes ... na, dieses Zeug halt ... Schmirgelpapier. Und ein Lappen. Er dreht einen Zipfel des Lappens fest zusammen und schiebt damit die Farbe behutsam, aber sicher in den Kreis der Sechs zurück. »So-o«, sagt er. »Nichts passiert.« Er wirft den Lappen auf den Boden und reckt sich ungeniert, wobei er den Mund weit aufreißt. Anschließend bohrt er in seinem Nabel. »Ich setz mich kurz auf die Ba-ank da.« Er geht los. »Gottverreckter Dreck! Diese Hitze!« Beim Hinsetzen fügt er noch etwas hinzu, leise, als sollte Jan es nicht hören. »Es re-egnet bald.« Er spürt gern diese scharfen Muschelstücke an seinen Fußsohlen, trotzdem wischt er sie jetzt ab. Dann pult er übriggebliebene Muschelsplitter von der Haut zwischen den Zehen. Als er damit fertig ist, fegt er achtlos einen toten Vogel von der Bank, den hat er gleich da liegen sehen, aber zuerst mußte er sich die Füße saubermachen. Er schaut zum Baum hinauf. Da, auf einem niedrigen Ast, sitzt ein zweiter Vogel. »Gotto-gotto-gott«, sagt er leise. »Ma-ach nicht schlapp.« Er wirft noch einen Blick auf den toten Vogel, der auf dem Muschelweg liegt, dann klingelt

sein Handy. Er nimmt es vom Gürtel, schaut aufs Display und drückt auf das kleine grüne Telefon. »Ja-a?« sagt er.

»...«

»Nein, Toon, ich bin bei meiner Schwester.«

»...«

»Ha-ab ich auch nicht. Die ist tot, schon fa-ast vierzig Jahre.«

»...«

»Jan ist auch hier.«

»...«

»Texel, ja.«

»...«

»Es ist Samstag! Alle sind weg! Wieso brauch ich dann eine Erlaubnis?!«

»...«

»Ja-a, ja-ha.«

»...«

»Wei-iß ich nicht. Mal sehn.«

»...«

»Sechs Uhr? Scha-aff ich nicht.«

»...«

»Mach ich.«

»...«

»Leck mich doch!« Er drückt auf das rote Telefon, sieht noch nach, wieviel Uhr es ist, und schiebt das Handy in die Klemmtasche zurück. »Toon läßt dich grü-üßen«, ruft er seinem Bruder zu.

Jan steht auf und klopft mit dem Schraubenzieher den Deckel auf dem Farbtopf fest. »Weiß er, daß ich auf Texel wohne?«

»Ja-a.«

Jan rafft alles zusammen, was um das Grab verteilt liegt, und

trägt es zum Weg. Er hebt den Eimer, holt aus, gießt ihn mit einem Schwung leer, nimmt den Lappen und trocknet den Eimer ab. Dann legt er alle Malsachen hinein; zum Schluß zieht er den Umschlag aus dem Hosenbund und steckt auch den in den Eimer. »Wieso glaubst du das?«
»Ich re-ede manchmal mit ihm, ja-a. Und er hat wirklich einen Ri-iesenschwanz.«
»Das hatte ich schon gehört. Woher willst du das eigentlich wissen?«
»Ich bin ja nicht blind! Wie o-oft soll ich das noch sagen!«
»Mensch, schrei nicht so.« Jan kommt auf die Bank zu.
»Du mußt uns ma-al besuchen.«
»Und wie kommst du drauf, daß ich auf große Schwänze stehe?«
»Du bist doch schwul?! Schwu-ule stehn auf so was.«
»Aha.«
»Du mußt mich einfach mal besu-uchen.«
»He, was ist das denn jetzt?« Jan hebt den toten Vogel auf.
»Der Spatz ist tot, der lag hi-ier auf der Bank.«
»Das ist kein Spatz, das ist eine Blaumeise.«
»Trotz-dem ist er tot.«
Jan schaut sich das tote Vögelchen einen Moment an, geht ein paar Schritte auf die hohe Hecke zu und wirft es hinüber. Es macht Platsch. »Kerngehäuse, Bananenschalen, toter Vogel«, sagt er dann.
»Was?«
»Nichts.«
Manchmal glaubt Johan, daß sein Bruder nicht ganz richtig im Kopf ist. Bananenschalen? Wo denn? Jan setzt sich neben ihn, und er schaut ihn an. Jan schaut ihn nicht an. Er blickt erst nach oben zu dem lebenden Vogel und dann zu

einer Lücke in der Hecke, gegenüber von dem Stück, über das gerade der tote Vogel geflogen ist.
»Was wollte dieser Toon?«
»Er hat gesagt, daß ich nicht hi-ier hin durfte.«
»Und jetzt?«
»Nichts jetzt.« Johan fummelt wieder das Zigarettenpäckchen aus der Tasche. »Er sagt, er kennt dich. Toon.« Er zündet sich eine Zigarette an, von der er den Filter abgerissen hat.
»Also ich kenne keinen Toon.«
»Wi-ieso hast du eigentlich keinen Mann?«
»Weiß ich nicht.«
»Bist du nicht fünfundvierzig oder so?«
»Oder so, ja.«
»Es ist schönes Wetter, du müßtest mit 'nem tol-len Mann am FKK-Strand liegen. A-aber nein, hockt er statt dessen auf 'nem glü-ühend heißen Kirchhof.«
»Friedhof.«
»Was?«
»Egal. Du hast doch auch keine Frau!«
»Nei-in, aber das ...« Wenn Jan fünfundvierzig oder so ist, dann bin ich, dann bin ich ... ein paar Jahre jünger, denkt Johan. Er saugt an der Zigarette und bläst eine große Rauchwolke aus, die sich nur sehr langsam verzieht. Er sieht sich neben seiner Mutter stehen, in einem Blumenladen. Großvater Kaan war gestorben und sollte einen Blumenstrauß von den Enkeln bekommen. Die Blumenverkäuferin schluckte, das sah er. Seine Mutter hatte ihn gefragt, was auf der Schleife stehen sollte. Etwas wie »Danke, Opa, und auf Wiedersehen«, hatte er gesagt, aber er war nicht bei der Sache, er schaute sich keine Blumen an. Er schaute die Blumenverkäuferin an. Wieder zieht er heftig an der Zigarette.

»Schön«, hatte seine Mutter gesagt, aber er hatte über seinen Schwanz gerieben, er sieht es ganz genau vor sich, jetzt, hier, und die Blumenverkäuferin war rot geworden. Er wollte es gar nicht tun, es passierte einfach, seine Hand machte das, wie etwas Fremdes, das nicht mit seinem Körper und seinem Kopf verbunden war. Was für ein hübsches Mädchen. Und daß sie schlucken mußte und daß sie rot wurde, das hing doch bestimmt mit ihm zusammen?! Das lag doch an ihm?! Aber die Bestellung war erledigt, und seine Mutter ging aus dem Laden und er ihr nach. Jan hustet und rutscht auf der Bank hin und her. Ach ja, richtig, er wollte doch was sagen, über ... »A-aber es ist doch so. Daß du hier den Gra-abstein bemalst, das ist wirklich nicht nötig.«
Sein großer Bruder steht auf und zieht sich das T-Shirt aus. Er hängt es über die Rückenlehne der Bank und geht zu dem Sack mit Kies.
»Jan?«
»Ja?«
»Ich bin doch nicht hä-äßlich?«
Jan dreht sich um. »Nein, Johan. Du bist nicht häßlich. Alles andere als das.«
»Al-les andere«, sagt Johan. Die Blumenverkäuferin hätte ... nein, er hätte noch mal mitkommen sollen, als seine Mutter den Blumenstrauß abholte, bloß, wann hatte sie das gemacht? Woher sollte er das wissen? Hätte sie ihn nicht anrufen können? Aber ich kann auch so, denkt er, ich kann doch auch einfach so zu dem Blumenladen gehen! Es ist nur schon ... »Wie lange ist Opa schon to-ot?« fragt er.
»So etwa zehn Jahre.«
»Ze-ehn.« Das ist verdammt lange, denkt Johan. Gibt es den Laden überhaupt noch? Er wirft die Kippe weg, steht auf und folgt seinem Bruder. Er schiebt ihn zur Seite, reißt

mit einer einzigen Bewegung den Sack auf, hebt ihn hoch und trägt ihn zum Grab.
»Langsam!« ruft Jan. »Die Farbe ist noch naß, mach nicht zuviel Staub.«
Noch etwas wollte er sagen, bevor ihm die Blumenverkäuferin dazwischenkam. Er muß ein paar Schritte zurückgehen: Opa Kaan, Blumenverkäuferin, Bananenschalen. »Ich wußte übrigens gena-au, daß das eine Blau-meise war. Ich verste-eh sehr viel von Vögeln.«
»Das weiß ich doch, Johan. Du hast Spaß gemacht.«
»Ja, Spa-aß.« Er kippt den Sack zwischen den hochstehenden Rändern des Grabes aus. Als er schon dabei ist, den Kies mit einer Hand glattzustreichen, spürt er Jans Arm an seinem. »Fü-ühlst du dich jetzt besser?« fragt er. Jetzt spürt er auch Jans Hand, die beim Glattstreichen gegen seine Hand stößt.
»Wieso?«
»Weil du das fü-ür sie getan hast.«
»Irgendwer muß es ja tun. Wir haben das doch bei der Goldenen Hochzeit abgesprochen.«
»Ach, der Zoo-o. Wann war das noch?«
»Vor zwei Wochen.« Jan nimmt ihm den leeren Sack ab und stopft ihn in den Eimer. »Was hast du zu Mutter gesagt?«
»Wa-as?«
»Gestern. Am Telefon.«
Gestern, am Telefon. Johan steht auf und denkt sich in das Haus in Schagen, in den Flur, in dem das Telefon steht. »Ach so, ja-a. Ich hab sie gefragt, ob du schon da wärst.«
»Woher wußtest du, das ich kommen würde?«
»Na ja ... das hatte Va-ater mir erzählt.«
»Und sonst?«

»So-onst nichts.«
»Doch. Sie liegt auf dem Stroh. Du mußt noch was gesagt haben.«
Hab ich noch was gesagt? Der Flur, die Geräusche aus dem Fernseher im gemeinsamen Wohnzimmer, der immer und ewig läuft, das Telefon, die Stimme seiner Mutter. Johan blickt sich um. Was hab ich gesagt? Dann sieht er den blauen Kies vor seinen Füßen. »Ja-a! Ich wollte wissen, wo man am besten solche Stei-ine kauft!«
»Was hat sie gesagt?«
»Sie hat aufgelegt.«

Grünzone

Klaas wird tun, was seine Mutter verlangt, aber er läßt sich Zeit. Als er genug Plastikgeruch eingeatmet hat, steigt er aus dem Planschbecken und zieht seine Jeans über die nasse Unterhose. Er blickt durch das Seitenfenster. Auf den Fensterbänken stehen immer noch Kakteen, aber nicht mehr diese wolligen. Er schickt Dieke ins Haus. Sie will nicht.
»Du darfst fernsehen«, sagt er.
»Darf ich dann die Vorhänge zuziehen?« fragt sie.
»Ja, sicher, du mußt sie zuziehen, sonst spiegeln sich die Fenster auf dem Bildschirm, und du siehst nichts.«
»Was machst du denn jetzt?«
»Ich hole Onkel Jan vom Friedhof ab. Und wenn ich mich nicht irre, ist Onkel Johan auch da.«
»Onkel Johan!«
»Ja.«
Dieke verschwindet im Haus. Normalerweise würde er wieder das Auto nehmen, aber das hat noch so lange in der

prallen Sonne gestanden, deshalb steigt er lieber aufs Fahrrad. Ganz langsam, als wäre er ein Kind, das sich gegen eine Anordnung sträubt, radelt er ins Dorf, unterwegs grüßt er Bekannte.

Lieber Himmel, Johan ist wirklich da. Wie konnte sie das wissen? Seine Brüder stehen direkt vor dem Grab. Jan, der den Eimer in der Hand hält, ist kalkweiß; Johan, auch mit nacktem Oberkörper, hat eine schöne braune Farbe, was wirklich eine Leistung ist für jemanden mit so rotem Haar. Warum muß das sein? denkt Klaas. Johan hat dichtes, langes, glänzendes Haar, er ist groß und muskulös, hat weiße Zähne und volle Lippen. Warum muß gerade jemand wie Johan so hübsch sein, wer denkt sich so was aus. Jemand wie sein jüngster Bruder, enthemmt und zugleich langsam, seit er mit seiner KTM von einem Stapel Baumstämme gesegelt ist. Sie blicken auf, als sie ihn kommen hören, und plötzlich sieht Klaas, was seine Mutter gestern abend gemeint hat mit ihrer Behauptung: »Ihr steckt alle unter einer Decke. Du und dein Vater und Jan. Johan auch.« Das heißt, er *versteht* nicht genau, wie sie es meint, aber er *sieht* es an der Art, wie die beiden Köpfe sich zu ihm hindrehen.
»Hast du in die Hose gepin-kelt?« ruft Johan.
Bevor Klaas einen Blick auf seine Hose wirft, sieht er links von sich bekannte Namen auf einem alten Stein.

Zeeger Kaan 1858-1917
Griet Kaan-van Zandwijk 1863-1958

Warum bringt Jan nicht diesen Stein mal in Ordnung? Aber weiß er überhaupt, daß seine Urgroßeltern hier liegen? Im Weitergehen schaut er an sich hinunter. Auf seiner Jeans

zeichnet sich naß die Form seiner Unterhose ab. »Ja, Johan, ich hab in die Hose gepinkelt.«
»Ha-ha-ha«, macht Johan.
»Bist du schon wieder da«, sagt Jan.
»Ich komme, um dich abzuholen. Anordnung von deiner Mutter. Und Johan soll hier auch weg.«
»Bist du wieder der Bra-avste?« fragt Johan.
Klaas schaut seinen jüngsten Bruder ruhig an und zieht ein zerknittertes Päckchen Shag aus der Gesäßtasche.
Johan erwidert seinen Blick mindestens ebenso gelassen und holt sein Päckchen Marlboro hervor. »Erst eine rau-uchen«, sagt er.
»Klar«, entgegnet Klaas. »Immer erst eine rauchen.«
»Du mußt auch dein Hem-md ausziehn.«
»Das läßt sich machen.« Er hängt es über einen Grabstein, dann dreht er sich eine Zigarette.
Johan hat sein Feuerzeug noch nicht wieder eingesteckt und gibt ihm Feuer.
»Warum hast du keine Schuhe an?«
»Zu hei-iß. Und Bla-asen hab ich auch, verdammte Scheiße!«
»Hast du den Kies mitgebracht?«
»Ja-a.«
»Und alles schon fertig.«
»Ja-a.«
»Wir müssen also noch nicht los?« fragt Jan, der sich bestimmt ausgeschlossen fühlt, weil er nicht raucht.
»Ach was«, sagt Klaas. »Immer mit der Ruhe, wir haben alle Zeit der Welt. Ich jedenfalls.«
Also stehen sie eine Weile zu dritt zwischen den Gräbern. Klaas und Johan rauchen, Jan hat immer noch den grünen Eimer in der Hand. Klaas betrachtet eingehend das kleine Grab, ohne das sie hier nicht so stehen würden. Das vierte

Kaan-Kind, sein Schwesterchen, Diekes Tante, die Tochter seines Vaters und seiner Mutter, liegt unter einer Schicht von meerblauem Kies, und an ihrem Grabstein müßte eigentlich ein Schildchen mit der Aufschrift *Frisch gestrichen* hängen.

Unser kleiner Liebling Hanne 1967-1969

»Ich a-auch«, sagt Johan dann.
»Und du?« fragt Klaas Jan.
»Langweilst du dich?« erwidert Jan statt einer Antwort.
»Ziemlich.« Laß es dabei, sag nichts weiter, so sehr dich solche Fragen auch ärgern, denkt er. Und es stimmt ja wirklich.
»Du verka-aufst doch wohl nicht den Hof, oder?« fragt Johan.
»Wieso nicht?«
»Arschloch! Wir sind da geboren!«
»Schrei nicht so. Und wenn ich auf solche Dinge auch noch Rücksicht nehmen soll ...«
»Natürlich macht er das nicht«, sagt Jan zu Johan. »Das geht gar nicht.«
»So?« fragt Johan.
»Nein, weil er uns dann erst auszahlen müßte.«
»Hä?«
»Ach ja?« fragt Klaas.
»Ja«, sagt Jan. »Wir haben ein Verfügungsrecht«, sagt er dann zu Johan.
»Wie mei-inst du das?«
»Klaas hat Schulden bei Vater, der hat ihm nicht einfach alles so überlassen. Und wahrscheinlich auch bei der Bank, oder?« Jan schaut ihn an.

Klaas nickt nur kurz. Hätte er doch bloß nicht zugegeben, daß er nichts mit sich anzufangen weiß. Und jetzt muß Jan auch noch Johan verrückt machen. Aber es stimmt natürlich, denkt er.
»So-o?« fragt Johan. »Durftest du dann die Kü-ühe überhaupt verkaufen?«
»Ja«, antwortet Klaas.
»Von mir aus tu, was du willst«, sagt Jan, »ich leg dir keine Steine in den Weg.«
Nun reicht es. »Nein, du wohnst auf Texel. Nicht hier. Also kümmer du dich um deinen Kram. Ist da jetzt nicht Hochbetrieb? Wieso hast du eigentlich Zeit herzukommen?«
»Ich hab ...«
»All das Land!« ruft Johan dazwischen. In seinem müden Blick ist plötzlich ein Funkeln. Er hat den Filter von seiner Zigarette abgekniffen und schnipst ihn weg.
»Ich weiß sowieso nicht, was du da oben überhaupt machst.«
Sein Bruder schaut ihn an, hebt kaum merklich das Kinn, will ihm wahrscheinlich irgendeine Unwahrheit auftischen.
»Das La-and!« ruft Johan wieder.
»Ich mache da gar nichts mehr«, sagt Jan.
»Wieso das?«
»Man hat mich entlassen.«
»Wann?«
»Ach, schon vor einiger Zeit.«
»He!« ruft Johan. »Hört ihr mich überhaupt?«
»Was ist?« fragt Klaas.
»Das Lan-nd, hab ich gesagt!«
»Was ist damit?«
»Da-amit kann man auch was anderes machen!«
»Was denn?«

193

»Eine Baumschule eröffnen«, sagt Jan erleichtert.
»Ja-a!«
»Einen Center-Parcs-Park. Mit subtropischem Schwimmparadies.«
»Ja-a!«
»Ihr spinnt ja«, sagt Klaas. »Ihr wart viel zu lange in der Sonne.«
»Was mit Blu-umen!« schreit Johan. »Die verkaufen wir dann auch!«
»Was mit Blumen? Und wer soll das dann machen?«
»Wir! Und 'ne Blumenverkäuf-ferin!«
»Oder der Natur zurückgeben«, meint Jan.
»Li-ieber Blumen, aber Natur ist auch gut. Mit Holundersträuchern und diesen Kühen, Rindern, mit den großen Hörnern.« Johan kratzt sich vor Aufregung zwischen den Beinen. »Und We-egen!«
»Schottische Hochlandrinder«, sagt Jan. »Das Stück Land hinter der Straße grenzt ja schon an den Wald, den der Mann da gepflanzt hat, ich komm jetzt nicht auf den Namen, und wenn man darauf auch Bäume und Sträucher pflanzt, hat man eine ökologische Grünzone.«
»Ja-a!« schreit Johan. »Überall Kühe! Massenhaft Kühe!«
Klaas blickt von einem zum anderen. Wege? Schottische Hochlandrinder? Ökologische Grünzone? Sie wissen ja nicht, wovon sie reden. Oder sie machen sich über ihn lustig. Er drückt seine Kippe auf dem oberen Rand von Hannes Stein aus.
»He!« Jan stellt endlich den Eimer ab. Er wischt die Asche vom Stein, bekommt aber den schwarzen Fleck nicht ab.
»Ein Schauer, und es ist weg.«
»Warum machst du das?«
»Weil ihr so labert.«

Johan tritt einen Schritt vor und drückt seine Zigarette auch auf dem Stein aus.
»Wir la-abern nicht, wir machen Pläne!«
»Mit Dingen, über die ihr nicht zu bestimmen habt.«
»Toon sagt, ich muß was tun. A-arbeiten.«
Jan hebt den Eimer hoch. »Ich geh jetzt.«
»Ich auch«, sagt Johan. »Mut-ter vom Stroh holen!«
»Das mußt du tun«, sagt Jan zu Klaas.
»Wieso ich?«
»Du bist der Älteste.«
»Komm, hör auf.«
»Dann mußt du's machen«, sagt Jan zu Johan.
»Wi-ieso?«
»Es ist deine Schuld, daß sie auf dem Stroh liegt.« Jan geht weg.
Johan folgt ihm. Er holt sein Hemd von dem Stein, den Dieke vor ein paar Stunden so gründlich saubergemacht hat. »Warte!« schreit er. »Ich mu-uß meine Schuhe noch anziehn!«
Jan bleibt vor der Bank unter der Linde stehen, nimmt sein T-Shirt von der Rückenlehne und stopft es in den Eimer.
Auch Klaas greift nach seinem Hemd, zieht es aber noch nicht an. Die Vorstellung, den karierten Flanell auf der Haut zu haben, ist ihm unangenehm. Er blickt nach oben. Die Sonne ist jetzt wirklich weg, der graue Himmel verrät nicht, was kommt. Regen? Gewitter? Es sieht eigentlich nicht danach aus, obwohl es drückend und still ist. Er wartet, bis Johan Socken und Schuhe angezogen hat und seine Brüder zusammen fortgehen. Jan schon ein bißchen krumm, Johan aufrecht, breit, sein Gang hat etwas Ungestümes. Klaas kniet sich noch schnell vor das Grab und streicht mit der Hand über den blauen Kies, obwohl da nicht mehr viel

glattzustreichen ist. Schön sind sie ja, diese leuchtend blauen Steinchen. Der alte Kies war im Laufe der Jahre unansehnlich und immer spärlicher geworden. Schließlich steht er auf und folgt seinen Brüdern. Bei der Bank schaut er zur Linde hinauf. Auf einem Ast sitzt eine einsame Blaumeise. Der japsende Vogel versucht, dort den heißen Tag durchzustehen. Merkwürdig, denkt Klaas, Blaumeisen sieht man sonst selten allein.

Scheiße

Diesmal wird er erwischt. Er kann nicht mehr zurück. Er könnte es, ja, aber gesehen haben sie ihn schon. Er hat Geschrei gehört, hat aber gedacht, es käme von weiter weg, nicht aus dem Dorf. Auf dem Friedhof ist nie jemand, schon gar nicht bei so einer Hitze wie heute. Warte, hat jemand gerufen. Und jetzt muß er warten, es bleibt ihm nichts anderes übrig. Was soll er mit dem Eimer machen? In der Hand behalten, fest in der Hand behalten, es ist sein Eimer. Kann ich das? fragt er sich. Er muß es. Ihn abzustellen wäre Schwäche.
Sechs Jahre alt, schwarze Haare, ziemlich scharfe Nase mit blassen Sommersprossen, graue Augen, die hell wirken in seinem dunklen Gesicht und mit denen er die Männer jetzt abweisend ansieht. Hinter ihm liegt sein Fahrrad auf dem Boden; an dem Baum nah beim Tor lehnten schon zwei Räder. Er trägt ein hellblaues Hemd, eine kurze Hose und Gummistiefel. Auf beiden Knien hat er Pflaster.
Sie stehen sich einen Moment stumm gegenüber, er und die drei halbnackten Männer.
»Hallo«, sagt dann einer der Männer.

»Ja«, sagt er.
»Was hast du da?«
»Scheiße.« Lügen hätte keinen Zweck, es ist deutlich zu sehen, was in dem Eimer ist. Er hätte auch »Nichts« sagen können oder »Geht dich nichts an«, aber das würde ihm jetzt nicht viel nützen, denkt er.
»Wie heißt du?« Der zweite Mann fragt das. Sie sind ziemlich schwer auseinanderzuhalten, nur der eine, der größte mit den längsten Haaren, der ist anders.
»Leslie.«
»Les-lie? Was ist das denn für ein Na-ame? Kommst du aus Afrika?«
»Afrika?« sagt er. »Wieso soll ich aus Afrika kommen?« Komisch spricht der Kerl. Er schaut den Mann an, der Hallo zu ihm gesagt hat, und zeigt mit dem Daumen auf den dritten mit dem langen Haar. »Was ist mit dem?«
»Was soll denn mit ihm sein?«
»Er sieht so dösig aus, und er redet so komisch.«
»Davon hab ich nie was gemerkt«, sagt der erste zu dem zweiten Mann.
»Ich auch nicht«, sagt der zweite zum ersten.
Der dritte kommt einen Schritt auf ihn zu. »Soll ich dich mal pack-ken?!«
»Nein.«
»Gu-ut.«
Drei so große, rothaarige Männer, ein bißchen Angst machen sie ihm ja. Aber er läßt sich nichts anmerken, egal, was passiert. Obwohl er jetzt doch lieber im Schwimmbad wäre. Trotzdem, was können sie ihm schon tun?
»Ich glaube, Leslie ist ein Freund von Dieke«, sagt der erste.
»Woher weißt du das?« fragt er.

»Und Dieke hat gedacht, Leslie wäre im Schwimmbad. Da ist er also nicht.«

»Nein.« Er schaut die drei Männer abwechselnd an. Eigentlich sehen sie doch ganz schön komisch aus, findet er, ohne Kleider obenrum. Alte Männer. Und einer ist anscheinend der Vater von Dieke. Aber welcher? »Im Schwimmbad ist es langweilig«, sagt er dann, um etwas zu sagen.

»Was hast du vor?«

»Was schmutzig machen«, antwortet er.

»Warum?«

»Ich geh hier ein vor Langeweile.« Das ist wahr, aber es ist nicht die ganze Wahrheit. Angefangen hat er damit, weil er neugierig war, was passieren würde. Irgendwas mußte doch passieren. Es stand dann ein Bericht in der Zeitung. Über ihn. Ohne seinen Namen natürlich, weil ja niemand weiß, daß er das macht. Trotzdem. In der Zeitung. Sein Vater hat es laut vorgelesen. In der Zeitung hieß er »Ein oder mehrere unbekannte Täter«. Keiner aus seiner Vorschulklasse heißt so.

»Woher hast du die Kuhscheiße?«

»Von der Weide.«

»Mit den Händen aufgesammelt?«

»Ja.«

»Wieso sind die dann gar nicht schmutzig?«

»Im Graben saubergewaschen.« Der schwere Eimer wird langsam zum Problem. Eine Sehne in seinem Arm zittert. Aber er will den Eimer nicht abstellen; wenn er das tut, kann er sich auch gleich umdrehen und weggehen. »Seid ihr Brüder?«

»Ja«, sagt der erste. »Ich heiße Jan.«

»Ich bin Klaas«, sagt der zweite.

»Jo-ohan«, sagt der dritte.

»Wohnst du im Dorf?« fragt der Mann, der Jan heißt.
»Ja.«
»Kennst du ihn?« fragt Jan den Mann, der Klaas heißt.
»Ich hab seinen Namen schon mal gehört.«
»Ich wohne noch nicht so lange hier«, sagt er.
»Hast du keine Angst, erwischt zu werden?« fragt der Mann, der Klaas heißt.
»Nein. Warum? Hier ist nie jemand.«
»Na ja«, sagt der Mann, der Johan heißt, »heute war hier a-aber ziemlich viel los. Heißt du wirklich Les-lie?«
»Ja. Ist der Name denn so komisch?« Jetzt darf die Fragerei aber wirklich nicht mehr lange dauern, in seinem Arm zittern immer mehr Sehnen. Er wechselt den Eimer in die andere Hand. Daß er darauf nicht schon längst gekommen ist. »Hast du was am Kopf oder so?«
»Ja-a, ich hab was am Kopf.«
Klaas und Jan sehen sich an. Genau so konnten sein Vater und seine Mutter sich ansehen, wenn sie über irgend etwas ganz einer Meinung waren, und dann war er immer der Dumme. Lassen sie ihn gehen?
»Siehst du den Stein da?« fragt Jan.
Er schaut in die Richtung, in die gezeigt wird. Aber das bringt nicht viel, da stehen massenhaft Steine. »Nein«, antwortet er.
»Komm gerade mal mit«, sagt Klaas.
Die beiden gehen vor. Der Mann, der Johan heißt, bleibt stehen, wo er ist. Nach einigen Metern zeigen sie noch einmal.
»Der hohe Stein, siehst du den? Mit der Trauerweide drauf«, sagt Jan.
»Liegt da ihr Mann?« fragt Klaas.
»Ja«, sagt Jan. »Siehst du ihn jetzt?«

»Klar seh ich den«, antwortet er.
»Na dann«, sagt Klaas. »Und wenn wir erfahren, daß du noch andere Steine schmutzig machst, wissen wir, daß du Leslie heißt, und dann ist es nicht schwer, dich zu finden.« Jetzt drohen sie ihm auch noch. Er zögert.
»Worauf wartest du?«
Er schaut die Männer fest an. »Glaubt bloß nicht, daß ich alles mache, was ihr wollt.«
»Natürlich glauben wir das nicht«, sagt Klaas.
»Dann ist ja gut.« Los jetzt. Sie lassen ihn gehen. Er wechselt den Eimer mit Kuhscheiße noch einmal in die andere Hand und geht zu dem Stein, den die Männer ihm gezeigt haben. Dort stellt er den Eimer ab. Er schaut auf die Buchstaben. Es steht nicht viel auf dem Stein, und er kann es lesen, wenn auch langsam. *K-e-e-s G-r-i-n D-u b-i-s-t w-i-e-d-e-r z-u H-a-u-s-e*. Was soll das denn heißen? Zu Hause? Unter der Erde? Wenn sie glauben, daß er anfängt, solange sie noch hier sind, haben sie sich geschnitten. Vielleicht geht er auch einfach weg oder sucht sich doch noch einen anderen Stein aus. Nein, lieber warten, bis sie weg sind, und schnell abhauen, durch das hintere Tor. Da irgendwo den Eimer loswerden, auf der Straße zum Fahrrad zurück und dann nach Hause. Oder woandershin. Er sieht, wie die drei Männer ihre Hemden anziehen. Er hört sie lachen. Über ihn? »Drol-liges Kerlchen«, ruft der Mann, der Johan heißt. »Ein Mohr-chen!« brüllt er noch. »Du hörst jetzt auf zu schreien«, sagt Klaas. Drolliges Kerlchen? Das wollen wir doch mal sehen. Mohrchen, ist das ein Schimpfwort? Sobald sie ihm den Rücken zugedreht haben und durchs Tor verschwinden, taucht er beide Hände tief in den Eimer.

Scheune

Dieke steht auf dem großen Stein neben dem grünen Briefkasten und trampelt ungeduldig mit den Füßen. Sie hat wieder ihre gelben Stiefel an. »Hallo, Onkel Johan!« ruft sie.
Onkel Johan springt vom Gepäckträger. Er hat bei Onkel Jan auf dem Rad gesessen. Er reibt sich über den Hintern, hebt sie dann hoch und küßt sie schmatzend auf den Mund.
»Bäh!« sagt sie, findet es aber nicht wirklich schlimm. »Schau mal, was Opa gemacht hat!«
»Bist du nicht schwimmen gegangen?« fragt Onkel Jan.
Mit so was kann sie sich jetzt nicht aufhalten, mit solchen überflüssigen Fragen, hier passieren Sachen, die *viel* wichtiger sind. Onkel Johan hat sie noch nicht wieder auf ihre Füße gestellt. »Er hat alle Bäume abgesägt! Und Oma liegt auf dem Stroh!« brüllt sie ihm ins Ohr.
Ihr Vater streckt die Hand nach dem Briefkasten aus, hebt die Klappe, nimmt aber nichts heraus. Als er die Klappe fallen läßt, knirscht der Pfahl, auf dem der Kasten befestigt ist, und neigt sich zur Seite. Ihr Vater tritt gegen den Pfahl, der ganz abbricht, woraufhin der Briefkasten im Gras landet.
»He, Doe-oes!« ruft Onkel Johan.
Does kommt angerannt, Onkel Johan stellt Dieke hin und legt sich lang auf den Boden. Der Hund springt auf ihn. Onkel Johan läßt sich ablecken, ohne die Hände vors Gesicht zu halten.
»Das ist eklig«, sagt sie.
»Von we-egen, das tut gut.«
»Ist Onkel Jan mit Malen fertig, Papa?«
»Ja, Dieke«, sagt ihr Vater.

»Ist es jetzt wieder schön?«
»Wunderschön.«
»Und mein Stein? Ist der auch noch schön?«
»Der auch, ja.«
»Und die Vögel?«
»Vögel?«
»Ja, die saßen in dem Baum, bei der Bank.«
»Ich hab nur einen gesehen.«
»Es waren aber zwei, und sie mußten ganz doll japsen, weil es so warm ist.«
»Na, dann war der eine gerade mal weggeflogen, um Essen zu holen.«
»Ja«, sagt Onkel Jan. »Vögel haben auch mal Hunger.«
Also, *das* weiß sie auch. Ihr Vater und Onkel Jan schieben ihre Räder auf den Hof. Der Eimer an Onkel Jans Lenker schlägt gegen den Rahmen. Onkel Johan liegt noch flach auf dem Boden. Does wird immer wilder. Niemand hat was über die Bäume gesagt oder über Oma. Finden sie das alles normal? Sie findet es jedenfalls nicht normal. Opas Vorgarten sieht schlimm aus, ein großes Durcheinander aus Ästen und Blättern, und einer der Bäume ist auf Omas Gemüsegarten gefallen. Die wird nachher böse sein. Onkel Johan ist aufgestanden. Er hat Does hochgehoben und trägt ihn in Richtung Graben. »Was machst du denn jetzt?« fragt sie.
»Ihm ist zu wa-arm. Er muß ein bißchen schwim-men.«
Onkel Johan steigt mit dem Hund auf den Armen zum Graben hinunter.
»Willst du ihn ins Wasser schmeißen?«
»Ja-a.« Onkel Johan läßt Does los. Der Hund landet mit lautem Klatschen im Wasser und taucht ganz unter. Als er wieder hochkommt, prustet er wild. Er schwimmt zur anderen Seite und klettert ans Ufer. Dann kriecht er wie ei-

ne riesige nasse Ratte unter einem Kastanienast durch und geht nach hinten, wo er sich unter die letzte Kopfweide legt, ohne sich noch einmal umzusehen.
»Jetzt ist er dir böse«, sagt sie.
»Von we-egen. Er liebt mich sehr. Ich bin sein Li-ieblingsmensch!«
Heute scheinen alle verrückt geworden zu sein. Ihre Mutter ist mürrisch, sie weiß nicht genau, warum. Nur wegen diesem Blumentopf? So schlimm ist das doch nicht. Onkel Johan wirft Does einfach in den Graben – na ja, Onkel Johan macht öfter komische Sachen, das kommt natürlich daher, daß er diesen Unfall hatte. Opa sägt drei Bäume um und läßt sie im Garten liegen. Oma ist auf dem Stroh und gibt ihr keine Antwort, wenn sie was fragt. Und ihr Vater macht alles kaputt.
Onkel Johan steigt vom Graben herauf und geht ihrem Vater und Onkel Jan nach, die in der Scheune verschwunden sind. Jetzt ist sie wieder allein hier draußen. Ein komischer Tag. Wenn sie heute morgen ins Schwimmbad gefahren wäre wie sonst, wären dann all diese Sachen nicht passiert? Kann sein, aber vielleicht wären sie doch passiert, nur daß sie nicht dabeigewesen wäre! Sie schaut durchs Küchenfenster. Ihre Mutter steht vor der Spüle, sie hat ein Geschirrtuch in der Hand. Sie sieht nicht hinaus. Dieke blickt in die entgegengesetzte Richtung, zu Opas Haus. Opa kommt gerade aus der Seitentür. Er zieht seine Klompen an und geht über die Brücke. Anscheinend bemerkt er sie nicht, und jetzt verschwindet auch er in der Scheune. Sie rennt ihm schnell hinterher, die Ränder der gelben Gummistiefel klatschen gegen ihre Schienbeine.

Stroh

Wie komme ich wieder runter, denkt sie. Wie um Himmels willen komme ich wieder runter? Die Wärme ist in ihr. Sie hat die Wasserflasche geleert, eine Packung Bokkenpootjes gegessen, eine Flasche Eierlikör ausgetrunken, und jetzt – wahrscheinlich geht es doch schon gegen sechs? – ist die Wärme, die bis vor kurzem nur um sie herum war, irgendwie in sie hineingekrochen. Sie liegt auf dem Rükken und massiert mit zwei Fingern eine Stelle auf ihrem Brustbein, um die hartnäckige Übelkeit zu unterdrücken. Leichte Kopfschmerzen machen sich auch bemerkbar. Ihre Hände sind immer noch kalt. Wenn sie die Hände aneinander reibt, merkt sie, daß sich alle Finger wie Winterfinger anfühlen. Was hab ich bloß angefangen? Warum mache ich mich hier lächerlich? Das Stückchen Himmel, das sie durch die Lücke im Dach sehen kann, ist nicht noch grauer geworden. Den Tropfen kann sie wohl vergessen.
Unten stehen die Jungs. Und Zeeger. Auch Dieke hört sie schnattern. »Mistbengel«, murmelt Anna Kaan, aber nicht einmal das kommt von Herzen. Nichts kommt von Herzen, seit sie hier oben liegt. Hören sie denn unten dieses Knacken nicht? Es klingt jetzt eigentlich schon mehr wie ein Ächzen, als ob die Kehlbalken, die Dachsparren, sogar die Dachlatten verbraucht wären, geschlagen von einer Armee von Holzwürmern und Bockkäfern, die jetzt abzieht. Natürlich reden alle laut, sie soll hören, daß man über sie spricht.
»Die liegt da neben dem Heuwagen.«
»Weiß sie das denn nicht?«
»Ich glaube, doch.«
»Oder a-auch nicht.«

»Sie ist ja nicht blöd.«
»Oma!«
»Laß mal, Diek, sie antwortet doch nicht.«
»Warum nicht?«
»Antwortest du immer, wenn ich dich was frage?«
Es bleibt einen Augenblick still. »Nein.«
»Siehst du.«
»Ich ma-ach's schon.«
»Warte, das Ding wiegt mehr, als du denkst. Klaas, hilf ihm mal.«
»Allmählich kriege ich doch Hunger.«
Es fällt ihr so schwer, einfach liegenzubleiben. Sie möchte eigentlich so gern sehen, was da unten vorgeht. Ich bin benebelt, denkt sie. Ein bißchen angesäuselt. Selbstverständlich weiß ich, daß dieses wacklige Ding hier nicht die einzige Leiter ist. Selbstverständlich hat Jan Hunger, er war den ganzen Tag auf dem Friedhof, aber das ist allein seine Schuld, ich hab kein bißchen Mitleid mit ihm, Zeeger wird ihm wohl kaum Brote geschmiert oder ihn daran erinnert haben, es selbst zu tun. Vielleicht hat Klaas' Frau Dieke etwas zu essen mitgegeben. Sie greift nach der leeren Anderthalbliterflasche und wirft sie über den Rand des Strohs.
»Da!«
»Ja, Diek, Oma hat eine Flasche runtergeworfen. Zum Glück ist sie leer. Und zum Glück aus Plastik.«
»Wo ist Does?«
»Draußen. Der traut sich nicht rein.«
»Den Paradedegen hat sie auch da oben.«
»Was? Wieso?«
»Tja, Junge, wenn ich das wüßte.«
»Hoffentlich schmeißt sie nicht da-amit.«
»Natürlich nicht, Johan. Und jetzt Vorsicht mit der Leiter,

erst ausziehen, wenn sie steht. Paß auf, daß du sie nicht ins Dach rammst.«

Anna Kaan richtet sich langsam auf. Sie zieht ihre steifen Beine an den Fußgelenken auf sich zu, bis sie in einer Art Schneidersitz dasitzt. Dann zupft sie ihr Kleid an den Schultern zurecht und legt die Hände auf die Knie. Das Stroh knistert, als die Aluminiumleiter an die Ballen gelehnt wird, einen Augenblick übertönt das die Bockkäfer- und Holzwurmhorden. In ihrem Bauch kollert es, an ihrem Rücken juckt es, man könnte meinen, die Krabbelviecher wären in und auf ihr. Jetzt wird das obere Ende der Leiter sichtbar, rutscht dann aber wieder ein kleines Stück abwärts. Bei jedem Schritt geht ein Zittern durch die Strohballen, in Gedanken zählt sie mit, und ungefähr in dem Moment, als sie einen Kopf erwartet, erscheint Johans roter Haarschopf. Sie schauen sich wortlos an.

»Mut-ter?« sagt Johan dann.

»Johan«, antwortet sie, so leise sie kann. »Bist du auch vorsichtig?«

»Ja-a.«

»Nicht schreien.«

»Nei-in.«

Warum Johan? Sie zwingt sich, ihn anzusehen. Ihren Johan, ihren großen, kräftigen, hübschen jüngsten Sohn. Langsam und wild, matter Blick und glänzendes Haar, so viele Gegensätze in einem Körper. Ein Junge, für den man sorgen möchte, und auch wieder nicht.

»Kommst du?« flüstert er.

»Nein.«

»Wa-arum nicht?«

»Steig mal wieder runter. Vorsichtig.«

»Nei-in.«

»Johan, bitte.«
»Jan hat es se-ehr schön gemacht.«
»Sicher, Johan.«
»Er ist nur ei-inmal mit der Farbe ausgerutscht.«
»Ist gut, Johan.«
»Und ich hab Stei-inchen hingebracht.«
Ist Johan der Tropfen? Er hat sie gestern nachmittag angerufen. Um ihr die blödsinnige Frage zu stellen, wo man am besten Steinchen kaufen kann. Zuerst hat sie nicht begriffen, was er wollte, dann dämmerte es ihr allmählich. Sie haben sich um ihr Nein nicht gekümmert, sie haben getan, worüber sie im Restaurant gesprochen hatten. Jan hat sich herbemüht, Klaas und Zeeger mußten natürlich auch mindestens einmal auf den Friedhof, obwohl sie das alles nicht wollte, obwohl sie »Auf gar keinen Fall« gesagt hat. Wie ist Johan überhaupt von Schagen hergekommen? Doch wohl nicht zu Fuß? Zeeger muß ihm erzählt haben, was Jan vorhatte, das ist ihr entgangen. Sie will doch noch ein Weilchen oben bleiben, will die da unten fühlen lassen, daß sie nicht einverstanden ist. Dieses Männervolk. Das macht, was es will, das setzt seinen Kopf durch. Wer hat hier eigentlich zu bestimmen? Ich doch wohl? Und ich hab ihnen verboten, das Grab herzurichten.
»Johan?« Zeeger.
»Ja-a?« sagt Johan, ohne nach unten zu schauen.
»Was macht sie?«
»Sie sitz-zt.«
Anna Kaan legt den Zeigefinger auf die Lippen.
»Und sonst?«
»So-onst nichts.«
»Johan«, sagt sie leise. »Steig doch wieder runter. Ich komme gleich.«

»Nei-in, jetzt.«
»Ich komme wirklich gleich. Du kannst die Leiter wieder wegstellen, sieh mal, ich hab meine eigene Leiter.«
Johan schaut sie an. »Mut-ter«, flüstert er.
Sie möchte ihn zu sich aufs Stroh ziehen, ihn an sich drücken, ihm über die Stirn und den Rücken streichen, seine Füße massieren, besonders, wenn er tatsächlich zu Fuß aus Schagen gekommen ist. Sie möchte ihn rückwirkend von dem verdammten Motorrad zerren oder ihm Sand und Salz in den Benzintank streuen. Wenn sie könnte, würde sie ihm noch die Brust geben. Aber vor allem hält sie es nicht aus, ihn zu sehen. Er muß hier weg. »Nicht. Sag nichts. Steig wieder runter.«
»Nei-in.«
Er klettert noch eine Sprosse höher.
»Ich komme doch. Wirklich. Ich komme gleich.«
»Anna!«
»Halt du dich raus!« Nein, nicht schreien. Nicht Zeeger anschreien.
»Komm, Johan«, ruft Zeeger. »Komm wieder runter. Nicht noch höher klettern.«
»Du mußt mitkom-men«, flüstert Johan.
»Oma!« ruft Dieke. Wieso ruft die Kleine dauernd nach mir? Will sie wirklich, daß ich runtersteige? Man sollte doch annehmen, daß sie mich nicht mehr ausstehen kann.
Anna Kaan will nach dem Paradedegen greifen, aber er liegt außer Reichweite. Sie läßt sich auf die Seite fallen, so daß die gekreuzten Unterschenkel sich voneinander lösen. Warum soll sie nicht auf Händen und Knien kriechen, es ist nur Johan, wenn jemand anders auf der Leiter stünde, würde sie vielleicht zögern. Sie ächzt, jede Bewegung fällt ihr schwer. Zuerst stößt sie auf die leere Eierlikörflasche. Sie hebt sie auf

und schmeißt sie, ohne nachzudenken, über die Schulter. Die Flasche landet ungefähr dort, wo eben noch die Aluminiumleiter lag.
»Papa! Glas!«
»Ja, Diek, jetzt wirft sie doch mit richtigen Flaschen. Zum Glück haben wir da nicht gestanden.«
»Ich geh ins Haus.« Jan. Der ist es leid.
Geh doch, denkt sie, und gleichzeitig möchte sie schreien, daß er dableiben soll. Alle sollen dableiben, sollen ihr möglichstes tun, um sie vom Stroh herunterzubekommen. Sie alle zusammen, ohne Ausnahme. Warum ist Klaas' Frau eigentlich nicht dabei? Aber verschwinden sollen sie auch, am liebsten sofort. Und der Stier, was macht der Stier eigentlich? Beobachtet er den Auflauf da unten durch sein Gitter? Sie hört ihn nicht. Warum traut sich Does nicht in die Scheune? Wo ist die grantige Warzenente? Sie hat inzwischen den Degen in den Händen und kriecht mühsam zum Rand des Strohs. Zu ihrem Jüngsten. »Johan«, flüstert sie. »Hier.« Sie ist jetzt am Rand, achtet aber darauf, daß sie für die anderen unsichtbar bleibt.
»Was soll ich da-amit?« Er blickt sie an. Sie sieht seine Schulter- und Brustmuskeln zucken. Das weiße Hemd sticht auffallend von seiner Haut ab. Können sie jeden Tag an den Strand, die Bewohner dieses Heims?
»Deinem Vater geben. Ich möchte, daß du jetzt runtersteigst. Ich komme gleich.«
»Gu-ut«, sagt er und streckt die Hand aus.
»Gib ihn deinem Vater, der kann ihn dann wieder unterm Bücherbrett aufhängen.« Lieber Himmel, wenn der Junge bloß nicht in die Tiefe segelt. »Häng ihn dir über die Schulter und schieb ihn auf den Rücken, sonst rutscht er dir beim Klettern vielleicht vor die Füße.«

Johan tut, was sie sagt. Quälend lange braucht er dafür, quälend lange hält er sich nur mit einer Hand fest, mal mit der einen, mal mit der anderen.
»Anna!« Wieder Zeeger.
Sie antwortet nicht, flucht nur leise. Dieses Gerufe, gleich erschrickt der Junge noch und läßt die Leiter mit beiden Händen gleichzeitig los. Johan schaut sie nicht mehr an, er ist mit den Gedanken ganz bei dem Degen, der auf seinem Rücken baumelt, und beim Hinunterklettern. Er ist schon fort. Ein Kind, dessen Aufmerksamkeit sich blitzschnell etwas anderem zuwendet.
»Ja? Was ist damit?«
»Soll ich dir ge-eben. Aufhängen, unterm Bü-ücherbrett.«
»Kommt sie runter?«
»Nei-in.«
»Was hat sie denn alles gesagt?«
»Wei-iß ich nicht mehr.«
Zeeger seufzt.
Dirk antwortet, endlich läßt er wieder von sich hören.
»Komm, wir essen, Diek.«
»Ja, und Oma?«
»Oma wird schon kommen. Sie kann nicht für immer da oben bleiben.«
»Ich versteh überhaupt nichts mehr.«
»Frit-ten!« schreit Johan. »Mit Beef-steak!«

Dirk hört nicht auf zu schnauben, und anscheinend rennt er ab und zu mit dem Kopf gegen die Eisenstäbe. Das Stroh zittert, das Holz ächzt. Es fliegen keine Schwalben mehr ein und aus. Anna Kaan versucht, nicht zu denken. Sie kann nicht für immer hier oben bleiben. Und der Stier, beruhigt der sich gar nicht mehr? Sie sind

gegangen, und niemand hat daran gedacht, die Leiter wegzustellen.
Noch einen Moment. Beefsteak. Kaltes Wasser. Nicht an die Goldene Hochzeit denken oder an frühere Feiern, an ihre Enkelin, nicht an Quitten oder Notarisäpfel, an graue VW-Transporter, an den Samstag abend, der vor ihr liegt. Nein, noch einen Moment an den Tag denken, an dem sie zu spät kam, sie weiß nicht einmal mehr, warum, und daran, daß gerade deshalb die alte Königin ihre Lederhandschuhe auszog. Sie reibt mit ihren kalten Händen über mittlerweile kalte Knie.

Fische

Zeeger Kaan hat die Friteuse angestellt und Pommes frites und Fleischkroketten gebacken. Die Beefsteaks liegen in der Gefriertruhe, fürs Auftauen reichte die Zeit nicht mehr. Er hat noch kurz erwogen, Prinzeßbohnen zu kochen, aber ein Blick auf die gefällten Kastanien hielt ihn davon ab. Eigentlich kann man zu dieser Jahreszeit gut draußen essen, am Tisch bei der Seitentür, aber Johan und Jan haben sich an den Küchentisch gesetzt. Abgesehen von Sätzen wie »Wo-o ist der Ketchup« oder »Willst du die Bäume einfach so liegenlassen?« (ja, hat er gedacht, ich glaube, ich lasse sie eine Weile liegen) wird beim Essen kaum gesprochen. Jan trinkt zwei Gläser Pils, Johan und er trinken Wasser. Johan wollte auch Bier, aber Zeegers Ansicht nach darf man ihm keins geben. Allen steht der Schweiß auf der Nase. Als sie gerade fertig sind, kommt Dieke herein. »Angeln!« sagt sie. »Papa steht schon auf der Brücke!«
»Ja!« ruft Johan. »Fischen!« Johan hatte immer schon be-

sonders viel fürs Angeln übrig, deshalb nennt er es Fischen.
»Aber nicht zu lange«, sagt Jan. »Die Fähren fahren nicht die ganze Nacht.«

Sie beißen erstaunlich gut. Die Schwimmer stehen kerzengerade im Wasser. Alle Fische kommen in einen großen Eimer mitten auf der Brücke. Klaas löst Diekes Fische vom Haken. In der Scheune hört man hin und wieder einen steinharten Kopf gegen Eisenstäbe knallen.
»Dirk ist so unruhig«, sagt Zeeger.
»Ich glaube, ihm ist es heute ein bißchen zuviel geworden da drin«, sagt sein ältester Sohn. »Zwei!« ruft er dann und holt ein. Am Haken zappelt ein winziger Weißfisch.
»Ich finde, die Größe müßte auch zählen«, sagt sein zweitältester Sohn.
»Von we-egen!« schreit sein jüngster Sohn, der vier hat. Vier kleine.
»Oder die Sorte«, fährt Jan fort.
»Und was zählt dann mehr? Weißfische oder Brachsen?« fragt Klaas.
»Does, komm doch!« ruft Zeeger. Der Hund liegt unter der letzten Kopfweide, sie haben ihn schon mehrmals gerufen, aber er bleibt stur liegen und dreht sich nicht einmal zu ihnen um.
»Does ma-ag keine Fische.«
»Nein, er ist dir böse, weil du ihn in den Graben geworfen hast«, sagt Dieke.
»Du hast Does in den Graben geworfen?«
»Ja-a.«
»Ich auch.«
»Ich auch.«
»Oh«, sagt Zeeger Kaan. »Deshalb.«

»Diek, wie viele Fische sind schon im Eimer?« fragt Klaas.
Dieke steckt ihre Angel zwischen zwei Pfosten des Geländers und beugt sich über den Eimer. »Ich kann sie nicht zählen, sie schwimmen alle durcheinander.«
Klaas blickt in den Eimer und zählt laut.
Zeeger Kaan hört nicht hin. Er schaut sich den Himmel an. Davon kann er jetzt viel mehr sehen; im Westen oder etwas mehr in Richtung Dorf ist der Horizont mindestens zur Hälfte wieder frei. Ein seltsamer Himmel. Es sieht nach Seenebel aus, was im Juni fast nie vorkommt; das ist eigentlich etwas für den August, und meistens kühlt es sich dann sofort ab, aber davon kann jetzt keine Rede sein. Regen scheint es nicht zu geben, und es grollt auch nicht in der Ferne. Er denkt an Anna. Gleich sind alle wieder weg, und er will nicht allein im Haus sitzen, nicht allein schlafen gehen müssen. Kurz bevor er die Pommes frites in die Friteuse warf, hat er den Paradedegen wieder an den beiden Hakenschrauben unter den Bücherbrettern aufgehängt. Ein häßliches Ding eigentlich, aber halt ein Erbstück von irgendeinem Onkel, der bei irgendeinem wichtigen Gebäude Wache stehen mußte. Warum Anna ihn mitgenommen hat, ist ihm ein Rätsel.
»Dreizehn«, sagt Klaas. »Ich hab zwei.«
»Ich vi-ier«, sagt Johan.
Er selbst hat einen gefangen. »Und du, Jan?«
»Einen. Aber einen sehr großen.«
»Dann hast du fünf, Diek«, sagt Klas.
»Hab ich dann gewonnen?«
»Wenn wir jetzt aufhören, ja.«
»Nei-in!« ruft Johan.
»Warum angelt Mama nicht mit?« fragt Dieke.
»Deine Mutter findet Fische fies«, antwortet Klaas.

Zeeger schaut zu den Küchenfenstern des Bauernhofs hinüber. Klaas' Frau steht an einem Fenster, ein Geschirrtuch in der Hand. Hat er sie heute nicht schon einmal so gesehen? Die alte Warzenente kommt aus den Seitentüren der Scheune. Als der Erpel den Hof halb überquert hat, fliegt er auf. Das erstaunt Zeeger, er hätte nicht gedacht, daß der noch fliegen kann. Der Vogel landet unbeholfen im Graben, nah bei Does. Der Hund blickt endlich auf und bellt.
»Eh!« ruft Johan. »Ihr verja-agt die Fische!«
Jan zieht seine Angel ein. Er pult den Wurm vom Haken und wickelt die Schnur auf eine Spule.
»Du hast genug?« fragt Zeeger.
»Ich will nach Hause.«
»Nach Hause?« fragt Klaas. »Da hast du doch ...«
»Halt die Klappe.«
Does bellt noch einmal. Die Warzenente schwimmt im Kreis und faucht. Das hat nichts zu bedeuten. Zeeger hat einmal erlebt, wie Does lang ausgestreckt auf dem Hof lag und der Erpel ihn anbalzte. Wahrscheinlich hält Does die Ente für einen Hund und die Ente Does für eine Ente. Dirk stößt wieder mit dem Kopf gegen die Stäbe der Stierbox.
»Ich will nach Hause«, sagt sein Zweitältester noch einmal. Er wirft Klaas einen kurzen Blick zu und reibt sich über die Stirn, über die Schwellung, deren Entstehen Zeeger früh am Morgen beobachtet hat. Jan läuft immer noch in kurzer Hose und T-Shirt herum.
»Jetzt hab ich a-auch keine Lust mehr«, verkündet Johan.
»Dann hab ich gewonnen!« ruft Dieke.
Jan geht in die Stallscheune und kommt nach einiger Zeit mit dem grünen Eimer wieder heraus. Er war länger in der Scheune als nötig. Auf dem Rückweg kramt er im Eimer und nimmt etwas heraus. Einen Umschlag?

»Hast du Post bekommen?« fragt Zeeger.
»Ja-a«, antwortet Johan. »Vom Bäcker.«
»Vom Bäcker? Blom?«
»Ja«, sagt Jan. »Ich räum das hier gerade noch weg, und dann zieh ich mich um.« Er geht zur Seitentür, gefolgt von Johan.
»Gratuliere, Dieke«, sagt Klaas. Auch er geht fort.
Dieke hat ihren Sieg schon vergessen. Sie hat die Ellbogen auf die mittlere Stange des Brückengeländers gelegt und starrt mit großen Augen auf die Luftblasen hinunter.
»Gibt's da was Spannendes zu sehen?« fragt er seine Enkelin.
»Ich seh den Bullebak. Er atmet.«

Stroh

Sie weiß wirklich nicht mehr, warum sie zu spät gekommen war. Es ist auch nicht wichtig. Jan und Johan waren weg, sie mußten erst zur Schule, um von dort aus zum *Polderhuis* zu gehen. Klaas war schon vorher verschwunden. Sie blieb mit Hanne zurück. Zeeger war bei der Arbeit. War es am gleichen Tag gewesen, daß Hanne ihr Händchen in eine leere Apfelmusdose gesteckt hatte, an der noch der messerscharfe Deckel hing? Daß Pflaster und Jod und ein Scherchen gesucht werden mußten? Daß getröstet werden mußte? Nein, das war früher passiert. Warum war ich so spät dran? Aber wenn ich rechtzeitig gekommen wäre, hätte die Königin Hanne nicht berührt und nicht mit mir gesprochen.
Nachdenken wird immer schwieriger, das Knacken und Ächzen, das Rutschen im Silo, das Marschieren der Bockkä-

fer- und Holzwurmarmee und das Gestoße des überflüssigen Fleischklumpens unten machen es fast unmöglich. Und die Kälte. Sie weißt nicht, woher die kommt, sie kann sich nicht vorstellen, daß das Wetter so plötzlich umgeschlagen ist. Wenn sie das gewußt hätte, denkt Anna Kaan. Wenn sie gewußt hätte, daß dieses Kind, dem sie mittags die Wange gestreichelt hatte, am Nachmittag tot war. Aber da war sie schon in Anna Paulowna, und am nächsten Tag auf Texel. Draußen hört sie Stimmen, jetzt angeln sie offenbar alle. Sie ruht auf dem Rücken, die Arme neben dem Körper; das Stroh ist inzwischen gut eingelegen, kein geknickter Halm sticht sie mehr. Morgen will ich an den Strand, denkt sie. Endlich mal wieder an den Strand, und Zeeger kommt mit, ob er will oder nicht. Vielleicht sind Rie und Jenneke auch da. Zeeger in seiner alten blauen Badehose, die sich fast schon auflöst. Im Meer liegen, auf dem Rücken, Zehen über Wasser. Genau so, wie ich jetzt liege, nur daß ich dann mit den Händen rudere. Und versuchen, Does ins Wasser zu bekommen. Es ist merkwürdig, Does mag kein Salzwasser. Außerdem, denkt sie, möchte ich die Toilette im Liegeboxenstall putzen und bei der Gelegenheit die alten Kalenderblätter abreißen, damit auch dort wieder Gegenwart ist. »Does, komm doch!« hört sie Zeeger rufen. Nein, Does wird nicht kommen, der mag nicht nur kein Salzwasser, der haßt auch Fische.

Außer der leeren Verpackung der Bokkenpootjes liegt nichts mehr neben ihr. Doch, die Leiter natürlich. Ich kann jetzt runter, denkt sie. Und ohne ein Wort zu sagen – außer vielleicht »Siehst du?« zu Johan, während ich Jan nur einen giftigen Blick zuwerfe – über die Brücke gehen und dann Kaffee kochen. Gewürzkuchen schneiden. Kaffee und Kuchen zum Abschluß des Angelns. Anschließend können alle nach

Hause. Den Fernseher anmachen. Does zu fressen geben; hoffen, daß Zeeger nicht zuviel sagt oder fragt.

Als sie sich aufrichten will, geht es nicht. Die Kälte ist ihre Arme und Beine hinaufgezogen, betäubt ihre Glieder. Sie wünscht sich auch kein kaltes Wasser mehr, hat keinen Appetit mehr auf Beefsteak und knackig frische Prinzeßbohnen. »Nein«, ruft Johan. Nein? Was nein? Dann scheint sie eine ganze Weile gar nichts zu hören oder zu sehen, bis Does plötzlich losbellt. Ich kam zu spät. Mein Fahrrad fiel hin. Als ich wieder zu Hause war, trug ich einen vollen Wäschekorb durch die Tür des Melkstands auf den Hof. Unterwäsche und Laken, in der Miele gewaschen. Gegenüber war es still, der Knecht, seine Frau und die beiden Kinder waren in Urlaub gefahren. Ich klammerte Unterhosen von Zeeger an die Leine und dachte: Ein neues Radio kauft er und einen neuen Fotoapparat, einen Milchtank läßt er aufstellen und eine Melkleitung legen, aber an neue Unterhosen denkt er nicht. Er tischlerte oben. Jan und Johan waren im Schwimmbad, Klaas vielleicht zu Hause. Hanne spielte im Zimmer. Ich rief sie, als ich in die Küche kam. »Aa«, antwortete sie im Wohnzimmer. Ich schaute doch kurz zur Tür hinein. Sie kniete vor dem Tischchen mit der Glasplatte und kratzte mit zwei Filzstiften gleichzeitig auf der Rückseite eines Stücks Tapete herum. Sie hatte die Königin schon vergessen, sie wußte nicht einmal, wer die Königin war. Tinus lag neben ihr, alle viere von sich gestreckt. Fast hätte ich »Nicht so schwer aufs Glas lehnen« gesagt, denn die Platte war schon viermal ersetzt worden. Eindeutig ein Fehlkauf, dieser Tisch; als ob man Kindern klarmachen könnte, wie empfindlich so ein Stück Glas ist. Ich ging in die Küche zurück und nahm eine Schüssel aus dem Schrank. Ich schüttete eine Packung Mehl in die Schüssel, gab Milch dazu, schlug Eier auf und streute ein paar Fingerspitzen Salz über die Masse. Samstagsessen. Weil in meiner Vorstellung Samstag war.

Das Päckchen Butter auf der Arbeitsplatte, auf dem Herd die Pfanne, alles viel zu früh, aber ich mußte mich beschäftigen. Die Königin hat mit mir gesprochen, dachte ich, und ich decke hier mit einem Tuch Pfannkuchenteig ab. Ich hätte es am liebsten für mich behalten. Für mich und Hanne. Ich glaubte auch den Bäcker vor dem *Polderhuis* gesehen zu haben. Mit einem Fotoapparat? Es wurde Zeit, daß er kam, ich hatte fast kein Brot mehr, und eine Stunde später, oder zwei, war er da. Und fuhr wieder. Wie um Himmels willen sind danach Hanne und Tinus auf die Straße geraten? Ich hörte es, ich hörte ein Auto, einen Schlag und dann das Bremsen. Ich mußte raus und nachsehen. Zeeger hämmerte und sägte die ganze Zeit, der hörte nichts. Der Bäcker. Den ganzen Tag überall der Bäcker. Ich hatte später von der Königin erzählen wollen, vielleicht abends beim Pfannkuchenessen. Aber da war es schon zu spät.

Das Knacken und Ächzen ist dumpfer geworden, die Spinnweben wolliger, Dirks Stoßen gedämpft. Es ist doch in mir, denkt sie. Dieses Knacken und Ächzen. Ich sollte ... soll ich rufen? Sie will den Mund öffnen, aber ihre Lippen sind wie erstarrt. Sie möchte mit der Hand an den Mund fassen, mit den Fingern über ihre Lippen reiben. Es gelingt ihr, den Arm zu heben, das Ellbogengelenk beugt sich, die Hand fällt auf ihren Bauch. Die Finger können sanft streicheln, kratzen kann sie sich nicht, erst recht nicht den Arm noch einmal heben. Durch das kleine Viereck, die Lücke genau über ihrem Kopf, mit soundsoviel Dachziegeln rechts daneben und etwas mehr Dachziegeln links, die hat sie ja vor kurzem gezählt – durch diese Lücke ist draußen nichts mehr zu erkennen. Gelb, denkt sie. Doch Regen? Doch ein richtiger Tropfen?

Jemand kommt in die Scheune, das hört sie, obwohl das Dumpfe ihre Ohren fast schon ausfüllt. »Mutter?« hört sie, wenn sie auch all ihre Kraft zusammennehmen muß, um es zu verstehen. Jan. Nein, warte, denkt sie, während die Kälte ihre Schultern und ihr Becken erreicht, ich möchte noch etwas zu ihm sagen. Ich möchte ihn nicht so gehen lassen. Sie spitzt die Ohren, überhört alle anderen Laute. »Ich gehe.« Er geht. Dann kommen alle Toten vorbei. Griet Kaan als erste, in ihrem Bett, im Zimmer der kalte Ofen, das leere Öllämpchen, die friesische Uhr, die weitertickte, Zeeger, der sie kaum beachtete; dann ihre Eltern, ihre Schwiegereltern, sie sieht ihre Augen, sieht die Toten gehen und Fahrrad fahren, an Geburtstagen Törtchen essen, sieht Krankenhausbetten, Blumen, Zeit sieht sie auch, pfeilschnell, die unerträgliche Länge eines Menschenlebens, aber auch die kleinen Dinge, scheinbar unbedeutende Dinge, und immer wieder die Augen; dann scheint jemand ein Radio einzuschalten, denn sie hört »Oh Happy Day«, und statt Hanne, die doch auch kommen müßte, sieht Anna Kaan dieses Tuch, das große Stoffbild von ihrer Schwiegermutter, unten im kleinen Kinderschlafzimmer hing es, jahrelang, mit Palmen aus grünem, filzartigem Stoff, mit Kochtöpfen, mit Mohrchen aus schwarzen Lappen, richtige Ringe in den Ohren, und obwohl die Kälte jetzt ihr Zwerchfell erreicht hat, hält sich ihr langsamer Verstand mit der Frage auf, wo dieses Tuch geblieben sein könnte; das leere Arbeitszimmer der alten Königin, ihre plötzlich weichen Knie, als die Führerin sagte: »Juliana war hier aufgebahrt«; und nun ergänzt sie, was sie vor ein paar Stunden vor sich sah, die Bilder von einwek-

kenden Mägden, von Bauernsöhnen aus der Nachbarschaft: alle tot, Großeltern, Eltern, Mägde, Knechte, jetzt fühlt sie, daß es hier einmal nach frischem Holz gerochen hat, nach Harz, daß durch diese Scheune unzählige Menschen gegangen sind, die schon lange nicht mehr gehen können, daß sie ein Teil dieser Unzählbarkeit ist; und trotzdem wieder die Bockkäfer und Holzwürmer, wie sie wühlen und wimmeln, lautlos jetzt, still wird es, sehr still, kein Hund, keine Warzenente, kein Mann, keine Kinder, auch keine Toten mehr; das Licht, das durch die drei runden Fenster an der Vorderseite der Scheune hereinfällt, und sehr unscharf Gedanken wie: hab ich als letztes wirklich eine ganze Flasche Eierlikör geleert? und: Kies? Den kauft man im Gartenmarkt, wo sonst; das kleine gelbe Rechteck im Dach – sie kann den Kopf nicht mehr bewegen – verfärbt sich, wird weiß, die Kälte, die von ihren Zehen und Fingerspitzen zur Mitte gezogen ist, scheint einen Ausweg durch ihre Nase zu suchen, langsam, immer langsamer, und verwandelt sich in Geruch, als wäre der am Ende das wichtigste, wesentlicher als alles andere, und nun wird er süß.
Süß wie im Herbst.
Kochbirnen.
Ist es das?
Der Geruch von Kochbirnen, im Juni?

Anstoßen

»Dinie«, sagt er einfach.
»Harm«, sagt die Friedhofshüterin. »Komm rein.«
Er betritt die kleine Diele, stellt seinen Stock in den Schirmständer und geht weiter ins Wohnzimmer. Der Hund blickt

nicht auf, klopft aber genau einmal mit seinem buschigen Schwanz auf den Teppich. Er hechelt und sabbert. Wie gewöhnlich ist nirgends auch nur ein Stäubchen zu sehen. Der Bäcker schaut kurz das Foto von Dinies verstorbenem Mann an, als wollte er ihn um Erlaubnis bitten, einzutreten, sich an den Eßtisch seiner Frau zu setzen, später vielleicht – das läßt sich nie vorhersagen – sie zu küssen und neben ihr im Bett zu liegen. Dinie folgt ihm ins Wohnzimmer und zieht die Gardinen zu. Das macht sie jedesmal, und der Bäcker hat noch nie etwas dazu gesagt, obwohl er sich fragt, warum sie es nicht tut, bevor er kommt. Der Tisch ist schon gedeckt, wie immer sehr schön, mit Läufer, Silberbesteck, kristallenen Weingläsern. Wein. Er denkt an die drei Gläser Zitronenbranntwein, die er schon gekippt hat. Weißwein wird es wohl sein, leicht moussierend, den liebt er, und Dinie auch. Er hat ein frisches Hemd angezogen, aber schon jetzt sind seine Achseln feucht. Das Fenster hinter den Gardinen besteht aus einer einzigen großen Scheibe, hier kann man keinen Durchzug machen. Nicht, daß die Luft draußen so viel besser wäre, vielleicht ist es drinnen sogar noch etwas kühler.
»Ich werde gleich das Essen auftragen«, verkündet Dinie. »Es ist alles fertig.«
Das Essen auftragen, denkt er. Wer spricht noch so? Er setzt sich auf den Stuhl, von dem aus er trotz Gardine ein bißchen Aussicht auf die Straße hat.
»Mensch, zieh doch die Jacke aus. Es ist zum Ersticken.« Sie stellt eine Schüssel Kartoffeln auf den Tisch und geht in die Küche zurück.
Er steht halb wieder auf, schält sich aus der Jacke und hängt sie auf die Rückenlehne des Stuhls. Tatsächlich, jetzt, wo sein Hemd komische Falten wirft, weil er sich so verrenkt,

sieht er auf der Höhe seines Brustbeins einen nassen Fleck. Dinie bringt eine kleine Schüssel Schnittbohnen und zwei Teller mit je zwei Kalbsröllchen. »Ach Gott, ich vergesse ja den Wein.« Und schon ist sie wieder weg. Den Hund läßt der Essensduft anscheinend kalt. Der Bäcker saugt den Geruch der Kalbsröllchen gierig ein. Er hat einen Tag hinter sich, an dem er vergessen hat zu essen. Abgesehen vom Frühstück, das eine Ewigkeit zurückzuliegen scheint. Dinie kommt mit dem Wein zurück. Weißwein, denn die Flasche steckt in einem Kühler.
»Wunderbar«, sagt er.
»Warte erst mal ab.«
»Na, wie ich dich kenne ...«
»Guten Appetit.« Sie füllt die Gläser.
Bevor er zu essen beginnt, hebt er sein Glas und schaut sie an. »Worauf?«
»Sag du's.«
»Auf diesen Tag.«
»War es denn ein gelungener Tag?«
»Ich bin mir nicht sicher. Aber ich glaube schon.« Der Sturz auf den Muschelgrieß hat weh getan, aber das war oberflächlich. Der Schmerz sitzt jetzt tiefer, in den Kniescheiben, die Knie fühlen sich taub und hart an. Der kurze Gang von seinem zu Dinies Haus hat sie schon etwas gelockert, aber er brauchte wieder seinen Spazierstock.
Sie fragt ihn nicht, warum. Was passiert ist. Sie trinkt fast verbissen ihren Wein. »Ich bin froh, daß er vorbei ist.«
»Langsam, soweit sind wir noch nicht.«

Essen

Gleich fragt er warum, so ist er. Harm Blom. Bäcker im Ruhestand. Bäcker mit Vergangenheit. Sie blickt ihn über den Rand ihres Weinglases an. Alter Mann mit trockener Haut am Hals. Trocken vom tagtäglichen Rasieren. So, wie sie Albert Waiboer sah, vor fast vierzig Jahren, und vor ein paar Stunden, hat sie Harm Blom nie gesehen. Der fuhr immer Brot aus, und wenn er es nicht ausfuhr, backte er es. Ihn hat sie nie im Schwimmbad gesehen, in Badehose, mit jungem, kräftigem Körper. Manchmal liegt er neben ihr in ihrem Doppelbett, dann ist es dunkel, und sie kann – wenn ihr danach ist – ihre Hände von Gedanken an jemand anderen lenken lassen. Sie hüstelt, trinkt den letzten Schluck Wein und füllt wieder beide Gläser, obwohl das von Harm erst zur Hälfte geleert ist. »Nicht gut?«
»Was, der Wein? Der ist ausgezeichnet. Frisch.«
Die Schnittbohnen sind auch frisch, die Kartoffeln leicht mehlig. Trotzdem schmeckt ihr das Essen nicht, die Friedhofsbesuche haben einen bitteren Geschmack hinterlassen, den sogar die saftigen Kalbsröllchen kaum vertreiben. Und heute vormittag hatte sie natürlich auch schon diesen bitteren Geschmack im Mund, nachdem der Neger … Sie säbelt rabiat ein Stück Kalbsröllchen ab, schiebt es in den Mund und kaut wild darauf herum. Gleich, nach dem Essen, wird sie dem Bäcker vorschlagen, noch eine kleine Runde zu gehen; eine Runde, die über den Friedhof führen wird. Sie will sehen, was da geschehen ist, sie traut diesen Rothaarigen nicht. Und sie will unbedingt die letzte sein, die den Friedhof heute betritt.
»Was ist denn los?«
»Wie?«

»Daß du dir wünschst, der Tag wäre vorbei?«
»Ach, nichts Besonderes. Es gibt einfach solche Tage.«
»Ja.«
Sie essen schweigend ihre Teller leer. Nachdem sie den Tisch abgeräumt und Geschirr und Besteck kurz abgespült hat, bringt sie zwei Äpfel und zwei Apfelsinen ins Wohnzimmer. Während sie den ersten Apfel schält, trinkt Harm seinen Wein aus. Sie schneidet den Apfel in vier Teile, entfernt das Kerngehäuse und gibt ihm ein Viertel. Er soll heut abend mal hierbleiben, denkt sie.
»Ich will mir vielleicht einen Hund zulegen«, sagt er.
»Einen Hund? Du? Ich hab dich Benno noch nie anfassen sehen.«
»An einen Hund wie Benno dachte ich auch nicht.«
»Ach so?«
»Nein.«
Lächerlich, Harm und ein Hund. Der wäre sein Tod. Erst eine Hüfte gebrochen und dann immer weiter bergab. Sie steckt sich das letzte Apfelviertel in den Mund und beginnt den zweiten Apfel zu schälen.
»Dein Sohn ...« sagt er.
Der Schalenkringel bricht ab. »Ja?« fragt sie vorsichtig.
»Wo wohnt er?«
»Wie kommst du jetzt plötzlich auf meinen Sohn?«
»Ich hab mir heut nachmittag Fotos angesehen, die ich an dem Tag gemacht hatte, als die Königin zu Besuch war.«
»Ach, ja. Wann war das noch?«
»Am 17. Juni 1969.«
»Fast vierzig Jahre.«
»Auf einem war auch dein Sohn. Teun, so heißt er doch?«
»Ja. Ich hab gar keine Fotos von dem Tag. Ich weiß, daß sie hier war, aber ich mußte arbeiten. Nur weil die Köni-

gin kam, wurde das Schwimmbad nicht geschlossen, es gab Leute, die gerne mal ganz in Ruhe schwimmen wollten. Vielleicht ist mein Mann mit Teun hingegangen.«
Mein Mann, immer nennt sie ihn so, niemals Kees. »Und wo wohnt er jetzt?«
»Schagen.«
»Verheiratet?«
»Geschieden.«
»Kinder?«
»Zwei Töchter.«
»Sieht er sie noch manchmal?«
»Ich glaube, ja. Ich sehe sie regelmäßig, sie wohnen in Den Helder. Ich sehe also auch meine Schwiegertochter noch.«
»Du glaubst es?«
»Harm. Ich hab nicht so sehr viel Kontakt zu ihm. Ich darf ihn nicht mal mehr...«
»Was?«
Sie reicht ihm das letzte Stück Apfel, dann beginnt sie umständlich eine der Apfelsinen zu schälen und die weißen Häutchen abzuziehen. Sie will nicht über Teun sprechen, sie will nicht wieder weinen. »Nichts«, sagt sie.
»Was macht er beruflich?«
Jetzt ist aber Schluß mit dem Verhör. »Etwas im sozialen Bereich«, antwortet sie kurz und schiebt sich ein Apfelsinenstückchen in den Mund. Den Rest der Apfelsine drückt sie dem Bäcker in die Hand. »So. Ein Täßchen Kaffee und anschließend eine kleine Runde?«
»Gut. Ein Spaziergang würde nicht schaden, ich bin etwas steif in den Knien.«
»Fein.« Sie bringt die Schalen weg und setzt Kaffee auf. Benno ist ihr in die Küche gefolgt. Er gähnt laut. »Ja«, sagt sie leise. »Du darfst auch mit.« Die Kaffeemaschine blubbert.

Sie legt die Hände auf die Platte neben der Spüle und schaut durchs Küchenfenster zur Lücke in der Nadelbaumhecke.
»Mit deinem Frauchen.« Eigentlich ist es viel zu warm für Kaffee.

Scheiße

»Siehst du, bis Sonnenuntergang.« Dinie zeigt auf ein grünes Schild mit weißen Buchstaben, das ans Tor geschraubt ist.
»Wieder was gelernt«, sagt er. Eigentlich hat er gehofft, sie würden über die Molenlaan gehen, sich vielleicht auch noch kurz an eins der Tischchen vor *Het Wapen* setzen und einen zweiten Kaffee und einen Schnaps trinken. Er hätte es besser wissen müssen; wenn Dinie schon die Gardinen zuzieht, sobald er im Haus ist, braucht er natürlich nicht damit zu rechnen, daß sie mit ihm zusammen ein Café besucht. Der Hund schien sich zu freuen, daß er noch einmal rauskam, aber seit sie unterwegs sind, schleppt er sich vorwärts, als stünde ihm etwas Schreckliches bevor. Auf Dinies Vorschlag, über den Friedhof zu gehen, hat er geantwortet, der sei doch jetzt geschlossen. »Ach was«, hat sie erwidert.
Sie gehen über den noch leeren Teil mit trockenem Rasen links und rechts des Weges. Am Tor hat sie ihn untergehakt, was seinen Spazierstock jetzt überflüssig macht.
»Und die Sonne geht noch lange nicht unter«, sagt sie.
»Das bekommen wir wahrscheinlich auch nicht zu sehen.« Er schaut sie von der Seite an und versucht sie sich mit nicht gefärbten Haaren vorzustellen. Der Hund trottet jetzt träge vor ihnen her, sein Schwanz schleift über den Muschelgrieß. Dinie ist groß und kräftig, er liegt gern neben ihr im Bett.

Seinetwegen braucht sonst nicht viel zu passieren. Nur liegen, nur ein bißchen kuscheln. Er ist fest entschlossen, heute abend nicht nach Hause zu gehen. Und jetzt möchte er sich den Grabstein ansehen, den Jan Kaan am Nachmittag bemalt hat. Dinie hält ihn gut fest.
In der Ferne grollt es. Sollte es doch noch gewittern? »Hast du das gehört?« fragt er.
»Was soll ich hören?«
»Gewitter?«
Sie betrachtet den Himmel. »Nein«, sagt sie dann.
Sie gehen zwischen den beiden niedrigen Hecken hindurch auf den belegten Teil.
»Schau mal«, sagt sie, als sie kurz vor dem Grab sind. »Frisch bemalt.« Man könnte wahrhaftig meinen, sie hätte ihn zielstrebig hier hingeführt.
»Ach«, sagt er und braucht die Überraschung gar nicht zu spielen, denn er sieht den Kies. Blauen Kies, an den er sich nicht erinnern kann.
»Wir haben nie darüber gesprochen.«
»Nein.« Was ihn betrifft, muß das auch nicht sein. Jetzt nicht mehr. Gestern vielleicht noch.
Dinie scheint das zu fühlen. »Vielleicht auch gar nicht nötig.«
»Nein.« Er spürt plötzlich den Wein. Nur ein Glas hat er trinken wollen, aber sie goß immer wieder nach, bis die Flasche leer war.
Weiter führt sie ihn, zur Bank unter der Linde. Vor der Bank liegt ein totes Vögelchen. Er schaut nach oben. Der Ast ist leer. Dafür kann es verschiedene Erklärungen geben. Merkwürdig ist es schon. Heute nachmittag noch zwei Vögel und jetzt ein toter. Er kann sich nicht vorstellen, daß der andere einfach weggeflogen ist. Aber müßte er dann nicht

auch hier liegen? Dinie bemerkt die Blaumeise und schiebt sie kommentarlos mit der Schuhspitze unter die Bank. Jetzt spürt er auch den Zitronenbranntwein. Er setzt sich einfach hin. Der Hund folgt seinem Beispiel und läßt sich mit einem tiefen Seufzer fallen.
»Seid ihr müde?« fragt sie, während sie sich umdreht und ebenfalls hinsetzt.
»Ja«, sagt er.
Der Hund reagiert nicht.
Dinie packt seinen Arm. Erst glaubt er, sie würde ihn sogar im Sitzen stützen wollen, aber als sie immer fester zudrückt, wird ihm klar, daß es einen anderen Grund geben muß. Sie steht auf, und weil sie seinen Arm nicht losläßt, ist er gezwungen, sich auch zu erheben. Sie setzt sich in Bewegung und zieht ihn mit, er muß den Spazierstock fest aufstellen. Schwingen, aufstellen, schwingen, aufstellen. Dann bleibt sie abrupt stehen und schlägt die Hand vor den Mund. Der Hund ist ihnen ohne Aufforderung gefolgt, überholt sie und beginnt hingebungsvoll den schmalen, hohen, vor allem aber schmutzigen Grabstein abzulecken.

Schlafen

Dieke schaut im Wohnzimmer aus dem Fenster. Dem Fenster mit dem Sprung. Das Gras steht immer noch gerade und ganz still, hat aber eine völlig andere Farbe als gestern abend und heute morgen. Es ist ungefähr acht Uhr, sie müßte längst im Bett liegen. Hinter ihr steht ihre Mutter. Ihr Vater sitzt in der Küche am noch nicht abgeräumten Tisch. Er raschelt mit der Zeitung.
Alle sind weg. Onkel Jan und Onkel Johan sind zu Opa

ins Auto gestiegen und weggefahren. Opa ist noch nicht wieder da. Dieke wartet darauf, daß sie sein Auto auf das Grundstück gegenüber einbiegen sieht, und das kann sie nur, wenn sie ihre Nase an die Scheibe drückt. Sie rechnet damit, daß noch mehr passiert, Schlafen ist deshalb das letzte, was sie jetzt möchte. Nach dem, was gestern abend und an diesem Tag so alles kaputtgegangen ist, könnte es sein, daß die ganze Scheune einstürzt, und dann darf sie doch nicht im Bett liegen! »Wer hat eigentlich das Fenster zerbrochen?« fragt sie.
»Ich weiß es nicht, Dieke.«
»Du nicht?«
»Nein, ich gewiß nicht.«
»Kann es nicht rausfallen?«
»Unsinn.«
Dieke seufzt tief.
»Frag doch Opa, wer es gemacht hat, er weiß das bestimmt.«
»Gleich? Wenn er nach Hause kommt?«
»Nein, laß ihn heute abend mal in Ruhe. Morgen. Du gehst jetzt ins Bett.«
»Ich will nicht.«
»Es ist schon nach acht.«
»Aber es sind Ferien!«
»Du bist fünf.«
»Warum liegt Oma auf dem Stroh?«
»Das weiß ich nicht.«
»Du weißt auch nicht viel, oder?«
»Mehr als du. Vielleicht ist auf dem Stroh zu liegen für Oma so was wie für dich das Malen.«
»Was?«
»Du malst, wenn dich was ärgert.«

»Ich male doch immer.«
»Ja, aber wenn du wütend bist, malst du mit anderen Farben, und du streckst die Zunge dabei raus.«
»Oma ist nicht lieb.«
»Wieso nicht?«
»Sie hat mich gekniffen, als wir im Zoo gewesen waren.«
»Du wirst dich wohl auch entsprechend benommen haben.«
»Hab ich nicht! War das ein richtiger Degen?«
»Ja. Mit scharfen Kanten.«
»Hat damit jemand gekämpft?«
»Das glaub ich nicht. Zähne putzen.«
Dieke sieht Opas Auto vorbeifahren und bremsen. Sie löst ihre Nase von der Scheibe und dreht sich um. Dann geht sie in die Küche und schiebt den Plastiktritthocker vor die Spüle. Sie zieht sich bis auf die Unterhose aus und läßt dabei ihre Sachen fallen, wo sie gerade steht. Jetzt kommt ein dicker Klacks Zahnpasta auf ihre Heiner-und-Hanni-Zahnbürste. »Brwgst dwu mwch ims Bwett, Ppa?« fragt sie.
Ihr Vater legt die Zeitung auf den Tisch. »Gern«, antwortet er.
»Ich räum dann deine Sachen weg«, sagt ihre Mutter. Sie klingt viel weniger lieb als ihr Vater.

Graben

Dieke hüpft vor ihm die Treppe hinauf, als wäre es früh am Morgen. Es wird wohl eine Weile dauern, bis sie einschläft. Vor ihrem Zimmer bleibt sie stehen. Sie schaut nach oben, auf die Tür. »Jemand war an meinen Buchstaben!« plärrt sie.

»Na, so was«, sagt er. »Wie ist das möglich?«
»Ja! Wer war das?«
»Ich.«
»Du? Wann denn?«
»Heute nachmittag. Auf der Tür stand ›Dekie‹. Ich wußte nicht, wer das sein sollte.«
»Ich! Das bin ich!«
»Weiß ich doch. Aber jetzt steht hier wieder ›Dieke‹, wie's richtig ist.«
»Hm«, macht sie. Dann geht sie ins Zimmer und schaut sich aufmerksam um. »Das Fenster ist kaputt!« kreischt sie.
»Ja«, sagt er.
»Wie kommt das denn?«
»Von der Hitze, glaube ich.«
»Das ist unheimlich.«
»Warum?«
»Kann es nicht rausfallen?«
»Nein. Es ist die äußere Scheibe.« Klaas zieht den Vorhang zu. »So. Jetzt siehst du's nicht mehr.«
»Gefällt mir nicht.« Sie steigt noch nicht ins Bett, sondern kniet sich davor hin und steckt den Kopf unter die Matratze. »Warst du an meinem Beutel?«
»Natürlich nicht. Es ist dein Beutel.«
»Dann ist ja gut.« Sie kriecht unters Bett und kommt mit dem Beutel wieder zum Vorschein.
»Schlafanzug?«
»Viel zu warm.« Bevor sie sich hinlegt, öffnet sie ihren Schatzbeutel, kramt ein bißchen darin und holt den Ring heraus, den sie am Morgen gefunden hat. Dann schiebt sie die Beine unter die Bettdecke. »War doch schön, daß Onkel Johan da war, oder? Ich find Onkel Johan lieb.«
»Ja, das ist er auch. Und Jan?«

»Mja, der auch. Aber Onkel Johan ist lieber. Darf ich morgen zu Leslie?«
»Leslie?« Er grinst.
»Was ist? Wieso lachst du?«
»Bist du schon mal bei Leslie gewesen?«
»Nein. Aber mit ihm im Schwimmbad.«
»Dann müssen wir erst seinen Vater anrufen.«
»Ja, wieso nicht?«
»Von mir aus. Morgen früh noch deine Mutter fragen.«
Trotz der Wärme zieht Dieke die Sesamstraßendecke bis zum Kinn hoch. »Gute Nacht«, sagt sie.
»Gute Nacht, Diek.« Er richtet sich auf und geht zur Tür.
»Auf oder zu?« fragt er noch.
»Einen Spalt auf.« Sie hat ihn fast schon vergessen, sie hält den goldenen Ring zwischen Daumen und Zeigefinger und späht mit einem Auge hindurch, das andere hat sie zugekniffen.
Er läßt die Tür einen Spalt offen. Und schaut noch einmal die von seinem Vater ausgesägten Buchstaben an. NAHNE liest er. ENNAH, HANEN, schließlich HANNE. Bevor er die Treppe hinuntergeht, betrachtet er das Bild an der Wand gegenüber. Ein Gemälde, das seine Eltern hängengelassen haben, als sie von hier nach drüben umzogen. Früher dachten Jan und Johan, es wäre ein Bild von Urgroßmutter Kaan, obwohl sie die natürlich nicht gekannt haben. Er hatte sie deswegen ausgelacht, aber bei genauerem Hinsehen entdeckt er nun doch eine gewisse Ähnlichkeit zwischen dieser Frau und seinem Vater. Griet Kaan als junges Mädchen, ein wenig frivol sogar. Mitten auf der Treppe fällt ihm plötzlich ein, woher er den goldenen Ring kennt. Die Mohrchen auf dem Tuch im kleinen Kinderzimmer. Wie kommt einer von diesen Ringen in einen Blumentopf?

»Es ist ein Irrenhaus hier«, sagt seine Frau, als er in die Küche zurückkommt.

»Ja«, antwortet er, in Gedanken bei dem Tuch und der Frage, wo es geblieben sein könnte.

Diekes Sachen liegen noch auf dem Boden, der Tritthocker ist nicht weggeschoben. Seine Frau raucht. Vor ihr auf dem Tisch steht ein Becher Kaffee, zwischen den Tellern und dem Besteck. Auf dem Herd stehen Töpfe.

»Dieke erzählt mir eben, daß deine Mutter sie gekniffen hat.«

»So? Wann denn?«

»Bei der Feier.«

»Warum?«

»Was weiß ich.« Sie zieht heftig an ihrer Zigarette. »Aber im Grunde ist dein Vater noch schlimmer als deine Mutter.« Sie zeigt nach draußen, über den schiefen Weihnachtskaktus hinweg. Zeeger Kaan klettert mühsam zwischen den Ästen einer Kastanie herum, es sieht so aus, als würde er Bohnen pflücken.

»Ja«, sagt er. Er zieht einen Stuhl zurück und setzt sich. Sehr langsam dreht er sich eine Zigarette, zündet sie an und starrt ein paar Minuten auf den Trog mit verdorrtem Gras.

»Was würdest du von Schottischen Hochlandrindern halten?« fragt er dann.

»Wie meinst du? Im Kühlraum?«

»Nein, auf dem Land. Zwischen Holundersträuchern und auf Wegen.«

Sie blickt ihn fest an. »Ich will hier weg, Klaas.«

Er bläst Rauch aus den Nasenlöchern. »Vielleicht«, sagt er. »Vielleicht.«

Als Klaas in die Stallscheune kommt, überfällt ihn die Stille dort. Dirk ist nicht mehr unruhig, blickt nicht einmal auf, als er vor der Stierbox stehenbleibt. Er bricht eine Scheibe Heu von einem Ballen, der an der Wand liegt, und wirft sie in die Futterkrippe. Auf das Heu kommen ein paar Leinsamenkuchen. In dem großen schwarzen Trog ist noch genug Wasser. Der Stier steckt den Kopf zwischen den Stäben durch und fängt an zu fressen. Es fliegen keine Schwalben mehr ein und aus. Klaas beginnt die Aluminiumleiter hinaufzusteigen, ohne genau zu wissen, was er vorhat. Fast auf halber Höhe bleibt er stehen, hebt den Ausziehteil etwas an, hält ihn fest und steigt wieder hinunter. Der Ausziehteil folgt ihm mit Strohgeknister. Nachdem er die Haken auf die unterste Sprosse geschoben hat, läßt er die Leiter kippen und legt sie in dem freien Raum zwischen den vier Pfosten flach auf den Boden. Dann nimmt er einen alten Besen, kehrt die Scherben der Eierlikörflasche zusammen und in einen Pappkarton, der dort herumliegt. »Mutter?« fragt er. Keine Reaktion. Er ruft noch einmal, etwas lauter jetzt. Stille, nicht einmal ein Strohhalm knackt. Sie wird eingeschlafen sein. Kein Wunder nach einer ganzen Flasche Eierlikör, wo sie bei Geburtstagen nie mehr als ein Glas trinkt. Er verläßt die Scheune durch die großen Türen, und dabei fällt ihm auf, daß sie die Lampe angemacht hat. Er lächelt.

Es scheint schon ganz leicht zu dämmern, als er eine Grube aushebt, auf der Weide etwas seitlich von dem Dammzaun, an dem Dieke, Jan und er gestern abend gestanden haben. Er hat das Hemd ausgezogen, es ist schwere Arbeit, der Boden ist trocken und hart. Ein paarmal wischt er sich die Stirn ab. Sobald er tief genug gegraben hat, holt er die Schubkarre mit dem toten Schaf und fährt sie an den Rand

der Grube. Does, der offenbar nicht mehr beleidigt ist und gerade eine Runde über den Hof gemacht hat, kommt näher, um zu sehen, was er da tut. Am geöffneten Gatter bleibt der Hund stehen, er hat gelernt, nicht auf die Straße und nicht auf die Weiden zu laufen. Er hält den Kopf schief, es fällt ihm schwer, von dem toten Tier wegzubleiben. Klaas kippt das Schaf in die Grube und schaufelt die Erde darauf. Der Grabhügel, der so entsteht, wird sich im Lauf der Zeit senken. Hinterher lehnt er sich auf den Spatenstiel und blickt über das Land. Leeres Land. Gras und grauer Himmel. Daß es sehr still ist, fällt ihm erst auf, als rechts vom Wassergraben her ein Quaken zu hören ist. Does geht gemächlich auf den Graben zu, ohne zu bellen, das hat er ja heute abend schon getan. Er kennt die Warzenente, er weiß, daß sie alt ist.
Leeres Land, und Klaas sieht alles mögliche darauf.

Anrufen

Johan schaut dem Wagen nach. Jan auf der Rückbank starrt die Kopfstütze des Beifahrersitzes an, auf dem Johan eben noch gesessen hat. Hinter Johan öffnet sich eine Tür. Fernsehgeräusche kommen durch den breiten Flur. »Ja-a, Toon«, sagt er. »Nei-in, Toon. Gut, Toon.«
»Ich sag ja gar nichts«, erwidert Toon. »Laß die Tür mal einen Moment offen. Warum gehst du so komisch?«
»Ich bin zehn Kilome-eter mit 'nem Sack Kies im Nacken gelaufen. Ich hab Bla-asen.«
»Soll ich mir die mal ansehen? Aufstechen? Jod?«
»Nein, la-aß es. Dann muß ich mir die Socken ausziehn. Hab keine Lust, mir die Sock-ken auszuziehn. Hei-ilt auch

so.« Er geht ins gemeinsame Wohnzimmer. Drei der Jungs hängen auf dem alten braunen Sofa. Sie starren auf den Bildschirm, auf dem irgendeine Spielshow läuft, und beachten ihn nicht. Zwei von ihnen haben ihre Hemden ausgezogen. Als Toon hereinkommt, ruft einer: »Tür zu!« Toon macht die Tür nicht zu. Sie setzen sich im kurzen Teil des L-förmigen Zimmers an den Eßtisch, unter die Lampe mit dem großen Schirm aus Schilfgeflecht. Johan legt die Unterarme auf die Tischplatte und faltet die Hände. »Ich hab eben vi-ier Fische gefangen.«

»Hast du dir die Hände gewaschen?«

»Ja-a.«

Toon schaut auf die Wanduhr. »Du kommst über zwei Stunden zu spät nach Hause.«

Nach Hause, denkt Johan. Ist das hier mein Zuhause? »Ich hatte einen sehr an-strengenden Tag.«

»Du warst bei deiner kleinen Schwester.«

»Ja-a. Soll ich dir von ihr erzählen?«

»Nicht nötig. Ich weiß das alles.«

»So-o?«

»Ja.«

»Ssssssttt!« ruft einer der Jungs auf dem Sofa.

»Und Jan war auch da.«

»Ja-a. Er wird ein bißchen ka-ahl.«

»Macht das was?«

»Dir würde er gefal-len, Toon.«

»Ich weiß, daß er mir gefällt.«

»So-o?« Johan schaut seinen Betreuer an. Den stört das nicht. Jan zum Beispiel kann es nicht vertragen, das hat er heute nachmittag wieder gemerkt. Er macht die Leute nervös. Sogar seinen eigenen Bruder.

»Ja«, sagt Toon und blickt ihm fest in die Augen.

»Er saß auch gerade im Auto. Mein Va-ater hat mich hier abgesetzt, a-aber du hast das Auto nicht gesehn.«
»Schade.«
»Schnauze!« ruft ein anderer auf dem Sofa.
»Du bist wirklich ein net-ter Mann«, sagt Johan. Er blickt auf seine wuselnden Finger. »Und Jan ist auch ein net-ter Kerl, gla-aub ich, aber sicher bin ich mir nicht.«
»Ich glaube schon.«
»Er denkt an Hanne, und des-halb vergißt er, hier a-auszusteigen, um mal zu se-ehn, wer du bist.« Johan kneift die Augen zusammen, auf seiner Stirn bildet sich eine tiefe Furche. »Ich hab noch gesagt: Ko-omm kurz mit rein, damit du si-iehst, wer Toon ist.«
»Und?«
»Und jetzt sitzt er im Zug, und je-etzt denkt er: Scheiße.«
Toon lächelt und blickt zum Sofa hinüber, auf dem die drei Fernsehenden hängen, die Füße auf dem niedrigen Tisch. Johan nimmt das Päckchen Marlboro aus der Gesäßtasche und zündet sich eine an. »Er kommt bestim-mt mal. Irgendwann muß er mich doch mal besu-uchen.«
»Dann müssen wir darauf warten.«
»Mensch, könnt ihr nicht mal woanders labern?!« ruft der dritte.
Labern? Johan macht einen tiefen Zug, und jetzt fällt ihm etwas ein. Etwas vom Nachmittag. »Eine Bau-umschule«, flüstert er und beugt sich weit vor. »Macht so was vi-iel Arbeit?«
»Nein, gar nicht«, flüstert Toon. Er sieht Johan an wie jemand, der weiß, wovon er spricht. »Man pflanzt Bäume, läßt sie wachsen, jätet ab und zu ein bißchen Unkraut und verkauft sie mit Gewinn.«
»So ei-infach?«

»Ja. Willst du Baumzüchter werden? Es muß mal wieder was geschehen, Johan. Du kannst nicht immer nur in der Unterhose auf dem Innenhof sitzen.«
»Dich stö-ört das doch nicht?« flüstert er.
»Natürlich nicht. Ein Bierchen? Du hast dir eins verdient.«
Toon steht auf und holt zwei Flaschen aus dem Kühlschrank. Er hebelt die Kronkorken ab und setzt sich wieder an den Tisch.
Johan hält sich die Flasche kurz an die Wange, bevor er den ersten Schluck trinkt. »Toon«, flüstert er dann, »Toon, ich bin doch nicht häß-lich?«

»Telefon!« ruft einer von den Jungs. »Toon! Telefon!«
Toon blickt von den Papieren auf, die er gerade liest, er hat einen Kugelschreiber in der Hand. »Johan, gehst du dran?«
Johan steht auf und stellt die leere Bierflasche auf den Tisch. Bei den ersten Schritten stützt er sich mit einer Hand auf die Platte. Die Tür zum Flur ist noch offen, die Haustür auch. Auf dem länglichen Tischchen steht das altmodische Telefon. Er nimmt ab.
»Ja-a?«
»...«
»Jo-han.«
»...«
»Wen?«
»...«
»Ach so, Toon. Ja-a, ich rufe ihn. Toon!«
Toon hat schon in der Tür gestanden. »Du mußt sagen: ›Guten Abend, Haus De Schakel‹«, erklärt er, während er ihm den Hörer abnimmt.
Johans Beine sind sehr schwer. Obwohl beide Türen offenstehen, ist von Durchzug nichts zu spüren. Er setzt sich auf

den Stuhl neben dem Tischchen, den Telefonierstuhl, und wischt sich den Schweiß von der Nase. »Sag du's doch«, murmelt er. Gegenüber hängt ein Poster von einer Insel in der Sonne. Mit einem Strand, einem grünen Meer und Palmen. Neben dem Poster steht eine große Pflanze. Im Fernsehen läuft jetzt ein Polizeifilm.
»Ja?« sagt Toon. »Hier ist Toon.«
»...«
»Ruhig. Erst mal tief durchatmen.«
»...«
»Sag jetzt wieder Toon. So schwierig kann das doch nicht sein.«
»...«
»Und was ist nun passiert?«
»...«
»Kuhscheiße?«
»Wer ist das?« fragt Johan.
Toon winkt ab.
»Ja-a, aber ...«
»Jetzt nicht, Johan. Mutter ... beruhige dich mal ... mit wem sprichst du da?«
»...«
»Mit dem Bäcker? Mit welchem Bäcker?«
»...«
»Saubermachen.«
»...«
»Nein, du brauchst doch nicht gleich die Polizei zu rufen. Sprich erst mit jemandem von der Gemeinde.«
»...«
»Ich weiß, daß Samstag abend ist. Aber ...«
»...«
»Die Kaan-Söhne. Welche denn?«

Johan schaut schon lange nicht mehr das Meer, den Strand und die Palmen an. Er schaut Toon an, der ein bißchen ungeduldig spricht und die Hand kreisen läßt. Das bedeutet »Mach mal voran«, glaubt Johan. Er ist ein Kaan-Sohn, und die Frau, mit der er gerade gesprochen hat, wollte mit Teun sprechen, aber hier wohnt überhaupt kein Teun. Jetzt schaut Toon ihn an, er sieht erleichtert aus, er läßt die Hand auch nicht mehr kreisen, sondern wedelt mit ihr auf und ab. Das könnte soviel heißen wie »Hat nicht viel gefehlt« oder »Noch mal gut gegangen«. Oder noch was anderes, Johan kann nicht richtig nachdenken. Von dem Bier hat er nicht nur schwere Beine, ihm ist auch ein bißchen schwindelig.
»Mutter. Warte. Hast du sie dabei beobachtet?«
»...«
»Woher willst du dann wissen ...«
»...«
»Was sagt der Bäcker?«
»...«
»Da hat er recht. Morgen.«
Johan kann nicht mehr auf dem Telefonierstuhl sitzen bleiben. Seine Beine jucken, sein Kopf bleibt immer wieder an der Frage hängen, welche Frauen außer seiner Mutter und Klaas' Frau er heute gesehen hat, und an dem Mohrchen mit dem Eimer voll Kuhscheiße, und obwohl er sich daran erinnert, daß er eine Leiter hochgestiegen ist und dann mit seiner Mutter gesprochen hat, denkt er zum erstenmal heute wirklich an seine Mutter, die oben auf dem Stroh gesessen hat, und jetzt an den Eimer mit den zappelnden Fischen – hat eigentlich jemand daran gedacht, den im Graben auszugießen? Er steht auf und geht nach draußen, wo es immer noch nicht regnen will. Aber es kommt ihm kühler vor als im Flur. »Gottverreckter Dreck!« brüllt er durch die stille

Straße. »Diese Hitze!« Er hinkt zur anderen Straßenseite, setzt sich dort auf den Bordstein, betrachtet das Gebäude, in dem er wohnt. DE SCHAKEL steht auf dem Schild über der Tür, die Neonröhre darüber ist schon angegangen. Er zieht sein Hemd aus. Müde ist er, sehr müde.
Kurz nach ihm kommt auch Toon heraus. Er überquert die Straße, ohne nach rechts oder links zu sehen, und setzt sich neben ihn.
»Glaubst du, daß Jan mi-ich mal besucht?« fragt Johan.
»Ach, Johan.« Toon legt ihm den Arm um die Schulter.
»Sollen wir zum Ba-ahnhof gehn?«
»Später. Vielleicht.«
Eine Frau kommt vorbei, mit einem Hündchen. Sie blickt sie schräg an, glaubt Johan. »Glotz nicht so«, sagt er. »Tusse.«

Sitzen

Seltsam vielleicht, aber der Gedanke an die Prinzeßbohnen hat ihn nicht losgelassen. Nachdem er den Wagen vor der Garage abgestellt hat, geht er in die Küche, um ein Glas Wasser zu trinken, und gleich darauf kriecht er schon zwischen den Ästen der ersten gefällten Kastanie herum. Das ist ziemlich mühsam, manchmal hängt er fast kopfüber, um ein paar Bohnen pflücken zu können. Besonders stabil ist das Kastanienholz nicht, mehrmals bricht ein Ast unter seinem Gewicht. Als er glaubt, eine ordentliche Portion beisammenzuhaben, reichlich für zwei Personen, hört er auf. Er wischt sich den Schweiß vom Gesicht und stellt den Durchschlag mit den Prinzeßbohnen in die Waschküche. Does, der auf den Fliesen vor der Seitentür sitzt, gähnt übertrieben laut und bemüht sich krampfhaft, seinen Herrn dabei nicht anzusehen. »Fressen!« sagt Zeeger. »Ganz vergessen.« Er schüttet zwei Becher Brocken in den Napf und geht in die Küche, damit der Hund in Ruhe fressen kann.

Er schaltet den Fernseher ein und stellt sich vor die verglaste Schiebewand. »Warum regnet es nun nicht?« fragt er sich laut. Er macht den Fernseher wieder aus. Als er durch die Waschküche hinausgeht, knurrt der Hund leise. In der Garage empfängt ihn derselbe Kerl, der nachmittags vom Strand berichtet hat. Er gibt genau das gleiche von sich. Dann wird zu Jan Visser, dem Wetterfrosch, umgeschaltet, und Zeeger merkt, daß es sich um eine Wiederholung handelt. *Morgen, liebe Hörer, haben wir es mit einer völlig anderen Wetterlage zu tun.* Na fein, denkt Zeeger. Er geht zu den Weihnachtsbäumen in der Ecke, nimmt ein paar noch nicht bemalte in die Hand und inspiziert sie, stellt sie auf die Werkbank und holt den Topf mit grüner Farbe. Er will den Deckel abheben, überlegt es sich aber anders und hängt den Schraubenzieher an die Werkzeugwand zurück. Lieber morgen, wenn Anna wieder da ist, dann ruft sie ihn gegen zehn zum Kaffee. Vielleicht hat sie ja Lust, nächste Woche mit zum Kofferraummarkt in Sint Maartenszee zu fahren und selbst auch etwas zu verkaufen. In einer anderen Ecke stehen die Angeln, die hat er weggeräumt, nachdem die anderen sie auf und neben der Brücke liegengelassen haben. Er hat auch den Eimer ausgeleert, in dem schon zwei Fische bauchaufwärts trieben. Does trottet langsam und mit hängendem Kopf in die Garage. »Komm«, sagt Zeeger. »Wir setzen uns noch ein Weilchen an den Graben.«

Der Hund sitzt brav neben dem Gartenstuhl, den Zeeger Kaan zwischen zwei der Kopfweiden gestellt hat. Zeeger denkt an das Grab und nimmt sich vor, morgen, nein, Montag einen Sack Kies zu kaufen, um die Sache abzurunden. Kies in einer hellen Farbe. Und vielleicht wieder einen kleinen Strauch? Sie hatten ja einmal ein Nadelbäumchen gepflanzt, ein Bäumchen, das klein bleiben sollte, aber schon nach vier Jahren zuviel Schatten auf die Nachbargräber warf. Er hatte es gerade noch rechtzeitig ausgegraben, bevor die Wurzeln zu tief in der Erde steckten. Nein, keinen Strauch. Aber neuen Kies. Ich muß Klaas bitten, die Kastanien zu entasten, denkt er. Ich kann das nicht mehr. Nicht drei so große Bäume auf einmal. »Mensch, nun komm doch runter!« ruft er. »Es ist hell! Deine Küche ist nicht mehr dunkel!« Der Hund hat sich erschrocken, er steht auf, geht über die Brücke und zum Eingang der Scheune, wo er an der Grenze von Licht und Schatten stehenbleibt, zögert. Am Kippfenster im Vorderhaus des Bauernhofs bewegt sich etwas. Der Vorhang wird zur Seite gezogen, und Diekes Gesicht erscheint. Sie winkt ihm zu. Zeeger winkt zurück. Natürlich kann seine Enkelin nicht schlafen, nach einem Tag wie heute. Er fragt sich, ob er selbst nachher wird schlafen können, eine weitere Nacht allein. Aber vielleicht kommt sie ja doch noch herunter. Jan und Johan sind weg, alles ist erledigt. Und sie muß doch irgendwann Hunger und Durst bekommen. Dieke zieht den Vorhang wieder zu. Als er zur Scheune blickt, ist Does verschwunden. Ob es auch etwas mit Soestdijk zu tun hat? überlegt er.

Kurz nach der Goldenen Hochzeit hatte Anna nach Soestdijk gewollt. Sie war launisch in diesen Tagen. »Jetzt geht es noch«, sagte sie. »Bald ist es ein Hotel.« An einem Vormittag vor anderthalb Wochen hatten sie dann das Auto genommen, obwohl er Autofahren immer unangenehmer findet und eigentlich nicht mehr so weite Strecken zurücklegen will. Die Fahrt verlief glatt, aber als sie im Eingangsgebäude ankamen, schienen sie unverrichteterdinge wieder umkehren zu müssen. Die Frau am Schalter wollte ihre Karten sehen. »Karten?« sagte Anna. »Die möchten wir hier kaufen.« Das ging angeblich nicht, die Karten müßten übers Internet bestellt und bezahlt werden. »Internet?« fragte Anna. »Wissen Sie, wie alt wir sind?« Sie mußten warten; kurz vor der ersten Führung wurden sie doch eingelassen, weil ein paar Leute nicht erschienen waren. Vom Eingangsgebäude zum Schloß war noch ein gutes Stück zu gehen, und Anna hakte sich bei ihm ein. Er merkte, daß sie sich über die Führerin ärgerte, die mit deutschem Akzent sprach, als ob sie sich zu sehr in den letzten Bewohner des Schlosses hineinversetzte. Die älteren Zimmer interessierten Anna nicht besonders, und auf dem Weg zu Bernhards Arbeitszimmer wurde sie etwas nervös. Das Zimmer war leer, vollkommen kahl. »Wie ist das möglich?« hatte sie die Führerin gefragt. Nun, genau wie bei Todesfällen in »gewöhnlichen Familien« würden alle Gegenstände unter den Angehörigen verteilt. »Schrecklich« hatte Anna gesagt, leise, nur für ihn hörbar. Sie bekam feuchte Augen, als sie sah, wie heruntergekommen die Räume waren, farblos und verwohnt, auch das Eßzimmer, in dem wenigstens noch ein paar schlichte Möbel standen. »Hier haben sie gesessen«, sagte Anna und strich mit der Hand über einen beschädigten Büfettschrank. »Nicht berühren!« rief die Führerin. »Zeeger, hier haben sie gesessen«, wiederholte Anna. »Auch damals.« Den Abschluß bildete Julianas Arbeitszimmer, ebenfalls leer. Aber mit neuem Teppichboden. Nur gut, daß Anna dicht neben ihm stand, als die Führerin erwähnte, die alte Königin sei dort aufgebahrt gewesen; sie schien fast in die Knie zu gehen, so schwer stützte sie sich auf ihn. »Schrecklich«, sagte sie noch einmal. »In diesen verwohnten Zimmern hat die arme alte Frau ihre letzten Jahre verbracht?« Anschließend waren sie noch eine Runde durch den Garten gegangen. »Nichts mehr da«, sagte Anna, als sie zu den Gewächshäusern kamen. »Alles leer.« Vor den Gewächshäusern wuchsen Gartenwicken. Der Tag war frisch, es nieselte. Am Tag darauf wurde es warm, und so ist es geblieben.

Does kommt aus der Scheune. Er winselt, und während er sich neben dem Gartenstuhl ausstreckt, geht das Winseln in Fiepen über. »Was plagt dich denn?« fragt Zeeger. »Hat sie dich weggeschickt?« Das bisher reglose Wasser des Grabens kräuselt sich leicht, in der Krone des uralten Birnbaums raschelt es. Zeeger dreht den Kopf. Er kann nicht sehen, ob sich vielleicht schon klitzekleine Birnchen gebildet haben, aber in vier, fünf Monaten sind sie reif, was sich bei Kochbirnen nur schwer feststellen läßt, so hart sind sie. Und grün. Erst nach stundenlangem Kochen auf kleiner Flamme verfärben sie sich. Es ist eine Gieser Wildeman, die leckerste Kochbirne, die es gibt. Wenn doch schon Oktober wäre.

Herausfordern

Der Junge mit dem hellblauen T-Shirt steigt als letzter in den Zug 20:38 Uhr nach Den Helder. Es ist ein Doppelstockzug, von der Sorte, die singt, was man vor allem im Einstiegsraum hört. Zu voll ist er nicht, aber jede Vierersitzgruppe ist mit mindestens zwei Personen besetzt. Er verstaut seine Tasche auf der Gepäckablage und nimmt den Platz neben einer jungen Frau, die eine Zeitschrift liest. Ihr gegenüber sitzt ein Mann mit rotem Haar. Sein Rucksack steht neben ihm auf dem Sitz, er starrt aus dem Fenster. Seine Stirn ist verbrannt. Der Junge spürt, daß sein T-Shirt schon naß ist, dabei hat er es gerade erst angezogen, bevor er zum Bahnhof ging. Die Klimaanlage scheint nicht viel zu taugen. Er beneidet die Frau neben ihm, keine Spur von Schweiß auf der Nase. Dem rothaarigen Mann ist offensichtlich auch zu warm. Er wischt sich über den Nacken und schaut ihn an. Eine Idee zu lange. Dann bewegt er die Lippen, es sieht aus, als würde er »verdammt« sagen, aber genau in diesem Augenblick ruft die Schaffnerin Anna Paulowna aus. Als sich die Türen öffnen, ist ganz kurz etwas Durchzug zu spüren. Niemand steigt ein. Der Junge lehnt sich zurück und rutscht auf seinem Sitz nach vorn, wobei er leicht die Beine spreizt. Dann streicht er die langen blonden Haare hinters Ohr. Er riecht sich, frischer Schweiß und Deodorant. Angenehm. Vielleicht kann auch der Mann ihn riechen.

»Ihr Fahrausweis?« Er öffnet die Augen. Die Schaffnerin schaut ihn ungeduldig an. Er zieht sein Portemonnaie aus der Gesäßtasche und nimmt die Fahrkarte heraus. Die Frau neben ihm zeigt eine Monatskarte vor. Der Mann sucht in seinem Portemonnaie. Er wird ein bißchen rot und blickt schuldbewußt zur Schaffnerin auf. »Ich hab keine Fahrkarte«, sagt er. »Völlig vergessen.«

»Macht nichts«, antwortet sie. »Haben Sie eine Bahncard?« Der Mann reicht ihr das Ding.

Sie schreibt eine Fahrkarte aus und läßt den Mann zwei Euro vierzig bezahlen. Anscheinend ist sie heute abend gut gelaunt. Zum Schluß wirft sie noch einen prüfenden Blick auf die Bahncard. »Sie ist fast abgelaufen«, sagt sie.

»Ich weiß«, antwortet der Mann. »Danke.«

Als die Schaffnerin weitergeht, schaut der Junge den Rothaarigen mit Verschwörermiene an. Der dreht den Kopf weg und steckt das Portemonnaie in ein Vorfach seines Rucksacks zurück. Er hat die Fahrkarte wohl wirklich vergessen. In Den Helder-Zuid will die Frau aussteigen. Der Junge kippt die Beine zur Seite, um sie durchzulassen. Dann rutscht er auf den Fensterplatz, dem Mann gegenüber. Wieder setzt er sich breitbeinig hin und bewegt sein Gesäß auf dem Sitz, bis ihm die Wölbung in seinem Schritt gefällt. Er schaut aus dem Fenster, in den Dünen sind kleine Pferde zu sehen, der Himmel über dem trockenen Gras und den Bunkern ist grau. Er spürt, wie der Mann ihn ansieht, wartet noch einen Moment, dreht ihm dann den Kopf zu und schaut ihm so lange in die Augen, bis der Mann den Blick abwenden muß.
Den Helder, der Zug endet hier. Bitte denken Sie beim Aussteigen an Ihr Gepäck.
Er steht auf und stößt mit dem Knie gegen das des Rothaarigen. »Sorry«, sagt er.
»Macht nichts«, sagt der Mann.
Er streckt sich, um seine Tasche von der Gepäckablage zu nehmen, und spürt, wie sein T-Shirt dabei hochrutscht. Er weiß auch um die Schweißflecken unter seinen Achseln. Der andere kann nicht weg, bevor er die Tasche heruntergenommen hat. Er steigt vor dem Mann aus und geht langsam über den Bahnsteig. Ein kleines Spielchen, ganz harmlos. Er weiß, daß der Mann dicht hinter ihm ist, er kann den Blick auf seinen blonden Nackenhaaren fühlen, auf seinem Hintern, seinen Beinen.
Schon in der Bahnhofshalle sieht er sie. Sie kommt auf ihn zu. Er stellt die Tasche auf den Boden, legt ihr die Hand in den Nacken und zieht ihren Kopf näher heran. Sie schließt

die Augen und öffnet den Mund. Er küßt sie lange und leidenschaftlich, ohne die Augen zu schließen. An ihrem Ohr vorbei kann er sehen, wie der Mann schräg den Middenweg überquert und dann über den menschenleeren Julianaplein Richtung Spoorstraat geht. Besonders eilig scheint er es nicht zu haben. Einmal dreht er sich noch um. Der Junge lächelt und drückt sich an das Mädchen. »Ich bin scharf auf dich«, flüstert er, aber er sieht sich selbst, seinen flachen Bauch, seinen feuchten Nacken, seine Hände auf ihrem Bauch und ihren Brüsten.

Fluchen

»Verfluchte Scheiße.« Der Angestellte des Marinemuseums starrt zur Flanke der *Tonijn* hinauf, er hat die Arme in die Seiten gestemmt und den Kopf in den Nacken gelegt. Jemand hat hier etwas Merkwürdiges gesehen und das Museum angerufen, aber nur den Anrufbeantworter erreicht, weil schon geschlossen war. Der Museumsangestellte hat sich angewöhnt, an den Samstagabenden den Anrufbeantworter abzuhören, es kommt öfter vor, daß Leute noch spät nach den Sonntagsöffnungszeiten fragen oder andere Auskünfte wollen. Außerdem hat er nichts dagegen, samstags abends noch etwas zu tun. In den Sommermonaten macht er sowieso gern eine Abendrunde über das Gelände, das seit der Eröffnung des *Cape Holland Treasure Park* frei zugänglich ist. Oft geht seine Frau mit. Das hier ist etwas Neues, das gab's noch nie. Wie haben sie den Text da oben draufgekriegt? Sicher vom Oberdeck aus, der Abstand vom Boden zur Unterseite des schwarzen U-Boots beträgt schon mehrere Meter. Seile müssen sie gehabt haben. Und wie sauber

die Buchstaben gemalt sind, er kann sich nicht vorstellen, daß man das so hinbekommt, wenn man kopfüber hängt. Muß eine richtige Kletteraktion gewesen sein, ausgeführt nach 17:00 Uhr.
SO? JA! Glücklicherweise keine Obszönitäten, aber die Buchstaben sind riesengroß. Hinter ihm nähert sich jemand, von der Stadt her. Er dreht sich um. Ein Mann mit einem kleinen Rucksack, auffällig rote Haare. Ein bißchen traurig sieht er aus, traurig und verärgert. Er bleibt stehen und blickt nach oben.
»›So? Ja!‹?« fragt der Mann.
»Mal was anderes als ›Fuck you‹ oder ›Ficken ist gesund‹«, sagt der Angestellte des Marinemuseums.
»Wie haben die das hingekriegt?«
»Keine Ahnung. Vielleicht war's die Feuerwehr mit dem Leiterwagen, aus Langeweile.«
»Nein.«
»Nein, natürlich nicht.«
»Es soll ein Ansporn sein«, meint der Mann.
»Aber für wen? Für uns? Fürs Museum?«
»Rosa, komische Farbe.«
»Aber auffällig, auf dem schwarzen Untergrund.« Er wirft dem Mann einen Blick zu. Der schaut nicht mehr auf den Text, sondern starrt ziemlich ernst unter der *Tonijn* hindurch in die Ferne. »Auf dem Weg zur Fähre?«
»Ja.«
Der Museumsangestellte sieht auf die Uhr. »Dann wird's aber Zeit, die letzte fährt gleich.«
»Ja.« Der Mann schaut noch einmal auf die schwarze Flanke des U-Boots, dreht sich um und geht zur Stadt zurück.
»He«, ruft er ihm nach. »Das ist die falsche Richtung.«

Der Mann reagiert nicht.

Er überlegt, ob er jemanden anrufen soll. »Verfluchte Scheiße«, sagt er noch einmal, aber es kommt nicht aus tiefster Seele. So schlimm ist die Sache nicht. Eine zusätzliche Attraktion für die morgigen Besucher. Und vielleicht bringt es sie in irgendeiner Hinsicht zum Umdenken, wie den hier eben.

Springen

Der Mann, der zwei Flaschen Cola aus dem Automaten gezogen hat, reibt vorsichtig über seine Oberschenkel und streicht mit einer der Flaschen über seinen Nacken. Täte ich auch, denkt sie, wenn ich so einen Sonnenbrand hätte. Sie schaut auf ihre Uhr. Gleich zehn. Der Zug fährt um 22:04 Uhr und steht schon seit längerem bereit, aber kaum jemand steigt ein. Bei dieser Hitze sitzt man nicht gern in einem stehenden Zug. Der Mann trinkt eine der Colaflaschen leer, ohne abzusetzen. Hat der einen Durst. Ob er von Texel kommt? Die Bahnsteiglampen haben sich eingeschaltet. Es ist noch nicht dunkel, aber weil der Himmel so bedeckt ist, war es unter der Überdachung schon dämmerig. Die Sonne geht heute genau zur Abfahrtszeit des Zuges unter. Das weiß sie, weil sie ein Fan von Jan Visser ist, dem Wetterfrosch von Radio Noord-Holland. Sie notiert sich alles genau, Windgeschwindigkeit, Regen, Sonne, Tag für Tag, und überprüft Jans Vorhersagen. Wenn er sich irrt, was nicht oft vorkommt, schickt sie ihm eine E-Mail. Manchmal bekommt sie auch eine Antwort. Genau sechzehn Stunden und einundvierzig Minuten scheint die Sonne heute, ob man sie nun sieht oder nicht. In ihrem Garten

steht sogar ein Hobby-Windmesser. Sie fährt nach Schagen zu ihrer Schwester, die morgen Geburtstag hat, sie hat versprochen, ihr den ganzen Tag zu helfen.
Immer mehr Leute steigen jetzt ein, und auch sie rafft sich auf. Sie setzt sich in Fahrtrichtung ans Fenster. Der Mann mit der Colaflasche ist nach ihr eingestiegen und nimmt den Platz ihr gegenüber. Er stellt seinen Rucksack neben sich ab, verschränkt die Arme, wippt unruhig mit den Füßen. Sie zieht ein Buch aus ihrer kleinen Reisetasche und legt es sich auf den Schoß. Erst wenn sie den Bahnhof verlassen haben, wird sie es aufschlagen. Als der Zug vor Den Helder-Zuid abbremst, schaut sie hinaus. Noch vor dem Dunkelwerden leichter Regen, hat sie Jan Visser am Nachmittag sagen hören. Der Mann gegenüber sitzt immer noch mit gekreuzten Armen da und starrt aus dem Fenster. Vielleicht hat er kein Buch bei sich. Es ist fürchterlich warm im Zug, sie könnte nicht so lange die Arme verschränken. Er hat rötliches Haar und ist recht anziehend, findet sie. Auf der anderen Seite des Mittelgangs sitzt eine Gruppe von Jungen, die sich lautstark unterhalten, ein paar von ihnen trinken Bier aus Dosen. Samstag abend. Sie versucht sich auf ihr Buch zu konzentrieren.
In Anna Paulowna schaut sie auf ihre Uhr. Vierzehn Minuten nach zehn, ganz pünktlich. Der Mann mit dem roten Haar trinkt die zweite Flasche Cola leer und stopft sie in den Abfalleimer unterm Fenstertisch. Der Zug fährt holpernd an, der Pfeifton wird höher und tiefer, höher und tiefer. Draußen dämmert es schon etwas, aber die Scheibe ist noch trocken. Das Ruckeln läßt bei steigender Geschwindigkeit nicht nach, es wird eher schlimmer. Nach etwa einer Minute bleibt der Zug stehen. »Nee, wa?!« ruft einer der Jungen. »Jetz haut ma den Turbo rein!« ruft ein anderer.

Als der Zug ungefähr fünf Minuten gestanden hat, hören die Jungen auf zu reden. Es hat noch keine Durchsage gegeben. Sie liest und sieht hin und wieder auf die Uhr. Ein bißchen Verspätung ist nicht schlimm, sie wird nicht abgeholt, ihre Schwester wohnt in der Nähe des Bahnhofs. Plötzlich kommt der Mann gegenüber in Bewegung. Er stellt den Rucksack auf seinen Schoß, zieht den Reißverschluß des Hauptfachs auf und holt nach kurzer Suche einen weißen Umschlag heraus. Sie tut so, als ob sie weiterliest, beobachtet aber unter ihren Wimpern her, wie er den Umschlag aufreißt. Ein Stück Karton kommt zum Vorschein, das der Mann auf den Fenstertisch legt. Er behält ein Foto in der Hand, durch die Rückseite schimmern Umrisse. Die lauten Jugendlichen stehen auf und gehen in Fahrtrichtung zum Einstiegsraum. Dann ist ein Wummern und Geschrei zu hören, anscheinend versuchen sie, die Türen mit Gewalt zu öffnen. Jetzt hört sie Geräusche von Füßen auf Schotter. Sie schaut hinaus, sieht aber nichts. Also haben sie die Richtung nach Schagen eingeschlagen. Der Mann starrt immer noch das Foto an, wobei er hörbar Luft durch die Nase zieht. Schließlich legt er es auf den Karton, steht auf und geht auch nach vorn. Zwei Mädchen folgen ihm, sie bleiben in der Tür zum Vorraum stehen.

»Ist jemand aus dem Zug gesprungen?« fragt die eine.

»Ja«, sagt der Mann, den sie von ihrem Platz aus nicht mehr sehen kann.

»Darf man das?«

Es kommt keine Antwort. Kurz danach gehen die Mädchen am Fenster vorbei, in Richtung Anna Paulowna. Sie hat sie nicht herunterspringen hören. Jetzt könnte aber langsam mal eine Durchsage kommen, denkt sie. Wo steckt der Schaffner? So was hat sie noch nicht erlebt. Etwas Re-

bellisches beginnt in ihr zu brodeln. Sie schaut wieder auf die Uhr. Halb elf, und zwanzig nach zehn hätte der Zug in Schagen sein sollen. Auf ihrer Seite ist es noch fast hell, da liegt das Meer, im Osten wird es schon richtig dunkel. Der Mann kommt zurück. In diesem Moment wird endlich etwas durchgesagt. *Zugbegleiter, Türverriegelung Wagen eins-dreiacht.* Das ist alles, kein Wort über den Grund des Aufenthalts, kein Wort darüber, wann es vielleicht weitergeht. Der Mann zögert einen Augenblick, nimmt dann seinen Rucksack vom Sitz.
»Warten Sie«, sagt sie.
Er beachtet sie nicht. Zu ihrer Verblüffung sieht sie ihn kurz danach über den schmalen Graben springen, der den Bahndamm von der angrenzenden Weide trennt. Er landet auf allen vieren, der Rucksack schwingt hoch und verdeckt kurz seinen Hinterkopf. Das Foto, er hat sein Foto vergessen. Endlich kommt ein Schaffner vorbei, ohne Mütze, mit gelöster Krawatte. Er geht in den Vorraum. Es ist merkwürdig still im Zug, außer ihr ist in diesem Wagen nur ein Ehepaar mit großen Koffern sitzen geblieben, beide schweigen, die Frau fächelt sich mit einer Zeitschrift warme Luft zu. Der Schaffner kehrt zurück und fragt den Mann und die Frau, ob jemand den Zug verlassen habe. Als der Mann das bejaht, geht der Schaffner wieder nach vorn, er flucht leise. Sie legt ihr Buch zur Seite und nimmt das Foto in die Hand, sie kann es nicht lassen. Drei Personen sind darauf zu sehen, von denen sie eine sofort erkennt. Die alte Königin. Außerdem eine noch recht junge Frau und ein kleines Kind, ein Mädchen, das den Kopf an die Schulter der Mutter drückt, man sieht deutlich, daß es von der Königin nichts wissen will. Deren Hand ist nach der Wange des Mädchens ausgestreckt, als hätte sie die Kleine dort

berührt oder würde sie gleich berühren. Im Hintergrund, offenbar am anderen Ufer eines Kanals, steht ein altmodischer Lieferwagen, grau. Sie muß das Foto etwas näher an die Augen halten, um die Schrift auf der Seite des Wagens lesen zu können. *Blom Backwaren*. Die Königin trägt ein Hütchen, ein rundes Stoffhütchen mit einem Zickzackmuster, das eigentlich nicht ganz zum Kleid paßt. Sie erinnert sich, daß sie vor nun fast vierzig Jahren das gleiche gedacht hat. Wo kann das sein? Sie kennt keine *Blom Backwaren*, auch die Häuser hinter dem Lieferwagen kommen ihr nicht bekannt vor. Sie blickt hinaus. Der Mann ist ein kleines Stück auf die Weide gegangen. Sie steht auf und geht in den Vorraum.
»Sie haben Ihr Foto vergessen!« ruft sie.
»Nein«, antwortet er.
»Doch«, ruft sie und schwenkt es hin und her.
»Ich komme zurück«, sagt er. »Da sind Leute auf dem Gleis unterwegs, der Zug fährt noch nicht weiter.«
»Was haben Sie vor?«
»Nichts«, sagt der Mann.
Sie streckt den Arm aus der Tür. Es hat angefangen zu regnen, ganz leicht. Visser hat wieder mal recht gehabt. Sie geht zu ihrem Platz zurück, nimmt das Handy aus der Reisetasche, meldet ihrer Schwester die Verspätung. Dann betrachtet sie noch einmal das Foto. Ich hätte Lust auf Regen, denkt sie. Sie steht auf und hängt sich die Tasche über die Schulter. Kurz darauf läßt sie sich vorsichtig vom Trittbrett auf den Schotter fallen. Schaffe ich das denn? überlegt sie, als sie den Graben abschätzt. Nein, befürchtet sie, während sie sich auf den Sprung vorbereitet. Nun sei ehrlich, Brecht. Du brennst doch vor Neugier, und es ist dir auch völlig egal, wenn deine Neugier ihm verrät, daß

du dir das Foto angesehen hast. Sie wirft ihre Tasche über den Graben.

Sie wundert sich. Über sich selbst. Sie rechnet nach, wie lange es her ist, daß sie über Gräben gesprungen ist. Doch sicher fünfundvierzig Jahre. Es war gar kein so großes Problem, zum Glück hat sie ihre bequemen Schuhe an. Sie hat nicht einmal die Hände zu Hilfe nehmen müssen, und das war auch gut, denn in ihrer rechten Hand hat sie das Foto. Und den Umschlag und das Stück Karton. Als sie bei ihm ist, dreht sie sich um. Das Licht im Zug ist an, die Tür steht noch offen. Der Anblick erinnert sie an Fernsehbilder aus den siebziger Jahren, von den Geiselnahmen in Zügen, nur daß damals die Fenster mit Zeitungspapier zugeklebt waren. Schön, so ein gelber Zug auf einem Bahndamm zwischen grünen Wiesen. »Hier«, sagt sie.
»Danke.« Er nimmt das Foto, betrachtet es wieder.
»Juni 1969«, sagt sie.
»17. Juni. Woher wissen Sie das?«
»Ich habe an dem Abend mit ihr gegessen, im Hotel Bellevue. Die Stadtverwaltung von Den Helder hatte einen ›Querschnitt durch die berufstätige Bevölkerung‹ eingeladen. Diesen Ausdruck denke ich mir nicht aus, so wurde das genannt. Ich paßte wohl in den Querschnitt, als Gemeindeschwester.«
»Haben Sie mit ihr gesprochen?«
»Ich hab ihr die Hand gegeben und saß dann den Rest des Abends sehr weit von ihr entfernt. Das Essen war ein bißchen enttäuschend.«
»Von dem hier wußte ich gar nichts«, sagt der Mann. Er steht neben ihr, starrt auch auf den Zug. Seine Hand mit dem Foto hängt herunter.

»Am nächsten Tag ist sie nach Texel gefahren. Es war ein zweitägiger Arbeitsbesuch.«
»Meine Mutter hat nie davon erzählt. Sie muß mit der Königin gesprochen haben.«
»Das ist anzunehmen, ja. Auf jeden Fall wird die Königin sie gefragt haben, wie das Kind heißt. Sind Sie das? Das Kind?«
»Nein. Meine Schwester.«
»Und sie hat auch nie davon gesprochen?«
»Sie ist tot.«
»Ach.«
»Seit genau diesem Tag.«
»Nein.«
»Und schuld daran war der, der dieses Foto gemacht hat.«
»Was?« Sie war neugierig, deshalb ist sie ja aus dem Zug gestiegen und über den Graben gesprungen. Sie streicht sich mit der Hand übers Haar. Der Regen ist noch ein leichtes Nieseln. Zwei Mädchen stehen in der Tür und strecken die Köpfe hinaus. Die eine blickt in Richtung Anna Paulowna, die andere in Richtung Schagen.
»Kurz vorher war mein Opa bei uns. Er wollte sich den neuen Milchtank ansehen. Das hat er sicher auch getan, aber vor allem hat er sehr lange das Schild betrachtet, das die Milchtankleute an die Außenwand geschraubt hatten. Ein gelbes Schildchen. *Auch hier kühlt ein Müller-Milchkühltank. Gebr. Beentjes NV Assen.* Das stand auf dem Schild, und er schaute es an, als ob es für ihn schöner oder wichtiger wäre als der Tank selbst. Und dann hat ihm mein Vater seinen neuen Fotoapparat in die Hand gedrückt, und wir mußten uns alle vor dem Haus aufstellen. Wir standen oder saßen auf der Stufe vor der blinden Tür. Meine Eltern, meine Brüder, ich, meine kleine Schwester und Tinus, der Hund.

Das war ein Irish Setter. Er wollte nicht stillsitzen. Auf den beiden Fotos, die mein Opa gemacht hat, ist er mehr ein brauner Fleck als ein Irish Setter. Mein Vater hatte ihn für die Jagd gekauft, aber bald nach dem ersten Gewehrschuß war klar, daß aus diesem Hund kein Jagdhund wurde. Er hat nie vorgestanden, sein Leben lang konnte ihn jedes laute Geräusch in Todesangst versetzen. Wir haben nicht so fröhliche Gesichter gemacht, wie wir sollten, glaube ich, denn irgendwann rief mein Opa: ›Ihr seid doch nicht auf einer Beerdigung!‹ Es war schönes Wetter, die Sonne schien, und die Fotos sind gut geworden, meine Eltern haben sie in ihrem Album.«
»Aber wie alt waren Sie denn damals?«
»Sieben.«
»Und Sie wissen das alles noch so genau?«
»Ach, wissen. Was heißt das? Man legt sich was zurecht.«
Brecht Koomen glaubt zu verstehen, was er damit meint. Sie macht auch manchmal die Mails von Jan Visser ein klein bißchen interessanter, wenn sie Freunden und Bekannten davon erzählt.
Die Mädchen sind verschwunden. Sie hat das Gefühl, daß der Zug jeden Moment abfahren kann, nach links oder rechts. Das Licht im Zug wirkt heller, weil der Himmel dahinter nun doch dunkelgrau geworden ist. Es regnet etwas stärker. Der Mann nimmt den Rucksack ab und öffnet ihn. Sie reicht ihm den Umschlag, der schon ziemlich feucht ist, und das Stück Karton. Er schiebt Foto und Karton in den Umschlag und steckt ihn wieder in den Rucksack. »Allmählich werde ich doch etwas nervös«, sagt sie und streicht sich noch einmal durchs Haar. »Wenn der Zug nun plötzlich abfährt.«
»Der Zug kann nicht fahren, solange jemand auf der Strecke unterwegs ist.«

»Aber wie lange dauert das noch? Das wissen wir nicht. Wohin fahren Sie?«
»Nach Schagen, da wohnt mein jüngerer Bruder.«
»Ich fahre zu meiner älteren Schwester, die wohnt auch da. Sie hat morgen Geburtstag.«
»Wie heißen Sie?«
»Brecht Koomen.«
»Und ich Jan Kaan.«
Sie schütteln sich die Hand.
»Wenn Sie bei Ihrem Bruder sind, müssen Sie sich aber den Nacken eincremen.«
»Warum?«
»Er ist ziemlich verbrannt. Spüren Sie das nicht?« Ihre Beine fangen an zu jucken, so gern möchte sie wieder zum Zug. Wenn er nun doch auf einmal fährt, dann steht sie hier auf freiem Feld. Mit diesem Mann, im Dunkeln, im Regen. Aber ihre Neugier ist stärker als ihre Unruhe. Jetzt ist sie einmal hier, dann bleibt sie auch stehen, zusammen mit ihm.

Juni

Dienstag, 17. Juni, und trotzdem keine Schule. Jan und Johan hatten sich ihre Schwimmtaschen mit dem Schottenkaro umgehängt und waren bereit zum Aufbruch. Sammeln in der Schule, gemeinsam zum *Polderhuis*, Essen in der Schule (wieder etwas, das sie noch nie erlebt hatten, auch nicht Johan, der in einer Vorschulklasse war), nachmittags Schwimmen. Seit das neue Radio auf der Fensterbank stand, war es in der Küche fast nie mehr still. Eigentlich nur nachts. *O heppie dee* wurde im Radio gesungen. Hanne saß auf dem

Boden, mit dem Rücken am kalten Ölofen. Um zwei Finger ihrer rechten Hand waren Pflaster geklebt. Vor ein paar Tagen hatte sie die Hand in eine leere Apfelmusdose gesteckt. Das Reinstecken klappte gut, das Rausziehen weniger, weil der scharfe Deckel dabei ihre Finger einklemmte. Tinus schlief in seinem Korb vor der breiten Fensterbank, unterm Radio. Klaas war schon früher weggefahren.
»Los«, sagte Anna Kaan.
Von oben kamen Sägegeräusche.
»Paß ein bißchen auf Johan auf«, sagte Anna zu Jan.
»Ja, Mutter. Raus, Johan.« Mit dem »Raus« gab er sich besondere Mühe, aber es fiel keinem auf.
Jan war sieben und hatte ein Fahrrad. Johan war fünf und konnte auch radfahren, mußte sich aber noch mit einem blauen Tretroller begnügen.
»Nicht so schnell«, rief Johan dauernd. »Warte!«
Jan achtete nicht auf seinen Bruder, er sagte allerlei Wörter mit R auf. Das R fiel ihm schwer, und weil Zeeger versprochen hatte, ihm ein Dinky Toy zu kaufen, wenn er das R beherrschte, strengte er sich besonders an. Am Tag vorher hatte er den Bogen auf einmal rausgehabt, und nun konnte er gar nicht mehr aufhören.
Vor dem Haus des Notars stand der graue Lieferwagen des Bäckers. Er kurvte um ihn herum und mußte plötzlich noch weiter ausweichen, weil der Bäcker die Tür aufmachte. »Eh!« rief er. Der Bäcker zog die Tür schnell wieder zu. Als Jan sich wütend umdrehte, sah er den Bäcker die Hand heben, den Kopf etwas schief gelegt. Daraus schloß Jan, daß es ihm leid tat. Der Bäcker hatte ein merkwürdig schmales Gesicht; ein Gesicht, das überhaupt nicht zu Puddingteilchen und Mandeltörtchen paßte. Johan sauste auf seinem Roller um den Lieferwagen herum, so schnell er konnte, er

sah den Bäcker gar nicht. »Warte!« rief er wieder. Jan wartete nicht. Er sagte noch ein paar Wörter mit R auf, dachte an die Königin, nahm sich vor, ein ganz böses Gesicht zu machen und in eine andere Richtung zu schauen. Er kam einfach nicht darüber hinweg, daß man nicht ihn, sondern den Sohn des Metzgers und die Tochter des Bäckers fürs Überreichen der Blumen ausgewählt hatte.

Eine halbe Stunde später standen die Kinder aufgereiht an der Einfahrt des *Polderhuis*. Nach Klassen geordnet. Johan ganz vorne am Tor bei den Vorschülern. Klaas hätte hinten in der Nähe der Tür stehen müssen, aber er war nicht da. Alle waren schrecklich nervös. Einmal hatte die Lehrerin der vierten Klasse mit ihrer Piepsstimme gerufen, sie sollten die Fähnchen hochhalten, sonst gab es keine Anweisungen. Die Leute von der westfriesischen Tanzgruppe probten ein letztes Mal, ohne Musik. Ein uralter Mann mit einer Geige in der Hand sah ihnen zu. Er hatte neue Klompen an, die Geige ließ er bis vor seine Knie herunterhängen. Der Bürgermeister sah ein bißchen blaß aus und starrte vor sich hin. Ein paar Kinder aus der sechsten Klasse lachten, als jemand kam, der zwei Zwergziegen hinter sich herzog. Ein Bauer in einem ganz neuen Overall, nach den Falten zu urteilen. Überall standen und liefen Fotografen herum. Jan war in der ersten Reihe gelandet. Peter Breebaart, sein bester Freund, stand neben ihm, stieß ihn ein paarmal an, sagte aber nichts. Sie sollten sich alle bei den Händen fassen, was natürlich nicht ging, wenn man gleichzeitig ein Fähnchen hochhielt. Er versuchte, nur auf den Boden zu schauen. Seine Wut und das Gefühl, daß man ihn beleidigt hatte, waren immer stärker geworden, besonders, seit er die beiden feingemachten Blumenüberreicher gesehen hatte,

nicht in der Reihe, sondern am Tor. Von dem Anblick hatte er Bauchschmerzen bekommen. Die Jacke mit dem Norwegermuster, die Oma Kaan extra für diesen Tag gestrickt hatte, fand er blöd.
Und dann war auf einmal Teun Grin bei ihm. Obwohl der Rest der sechsten Klasse ein Stück entfernt aufgestellt war, unter den Spalierlinden direkt vor dem *Polderhuis*. Im selben Moment fuhr der Wagen mit der Königin vor. Teun Grin zwängte sich in die Reihe und nahm Jan bei der Hand. Er warf ihm einen kurzen Blick zu. Die Königin stieg aus, kam näher. Jetzt fiel ihm wieder ein, daß er wütend war, er senkte den Kopf und starrte auf seine Füße. Mutter hatte seine Sandalen geputzt. Vom Überreichen der Blumen wollte er nichts mitkriegen. Diese Hand in seiner Hand. Es war ganz still. Niemand jubelte, niemand sprach. Erst als der uralte Mann auf seiner Geige zu spielen begann, war wieder leises Sprechen zu hören, außerdem das Rauschen von Trachtenröcken. Plötzlich wollte Jan doch die Königin sehen, er zog seine Hand aus der von Teun und stellte fest, daß sich die Kinderreihen aufgelöst hatten und sämtliche Mütter, Lehrer und Lehrerinnen im Weg standen. Er bekam die Königin nicht zu sehen. Kurz darauf gingen sie zur Schule zurück, wieder nach Klassen geordnet.

Nach dem Essen, an langen Tischen in der Turnhalle, machten sie sich ungeordnet auf den Weg zum Schwimmbad, mit Rädern, Rollern oder zu Fuß. Kein Lehrer und keine Lehrerin sagte: »Nach dem Essen nicht schwimmen.« Johan hatte Jan gesucht, er rief ein paarmal »Warte« und war froh, daß sein großer Bruder tatsächlich am Eingang auf ihn wartete, zusammen mit Peter Breebaart. Jan zog immer noch ein böses Gesicht, seine Wut ließ sich nicht herunterschlucken.

Am Kassenhäuschen hielten sie schweigend ihre Dauerkarten hoch. »Aha, die Kaan-Bande«, sagte die Kassenfrau mit dem schwarzen Haar. Sie rauchte. Die Bemerkung machte Jan noch wütender. Daß sie drei Brüder und eine Schwester waren, die mit Nachnamen alle Kaan hießen, dafür konnten sie schließlich nichts. Er warf der Frau einen giftigen Blick zu. »Na, na«, sagte sie und drückte ihre Zigarette aus. »Die Kaan-Bande hat mal wieder schlechte Laune.«
Johan wollte mit Jan in die Badekabine. Jan schob ihn zur Seite und ging mit Peter hinein. Sie schlossen schnell die Tür ab.
»Affenärsche«, hörten sie Johan kurz darauf in der übernächsten Kabine sagen.
Sie zogen sich um und kamen alle drei gleichzeitig heraus. Ihre Schwimmtaschen, Sandalen und anderen Sachen hängten sie in das große Häuschen mit den Haken. Dann überquerten Jan und Peter die gedachte Linie, die das Naturbad in zwei Hälften teilte, dort, wo das weiße Schild mit der Aufschrift *Kein Zutritt für ungeübte Schwimmer* war. Jetzt waren sie Johan los, der durfte die Linie nicht übertreten und hatte seine Schwimmstunde im Nichtschwimmerbecken. Aus den trichterförmigen Lautsprechern am Kassenhäuschen kam Musik. Die Kassenfrau hatte das Radio angestellt.
Auf der Tafel am Kassenhäuschen, auf der die Temperaturen angegeben wurden, standen gar keine Zahlen mehr, nur eine kleine Sonne war aufgemalt und extra für diesen Tag eine Fahne mit Wimpel. Der Schwimmlehrer hatte den langen weißen Stock mit dem Haken geholt. Rückenschwimmen. Jan schwamm lieber auf dem Rücken als auf dem Bauch. Dann spürte er wenigstens nicht, wie das viele Wasser – im Schwimmerbecken sicher zwei Meter tief – auf seine Brust

drückte. Tiefes Wasser, das sich, wie er seit kurzem wußte, sogar umstülpen konnte. Und seit Johan den Bademeister gefragt hatte, ob es im Schwimmbad einen Bullebak gebe, mußte er manchmal an dieses Tier denken, obwohl der Bademeister nur gelacht hatte.
»Tauchen!« rief der Schwimmlehrer.
Sie stiegen auf den Beckenrand und stellten sich in einer Reihe auf. Jan drehte den Kopf etwas zur Seite. Die Kassenfrau hatte das Radio ein bißchen lauter gestellt, und aus den Lautsprechern kam das Lied, das er schon am Morgen gehört hatte. Er summte leise mit. Johan rief ihm aus dem Nichtschwimmerbecken etwas zu. Er blickte zu ihm hin und sah ihn winken, winkte aber natürlich nicht zurück. Peter stieß ihn an. »Wer am weitesten kommt?«
Unter Wasser merkte Jan, daß er nicht genug gegessen hatte. Er überlegte, ob er zu Hause Pfannkuchen oder Arme Ritter bekommen würde. Es war doch Samstag, normalerweise hatten sie am Samstagmorgen Schwimmen. Hier ist Klaas auch nicht, schoß ihm durch den Kopf. Nein, dachte er dann, heute ist Dienstag. Und nicht Morgen, sondern Nachmittag. Weil er überhaupt nicht an den Wettkampf dachte, war er beim Auftauchen mindestens einen Meter weiter als Peter.
Er schwamm noch ein Stück und zog sich am Steg zwischen Schwimmerbecken und Sprungbecken hoch, bis er sich mit den Ellbogen auf dem Holz abstützen konnte. Er legte das Kinn auf einen Arm und schaute zum Sprungbrett. Teun in seiner gelben Badehose sprang höher, als er lang war. Jan wußte nicht, womit er Teuns Hand vor ein paar Stunden eigentlich verdient hatte. Es kam ihm so vor, als hätte der Junge aus der sechsten Klasse ihn beschützen wollen. Aber vor wem? Vor den Fotografen? Vor der Königin? Er schien

unbedingt im Takt der Musik springen zu wollen, aber dann zog er auf einmal die Knie an, umfaßte die Beine mit den Händen, machte einen Salto und tauchte fast vollkommen gestreckt ins Wasser. Wobei die Arme nicht am Körper klebten, sondern gespreizt und leicht gebeugt waren. Welches Schwimmabzeichen hatte er, schon das C? Jan blieb noch eine Weile so hängen, obwohl das ziemlich viel Kraft kostete, weil der Holzsteg hoch war. Er starrte Teun an, der aus dem Wasser stieg und wartete, bis ein paar ungeschickte Springer, die meisten älter als er, am Einmeterbrett fertig waren. Dann sprang er noch einmal unglaublich hoch, sogar aus dieser Entfernung sah Jan seine Achillessehnen vortreten und wieder verschwinden, und wie er das eine Knie ganz kurz vor dem anderen hochzog, dann aber wieder mit beiden Füßen gleichzeitig auf dem Rand des Sprungbretts landete. Dieser Sprung war weniger schön. Teun landete ein bißchen schief im Wasser, und Tausende von orangefarbenen Wasserflöhen flogen in die Luft. Jan schüttelte das Wasser aus seinen Haaren und ließ sich herunter. Er wollte auch eine gelbe Badehose.
»Auf einem Bein kann man nicht stehen«, rief der Schwimmlehrer.
Jan schwamm langsam an den Rand. Peter stand schon oben. Er warf einen Blick auf die große Uhr. Die Stunde war bald um. Nachher eine Lakritzschnecke kaufen, oder einen Butterbonbon. Die Kassenfrau bewegte den Kopf im Takt der Musik. Sie war die Mutter des Jungen mit der gelben Badehose. Jetzt stellten sie sich wieder auf und warteten auf das Kommando des Schwimmlehrers. Hinter der Baumreihe, die als Windschutz die benachbarte Weide begrenzte, blökten ein paar Lämmer.

Jan hatte Johan in einer der Kabinen zurückgelassen. Etwas später ließ er auch Peter zurück, auf halbem Weg zwischen Schwimmbad und Dorf, denn da wohnte er. Zu dieser Zeit hatten sie beide die Lakritzschnecke aufgegessen, die sie von dem Zehner aus dem Vorfach seiner karierten Schwimmtasche gekauft hatten. »Davon kriegt man schwarze Zähne«, hatte die Kassenfrau gesagt. Er hatte sie genauso giftig angesehen wie bei der Ankunft im Schwimmbad. Während er durchs Dorf fuhr, dachte er an Wörter mit möglichst vielen Rs. Vor manchen Häusern flatterten noch Fahnen und Wimpel, bei der Autowerkstatt war ein Mann gerade auf eine Trittleiter gestiegen, um die Fahnenstange aus dem Halter zu ziehen. Das erinnerte ihn wieder an den Blumenstrauß und daran, daß er wütend und beleidigt war.
»Jan!«
Wer rief ihn hier, so kurz vor dem Bauernhof? Ohne es zu merken, hatte er fast schon das große weiße Haus der Braks erreicht. Erst jetzt achtete er richtig auf die Straße vor ihm. Warum stand da der Lieferwagen des Bäckers?
»Jan!«
Er hielt an, stellte einen Fuß auf den Boden, blickte sich um. Onkel Aris, der Vater von Peter Breebaart, kam auf dem Rad hinter ihm her. Ich sollte doch nicht bei Tante Tinie essen? überlegte er. Komisch, der Lieferwagen stand quer auf der Straße, vor dem Knechtshaus. Aber bei denen war niemand. Der Bäcker saß am Steuer. Nicht wie beim Fahren, seine Beine hingen nämlich aus dem Wagen, das verrieten die Füße, die gerade noch unter der weit geöffneten Fahrertür zu sehen waren. Er hob den Kopf, vielleicht hatte auch er Onkel Aris rufen hören. Für Jan sah es so aus, als würde der Bäcker durch ihn hindurchblicken. Bis

er sehr langsam die Hand hob und den Kopf etwas schief hielt. Wie am Morgen, als es »Tut mir leid« heißen sollte. Aber jetzt hob sich die Hand anders, und das Gesicht wirkte noch schmaler als sonst, jedenfalls auf diese Entfernung. Jan spürte den Wind auf der rechten Wange, die Ulmen raschelten. Die Sonne schien schräg auf die Straße, nur in diesem Augenblick nicht, in dem eine Wolke vorüberzog. Jan schaute den Bäcker aufmerksam an, vor allem, weil er sich fragte, was der als nächstes tun würde und was er überhaupt hier machte. Da der Bäcker ihn zu grüßen schien, hatte auch er die Hand gehoben. So sahen sie sich an, beide mit erhobener Hand, und Jan hatte das Gefühl, daß das noch ziemlich lange dauern könnte, vielleicht den ganzen Nachmittag.

»Komm«, sagte Onkel Aris.

»Wohin?« fragte Jan, ohne ihn anzusehen.

»Zu Tante Tinie.«

»Warum?«

»Das hörst du noch.«

»Aber ich bin fast zu Hause.«

»Ja.«

»Was macht der Bäcker hier?«

»Komm.« Onkel Aris faßte ihn an der Schulter.

Er drehte sein Fahrrad um, der Gurt seiner karierten Schwimmtasche rutschte ab. Einmal blickte er noch zurück, die Fahrertür des Lieferwagens war jetzt geschlossen. Onkel Aris sagte nichts.

»Ich kann das R«, sagte Jan.

»Das ist schön. Mach's mal vor.«

»Hab ich doch gerade.«

»Mach's noch mal.«

»Rrrr.«

»Prima«, sagte Onkel Aris, er starrte geradeaus auf die Straße. »Das ist ein richtiges R.«
Jan fand kaum noch etwas Besonderes an seinem R. Er hatte das Gefühl, daß es gar nicht mehr zählte. Sie bogen nach links ab, in Richtung Dorf. Gegenwind.

»Hallo«, sagte er zu Tante Tinie und Peter. Aber vor allem zu Johan. »Was machst du denn hier?« fragte er.
»Weiß nicht«, sagte Johan. »Essen.« Er stützte sich mit dem Ellbogen auf den runden Küchentisch, in der Hand hatte er einen viel zu großen Löffel. Sein linker Arm hing herunter, er saß schief und starrte mit großen Augen Onkel Aris an. Jan schaute weg, er schämte sich, weil er Johan im Schwimmbad zurückgelassen hatte, dieses schiefe Sitzen und der große Löffel erinnerten ihn daran, daß sein Bruder noch klein war. Außerdem schämte er sich, weil er beleidigt gewesen war, und für sein R. Tante Tinie packte ihn an den Armen und küßte ihn, als wäre dies die allerletzte Gelegenheit, ihn zu küssen. Dann fuhr sie ihm grob mit der Hand durch sein Schwimmbadhaar. Nachdem sie einen Teller Bambix-Brei vor ihm auf den Tisch gestellt hatte, strich sie geistesabwesend seine Haare wieder glatt. Sie setzte sich nicht hin. Onkel Aris schon, aber er aß nichts.
Peter aß. Seine Mundwinkel waren noch schwarz von der Lakritze, und er starrte die Brüder an. »Warum setzt du dich nicht?« fragte er seine Mutter.
»Sei still«, sagte Tante Tinie. »Halt den Mund.«
Jan blickte auf den Teller Brei, der vor ihm stand. Wenn er bei Tante Tinie war, bekam er immer leckere Sachen. Bambix, das aß er für sein Leben gern. Natürlich war es Kleinkinderbrei, aber das machte nichts, es schmeckte ihm viel besser als das Brinta zu Hause. Tante Tinies Nasi Goreng,

mit viel Tomatenmark und Fleisch aus einer kleinen Dose, die mit einem Drehstäbchen aufgemacht wurde, schmeckte ihm auch viel besser als das von seiner Mutter. Aber jetzt hatte er keinen Appetit auf Bambix. Es war auch gar keine Essenszeit. Onkel Aris und Tante Tinie schauten sich an, Johan saß immer noch schief. Peter hatte seinen Teller leer und wollte etwas sagen. Er öffnete den Mund, klappte ihn aber wieder zu und lehnte sich auf seinem Stuhl zurück. Jan starrte auf seinen lauwarmen Brei. Es war still in der Küche, die orangefarbene Uhr tickte.

Dann wurde es laut. Tante Tinie drehte sich zum Fenster um, sie drückte beide Hände an die Brust. Ein Krankenwagen fuhr vorbei. Onkel Aris strich mit seiner großen Hand über die Plastikdecke. Es wurde wieder still.

Peter konnte sich nicht mehr beherrschen. »Was ist denn los?«

Johan begann laut zu weinen. »Ich will nach Haus!« kreischte er.

Jan steckte einen Finger in den Brei. Fast kalt, und deshalb viel zu dick geworden.

An diesem Abend saßen Peter, Jan und Johan in einer nagelneuen Wanne im gerade erst ausgebauten Badezimmer. Mit der Wanne war etwas nicht in Ordnung, sie schien nicht richtig fertig zu sein. Das Email war rauh, ganz fein rauh, aber sie merkten nichts davon, solange sie in der Wanne saßen. Tante Tinie seifte sie ein, so sanft, wie man Kartoffeln schabt, und wusch ihnen zweimal die Haare. Jan und Johan sagten nichts, sie fanden Tante Tinie nett. Peter quengelte und jammerte, dauernd rief er »Au«. Hinterher fing das Stechen, Brennen und Jucken an.

Sie sollten über Nacht dableiben. Sie wollten wissen, war-

um, bekamen aber keine Antwort. Niemand sprach von der Königin, es war, als hätte der Besuch gar nicht stattgefunden. Sie gingen ins Bett. Jan und Peter zusammen in das eine und Johan in das andere, das quer dazu an der Wand gegenüber dem Fußende stand. Peter schlief bald ein, und Jan schob ihn auf den Boden. Das tat er öfter, vor allem, wenn Peter bei ihm übernachtete. Es ärgerte ihn, so einen Schläfer neben sich zu haben, der zufrieden schnarchte oder schmatzte, während er selbst nicht schlafen konnte, gerade weil jemand direkt neben ihm lag. Peter wurde davon nicht wach. Jan setzte sich auf und kratzte sich an Beinen und Armen. Das Stechen wollte nicht aufhören. Er zerrte die Wolldecke aus der Ritze zwischen Matratze und Seitenteil und warf sie auf Peter. Das Laken zog er bis zum Kinn hoch, es war dünn und leicht.
»Jan?«
»Ja?«
»Was hast du?«
»Alles juckt.«
»Bei mir auch.«
Es war fast vollkommen dunkel im Zimmer. Draußen war es noch hell, man hörte sogar Vögel singen. Die Vorhänge waren dick und schwer. Johan weinte leise. Jetzt fing auch Jans Kopf an zu jucken, seine Haare waren viel zu sauber, seine Kopfhaut von Tante Tinies starken Fingern dünn gerubbelt. Das Telefon klingelte, viermal.
»Johan?«
In dem anderen Bett blieb es still.
»Komm her.« Jan hörte Johan aus dem Bett steigen, und weil seine Augen sich an die Dunkelheit gewöhnt hatten, sah er, wie Johan vorsichtig über Peter kletterte. Er hielt das Laken hoch. Johan kroch neben ihn und schniefte ein paarmal laut.

»Es ist was Schlimmes passiert«, sagte er.
»Ja«, antwortete Jan. »Vielleicht mit Hanne.«
»Wo ist Klaas?«
»Ich weiß nicht. Zu Hause, nehm ich an.«
Johan kratzte sich den Hals.
»Der Bäcker«, sagte Jan.
»Was ist mit dem?«
»Der hat was damit zu tun.«
»Was denn?«
»Er hat so ein komisches Gesicht gemacht.«
Als sie am nächsten Morgen aufwachten, lag Peter im anderen Bett. Jan und Johan sahen ihn an, bis er wach wurde. Er rieb mit dem Handrücken über seine Augen und blickte sich verwundert um. »Wieso lieg ich hier?« fragte er. Eine Stunde später mußte er zur Schule, während Jan und Johan bei Tante Tinie bleiben durften. Peter rief, das finde er nicht gerecht. Seine Mutter gab ihm eine Ohrfeige.

Am Mittwoch abend fuhren sie nach Hause. Klaas war schon da. Oder noch. Sie versammelten sich im Flur vor Hannes Zimmer. Anna öffnete die Tür, und sie gingen nacheinander hinein. Ein kleiner Sarg stand unter dem Fenster mit dem Sprung, jemand schien ihn absichtlich dort aufgestellt zu haben, damit er so lange wie möglich Sonne abbekam. Auch Tinus war durch die offene Tür hereingetrottet. Er beschnüffelte den Sarg und wollte an ihm hochspringen. »Weg«, sagte Zeeger und schob ihn mit dem Fuß zur Seite. An der Wand gegenüber dem Fenster hing ein Tuch aus grobem Stoff, oben und unten mit Ringen an zwei Bambusstäben befestigt. Eine Handarbeit von Oma Kaan. Drei Mohrchen Schwarz Wie Pech Und Ruß waren darauf abgebildet, ein Feuer mit einem Topf, ein paar Palmen, eine Strohhütte.

Die Mohrchen bestanden aus Stoffläppchen, und zwei von ihnen hatten Ringe in den Ohren. Das dritte Mohrchen hatte nur einen. Das Feuer war aus länglichen gelben Stoffstreifen zusammengesetzt, die Bäume aus grünen. Das Dach der Strohhütte war aus richtigem Stroh, und das Gestell, an dem der Kochtopf hing, bestand aus Satéspießen. Oben in einer Ecke schwebte eine große, orangerote Sonne, eigentlich genauso eine wie die, deren Licht in diesem Moment durchs Fenster schien. Der Wandschmuck hing dort schon sehr lange. Klaas, Jan und Johan hatten in einem Bettchen unter den drei Mohrchen Schwarz Wie Pech Und Ruß geschlafen, bis sie zwei Jahre alt waren. Egal, was draußen geschah, ob es stürmte oder hagelte, windstill oder neblig war, nichts in dem Kinderschlafzimmer, nichts im ganzen Haus gab einem ein stärkeres Gefühl von Geborgenheit als das Stoffbild von Oma Kaan.
»Kommt«, sagte Anna. Sie schob ihre drei Söhne auf den Sarg zu. Jan schaute vor allem Klaas und Johan an, weil das seltsame gelbe Kleidchen, das Hanne anhatte, ihn erschreckte. Die Gemeindeschwester hatte es in Schagen in einem Kinderbekleidungsgeschäft besorgt, aber doch nicht so genau gewußt, was Anna Kaan mit »etwas Gutem« meinte. Klaas und Johan hielten auch nicht lange durch. Klaas starrte aus dem Fenster, Johan räusperte sich und blickte zu Zeeger auf.
»War es der Bullebak?« fragte er.
»Nein, Johan«, sagte Anna. »Es war nicht der Bullebak.«
Tinus begann zu winseln. Zeeger griff ihn beim Nackenfell und beförderte ihn vor die Tür. Sie blieben noch eine Weile stehen. Obwohl er es nicht wollte, mußte Jan auf Hannes Finger schauen: keine Pflaster, nicht die kleinste Wunde. Die richtige Sonne ging unter. Hinter ihnen stand die Son-

ne unverrückbar an derselben Stelle, und die Palmblätter wehten immer in dieselbe Richtung.

Kurz danach gingen Klaas, Jan und Johan in die Küche. Da saßen die vier Großeltern. Es war still, jemand hatte endlich das Radio ausgestellt. Das war bestimmt Oma Kaan gewesen, die hatte nichts übrig für Radio, Fernsehen oder andere Dinge, die Lärm und Unruhe ins Haus brachten. Sie nannten sich beim Vornamen, und für Jans, Johans und Klaas' Ohren klang es ganz seltsam, wenn Opa Kooijman zu Oma Kaan Neeltje sagte und Opa Kaan zu Oma Kooijman Hannie. Hannie und Neeltje. Hanne. Das erste Mädchen, und gleich alle Großmütternamen aufgebraucht. Noch viel seltsamer war der Besuch des Bäckers, später am selben Abend, als Jan und Johan gerade auf dem Weg nach oben waren. Der Bäcker am Mittwoch abend, ohne Brot.

Erst am nächsten Montag, zwei Tage nach der Beerdigung, fuhren sie wieder zur Schule. Schon am Anfang der ersten Stunde meldete sich Jan.
»Mußt du zur Toilette?« fragte der Lehrer.
»Nein, ich möchte etwas erzählen.«
»Bitte.«
»Nein, nur Ihnen.«
»Dann komm mal nach vorn.«
Jan stand auf und ging zur Tafel. Er fühlte sich wichtig, alle starrten ihn an. Er selbst schaute aufmerksam den Sohn des Metzgers und die Tochter des Bäckers an, er wollte sicher sein, daß sie ihn auch wirklich sahen: auf dem Weg zum Lehrer, um ihm etwas Ernstes mitzuteilen. Die Tochter des Bäckers schlug die Augen nieder, was Jan falsch verstand, denn auch nach sechs Tagen wußte er noch nicht genau,

was passiert war. Hanne hatte mit Tinus gespielt, viel mehr hatten sie nicht erfahren. Er würde es ihnen zeigen. Der Königin Blumen überreichen, was war das schon. Der Lehrer blickte ihm fragend entgegen. Jan winkte ihn zu sich herunter. Der Lehrer bückte sich.
»Meine kleine Schwester ist tot.« Er flüsterte verschwörerisch, fast stolz. Und laut, damit die ganze Klasse und vor allem die beiden Blumenüberreicher es hören konnten: »Wußten Sie das?«
»Ja, Jan«, sagte der Lehrer. »Das wußte ich.« Er legte ihm die Hand auf den Kopf. »Und das ist furchtbar. Aber setz dich mal wieder hin.«
Jan ging zu seinem Platz zurück, er saß hinten am Fenster neben einem riesigen Dickblattgewächs, das sogar fast auf seine Bank herunterhing. Die Klasse war immer noch still. Unterwegs versuchte er den anderen von den Gesichtern abzulesen, was sie dachten. Glänzte da etwas in den Augen des Metzgersohns? Ein Lächeln ohne hochgezogene Mundwinkel? Die Tochter des Bäckers starrte jedenfalls noch auf das Heft, das vor ihr lag. Das Verschwörergefühl war spurlos verschwunden. Als er sich an Peters Rücken vorbei zu seinem Platz schob, dachte er: Hier stimmt etwas nicht. Peter stieß ihn an; er merkte es kaum.

Auf dem Schulhof war die Murmelzeit schon vorbei. Nicht mehr lange bis zu den Sommerferien. Jan stand mit Peter in der Nähe von Klaas, der einer größeren Gruppe wilde Geschichten erzählte, von Binnenschiffen im Kanal und von Bugwellen. Peter redete und redete. Jan wünschte sich, Klaas würde mit ihm sprechen, aber der schwafelte lieber seinen Klassenkameraden etwas vor und übersah ihn mit Absicht. Teun lehnte an der Wand des Schulgebäudes. Er stand allein, starrte auf die Steinplatten unter seinen Füßen. Einmal schaute er Jan an, senkte den Blick aber sofort wieder auf die grauen Platten, als gäbe es auf denen jede Menge Interessantes zu sehen. Es war trocken, das Nieselwetter vom Wochenende hatte sich verzogen. Peter redete, Jan hörte das Kreischen und Rennen und Brüllen ringsum, das Schnalzen eines Springseils, den Wind in der Hecke um den Schulhof. Und das Schnarr-Bumm des Sprungbretts.

Am dritten Tag nach der Beerdigung, es war wieder ein Dienstag, malten Jan und Johan ihr sechstes Beerdigungsbild. Jan war früher fertig und betrachtete das Bild, an dem Johan arbeitete. »Der Sarg war nicht schwarz.«
»Doch.«
»Da hat Oma Kaan ja gar nicht gestanden.«
»Hat sie *wohl*.«
»Warum weint Klaas nicht? Klaas hat geweint!«
»Ich kann keine Tränen.«
»Die Sonne ist gelb, nicht rot. Wieso hast du eine Sonne gemalt? Es hat geregnet!«
»He, du kannst das R!«
Jan sagte nichts.
»Und die Sonne ist *doch* rot!«
»Warum nimmst du kein Grün? Hier liegt ein grüner Filzstift, Mann.«
»Was muß denn grün sein?«
»Bist du wirklich so blöd?«
»Was denn? Wo ist was Grünes?«
»Die Bäume müssen grün sein. Vaters Mantel muß grün sein.«
»Machst du die Hände?«
»Gut.« Jan malte Hände an die eckigen Klappergestelle,

die bei Johan Menschen darstellen sollten. Er schob das Bild zu Johan zurück, der anschließend vergeblich mit einem gelben Stift seine rote Sonne nachzufärben versuchte.
Auf Jans Bild waren triefende Bäume zu sehen. Große Bäume und dicke Tropfen. Und Onkel Piet. Der stand nicht wie andere auf dem Boden, sondern auf dem schwarzen, vorstehenden Rand unten an der Wand des *Polderhuis*. Dieser Rand war sehr schmal, und Onkel Piet hatte große Füße. Trotzdem hatte Jan ihn so stehen sehen, als sie hinter Hannes Sarg, den vier Männer mit hellgrauen Hüten trugen, um die Ecke bogen. Ein naßgeregnetes Häufchen Menschen hatte dort gewartet, und Onkel Piet hatte über alle hinausgeragt, eben weil er auf diesem schwarzen Sims stand. Das ging eigentlich gar nicht. Deshalb malte er es. Die braunen Schuhe waren übertrieben lang, und damit jedem klar war, um wen es sich handelte, hatte er in Großbuchstaben ONKEL PIET dazugeschrieben.

Beide Großmütter hatten gesprochen. Oma Kooijman trug aus dem Kopf etwas vor, das in der Bibel stand. Das ging bei fast allen zum einen Ohr hinein und zum anderen wieder hinaus. Oma Kaan las von einem Zettel ab, der vor Nässe zerfiel, noch bevor sie fertig war. Nach einem kurzen Stokken hielt sie den Rest ihrer Ansprache auswendig. Sie hatte einen hellgrauen Mantel an, und ihr dunkelgraues Haar erinnerte an den aufgelösten Zettel in ihrer Hand. Sie sah aus wie ein Graureiher, der jeden Moment umfallen konnte.
Es war eine kurze Beerdigung. Der Bestatter, der die Feier leitete, wirkte etwas unsicher. Als Oma Kaan ihren Vortrag beendet hatte, herrschte einen Augenblick stille Verwirrung. Der Regen war so leicht, daß man ihn nicht hörte. Der Be-

statter fragte, ob noch jemand etwas sagen wolle. Er blickte die Reihen entlang. »Darf ich Sie dann bitt…« begann er, aber in diesem Moment brach Aris Breebaart in Tränen aus. Tinie Breebaart nahm seinen Arm, und die beiden entfernten sich auf dem Muschelweg. Die Großeltern folgten, Onkel Piet, der Bäcker. Auch Klaas, Jan und Johan gingen. Anna und Zeeger blieben stehen.
Am Abend aßen sie Milchreis mit braunem Zucker. Samstagsessen. Während der Mahlzeit flogen sich ein paar Fliegen an dem Klebestreifen fest, der überm Tisch an der Halterung der Neonröhre hing. Sie summten und summten und schlugen wild mit den Flügeln, bis auch die Flügel am Fliegenfänger klebten. Von da an summten sie nur noch. Niemand war auf die Idee gekommen, das Radio wieder einzuschalten.

Als Johan festgestellt hatte, daß man Gelb auf Rot nicht richtig sieht, daß also auch sein sechstes Beerdigungsbild fertig war, suchten die beiden ihre Mutter. Sie konnten sie nirgends finden. Unterwegs nahmen sie Tinus mit, der mutlos hinter der Küchentür saß und winselte. Schließlich landeten sie im Kinderschlafzimmer, das nun kein Kinderschlafzimmer mehr war, und setzten sich nebeneinander auf den Boden, unter das Fenster mit dem Sprung. Tinus hopste auf Hannes Bett. Sie starrten das Tuch mit den drei Mohrchen an.
»Die Sonne ist *doch* rot«, sagte Johan.
Jan sagte nichts.
Tinus drehte sich ein paarmal im Kreis und ließ sich mit einem Seufzer aufs Kissen fallen.
Abends kam Oma Kooijman.

Anna Kaan kletterte nach anderthalb Tagen vom Stroh herunter. »So«, sagte sie, als sie ihre Mutter, die am Herd stand, zur Seite schob.
Hannie Kooijman starrte ihre Tochter an, als sähe sie Lazarus dem Grab entsteigen.
»Wenn es doch bloß nicht so windig wäre«, sagte Anna. »Mir ist stilles Wetter am liebsten.«
Ihre Mutter gab ihr schweigend den Kochlöffel, mit dem sie in einem Topf gerührt hatte.
»Du kannst ruhig wieder nach Hause«, sagte Anna.

Der Bäcker brachte Brot wie immer, nur daß er nie mehr dabei pfiff und auch das ganze Graubrot und das halbe Weißbrot nicht mehr so schwungvoll auf den Küchentisch legte. Morgens und abends wurde gemolken, bald wurde zum zweiten Mal Heu gemacht. Tinus wuchs schnell, und der Schwimmunterricht ging auch in den Sommerferien weiter. Jan schaffte mühelos die Prüfung zu seinem A-Abzeichen, wenn auch das Wassertreten ein bißchen lange dauerte und er einen verkrampften Nacken hatte, als er aus dem Wasser stieg. Anna nähte das Abzeichen vorn auf seine Badehose, über einen Beinausschnitt. »Da kommt dann das B hin«, sagte sie und zeigte auf die andere Seite.
»Und das C?« fragte er.
»Auf deinen Hintern!« rief Johan.
Laß ihn ruhig blöde Witze machen, sagte sich Jan. *Er* durfte jedenfalls alle gedachten Grenzlinien im Schwimmbad überschreiten, *Kein Zutritt für ungeübte Schwimmer* galt für ihn nicht mehr, für Johan schon. Am Ende langer Nachmittage im Schwimmbad begleitete er Peter Breebaart nach Hause, dann aß er vor der Heimfahrt bei Tante Tinie Zwieback mit Käse, leckerem Käse, den er bei seiner Mutter nicht bekam.

Tante Tinie sprach nie von Hanne. Peter auch nicht. Niemand sprach von ihr.

Der Junge mit der gelben Badehose war der einzige, der höher springen konnte als er. Ältere Jungen versuchten es auch, keiner schaffte es. Jan, Peter und die anderen breiteten ihre Handtücher in der Nähe des Sprungbretts aus, denn was ein geübter Schwimmer war, legte sich dort hin. Ein schmaler Streifen Rasen, eingeklemmt zwischen dem Sprungbecken und einem Wassergraben, der an dieser Stelle in einer Haarnadelkurve verlief. Am Ende des Grabens war eine Pumpanlage, die summte. Hier kam Johan nicht hin, der hatte Unterricht am anderen Ende des Schwimmbads, jetzt manchmal auch im Schwimmerbecken.
Sie schlossen die Augen und lauschten auf die Pappeln, die wie eine rauschende Wand das Schwimmbad säumten. Die Sonne, die rot durch ihre geschlossenen Lider schien, der Wind in den Bäumen, die Stimmen tobender Kinder und besorgter Mütter, das Aufspritzen von Wasser, das Summen der Pumpe, das immer noch kindliche Blöken großer Lämmer auf der Weide hinter der Baumreihe – es kam ihnen so vor, als könnte dieser Sommer ewig dauern.
Jan lernte, genau hinzuhorchen, nach einiger Zeit wußte er es, wenn Teun auf dem Sprungbrett stand, er brauchte gar nicht mehr die Augen zu öffnen. Teun holte jetzt weniger oft Schwung, bevor er mit einem gestreckten Kopfsprung, Salto oder Hechtsprung im tiefen Wasser verschwand. Manchmal richtete Jan sich trotzdem auf, als einziger in der Gruppe von Jungen, stützte sich auf die Arme und schaute. Die Edwin Hawkins Singers blieben auf den ersten Plätzen der Hitparade, die Tage dieses Sommers blieben happy days. Nur daß die Kassenfrau das Radio irgendwann nicht mehr

lauter stellte, wenn das Lied kam. Der Junge mit der gelben Badehose sprang. Jan schaute ihm zu und glaubte allmählich, Teun Grin mache seine Sprünge speziell für ihn.

So lecker der Käse, die Marmelade oder der selbstgebackene Kuchen bei Tante Tinie auch waren, irgendwann mußte er heimfahren. Und dann kam er wieder vom Dorf her zu der Stelle, wo der graue Lieferwagen des Bäckers gestanden und Onkel Aris ihn eingeholt hatte. Fast jeden Tag fuhr er dort entlang. Außer Johan war es niemandem aufgefallen, daß er ein richtiges R sprechen konnte. Zeeger vergaß, ihm das Dinky Toy zu kaufen. Jan erinnerte ihn nicht daran.

Onkel Aris, der Bäcker, das gelbe Kleidchen, das Sprungbrett. Juni, Juli, August. Ein Sommer im Naturbad, in dem es keinen Bullebak, aber Wasserflöhe gab. Johan, der manchmal fröstelnd am Rand des Nichtschwimmerbeckens stand, mit zitternden Lippen, die Füße nach innen gedreht, und »He, Jan!« rief, wenn sein Bruder zur Süßigkeitentheke des Kassenhäuschens ging, um Lakritzschnecken zu kaufen. Klaas, der nur ins Schwimmbad kam, um sich auf die C-Prüfung vorzubereiten, und sonst im Kanal schwamm. Oder mit seinen Freunden von der Brücke sprang, wenn ein Binnenschiff vorbeifuhr.

Das Dachgeschoß mit dem halb ausgebauten Zimmer, der Türrahmen ohne Tür. Lange, helle Nächte. Das Gemälde über der Treppe, ein altersgraues Bild. Von einer Frau mit gespitzten Lippen und einem verblühten Löwenzahn in der Hand. Jan und Johan glaubten, es wäre Urgroßmutter Kaan als junges Mädchen. Zeeger hatte ihnen das weisgemacht. In Opa Kaans Haus hing ein ganz ähnliches Bild,

einen Schritt weiter in der Zeit, die Fallschirmstielchen der Pusteblume schwebten durch die Luft, und die junge Frau lächelte geheimnisvoll. Klaas lachte sie aus. Klaas schlief allein im kleineren Zimmer, Jan und Johan hatten zusammen das große mit dem Balkon.
Es blieb einfach hell hinter den grünen Vorhängen. Johan schnarchte schon nach kurzer Zeit.
»Johan«, flüsterte Jan.
Er rührte sich nicht.
»Johan!«
»Was ist?«
»Nichts.« So, der war wach.
Aber nicht lange, dann wurden seine Atemzüge wieder tiefer.
Jeden Abend wartete Jan auf Klaas. Wenn er seinen großen Bruder die Treppe heraufkommen und die Tür des Nachbarzimmers schließen hörte, konnte seine Nacht beginnen. Er zog sich die Decken über den Kopf und stellte sich vor, daß er schlief. Außerdem malte er sich aus, wie er am nächsten Morgen aufwachen würde, nachdem es doch eine Zeitlang dunkel gewesen war, und er sah Menschen durch eine Art Unendlichkeit trudeln.

Tante Tinie, der Bäcker, die gelbe Badehose, die Hand in seiner Hand, die unsichtbare Königin, das Schwimmbad. Juni, Juli, August, September. Das kleine Zimmer unten mit dem seltsamen Sprung in der Scheibe, Hannes Bett, das am Ende des Sommers weggeschafft wurde. Das Kinderschlafzimmer, das nun wirklich kein Kinderschlafzimmer mehr war, in dem aber das Tuch mit den Mohrchen an der Wand hängen blieb. Johan, der im Wachzustand Beerdigungsbilder ohne Grün malte. Eines Morgens fiel er beim

Angeln vor dem Haus von Opa und Oma Kaan in den Kanal. Opa Kaan fischte ihn heraus, aber wahrscheinlich hätte er sich auch ohne Hilfe wieder ans Ufer ziehen können. Er starb nicht, und er hatte seine Angel gut festgehalten, so daß auch sie nicht verlorenging. Er zähneklapperte Sätze, in denen »ein Bullebak« vorkam und aus denen Oma Kaan nicht schlau wurde. Jan selbst, der kaum zu schlafen glaubte und doch viel öfter träumte, als ihm bewußt war. Eines Nachmittags rutschte er mit den Händen von einer Sprosse der Leiter ab, an der er zum Heuboden hinaufkletterte, und knallte rückwärts auf den Beton. Es tat gar nicht so weh, mit dem weißglühenden Schmerz des Aufpralls war das meiste schon ausgestanden, ein nasser Waschlappen auf der Beule am Hinterkopf linderte den Rest. Er starb nicht. Klaas, allein in seinem kleinen Zimmer, die Fußsohlen wund von zu hohen Sprüngen vom Brückengeländer. Eines Abends rutschte er auf dem regennassen Holz aus, schürfte sich den Oberschenkel blutig und klatschte fast mit dem Rücken voran ins Wasser. Aber er starb nicht. Anna, über deren anderthalbtägige Abwesenheit niemand ein Wort verlor. Zeeger, der meist schweigend molk, Heu machte, Schafe schor und Grabenwände säuberte. Und anfing, Bäume zu pflanzen. Das war etwas Neues.

Fünf Sommer später mußte man im Schwimmbad sehr genau hinhören, wenn man den Text des Liedes verstehen wollte, das fast zwei Monate lang auf Platz eins der Hitparade stand. Die Kassenfrau war nicht begeistert, sie fing bald an, es leiser zu stellen, und schon Anfang August drehte sie, wenn gerade keine Dauerkarten zu kontrollieren waren und keine Kinder vor der Süßigkeitentheke standen, den Lautstärkeknopf ganz nach links. *Sugar baby love, sugar baby love. I didn't mean to hurt you. People take my advice, if you love someone, don't think twice.*

Sie besaßen alle mindestens zwei Schwimmabzeichen und schienen den schmalen Rasenstreifen zwischen den Bohlen beim Sprungbrett und dem Haarnadelgraben für alle Zeiten erobert zu haben. Jan hatte seine Mutter schon ein paarmal bekniet, ihm eine neue Badehose zu kaufen, die A- und B-Abzeichen waren kindisch. Außerdem schnitt das Gummi in seine Leisten, besonders, wenn die Hose trocken war. Auch Johan besaß zwei Schwimmabzeichen, er hockte ein Stück weiter weg mit seinen eigenen Freunden zusammen. Er hatte sich abgewöhnt, »He, Jan« zu rufen. Klaas kam gar nicht mehr ins Schwimmbad, seit er sein C-Abzeichen hatte.

So warm es auch war, das Wasser reizte nicht sehr. Liegen, reden, beobachten, das reizte. Mädchen beobachten, die an der Seite des Sprungbeckens lagen. Reden über Pimmel. Jan hörte zu, aber das Sprungbrett lenkte seine Aufmerksamkeit immer wieder ab.

»Ich hab's selbst gehört. Er hat Samen gepißt!«
»Samen kann man gar nicht pissen.«
»Kann man doch!«
»Von wem hast du das gehört?«
»Von ihm selber.«
»Wer war das denn?«
»Bram.«
»Sein Bruder, den kennste doch!?«
»Ach, der. Wie alt ist der eigentlich?«
»Achtzehn.«
»Also dein Bruder pißt Samen?«
»Ja.«
»Glaub ich nicht.«

»Ehrlich.«
»Wie sieht der denn aus?«
»Na, so weißlich. Und dick.«
»Dick?«
»Wenn man 'ne Latte hat, funktioniert die, wie heißt die, die Harnröhre nicht mehr.«
»Pißt man denn immer Samen, wenn man mit 'ner Latte pißt?«
»Äh ...«

Den Sohn der Kassenfrau sah Jan nur noch im Sommer. Teun trug nach wie vor die gelbe Badehose, obwohl sie mehr und mehr ausbleichte. Seine Sprünge blieben hoch, immer noch verschlang ihn nach einem Salto das Wasser wie ein durchsichtiger Plastiksack. Jetzt stieg er aus dem Becken und setzte sich in der Nähe des Sprungbretts ins Gras, ohne sich abzutrocknen. Allein, er saß immer allein. Die Knie hochgezogen, die Hände hinter sich auf dem Boden. Das schwarze Haar bedeckte seinen Kopf wie ein Helm, über das eine Ohr hing eine Strähne. Jan blickte auf das Gras hinter Teuns Rücken, auf die Hände, die ihn aufrecht hielten. Die Pumpe summte lauter und sprang an, ein dicker Wasserstrahl schoß in den Graben. Ein Mädchen kam auf ihn zu.
»Hier«, sagte sie und gab Jan einen Zettel, der so klein wie möglich zusammengefaltet war.
Es dauerte einen Moment, bis er das Papier aufgefaltet und glattgestrichen hatte. *Willst du mit mir gehen? Yvonne* stand darauf. Sein Blick wanderte schräg übers Wasser zu der Mädchengruppe und dann zur Überbringerin der Botschaft, die ihn fragend und leicht ungeduldig anschaute.
»Ja, gern«, sagte er.

Das Mädchen ging zurück. So einfach war das also, und die anderen verloren kein Wort darüber. Weil die Botin an Teun vorbeiging und Jan ihr nachblickte, sah er, wie Teun ihn anstarrte. Dann stand Teun auf. Er schob ein paar Jungen zur Seite, die auf den Bohlen vor dem Sprungbrett anstanden, lief ans Ende des Bretts, zog ein Bein an, sprang und tauchte.

»Ich geh«, sagte Jan zu Peter.
»Jetzt schon?«
»Ja.«
»Zu den Mädels?«
»Nein, nach Hause.«
»Morgen wieder?«
»Ich hol dich ab.«
Teun tauchte am Ende des Sprungbeckens auf. Er zog sich am Holzsteg hoch, ließ sich auf der anderen Seite wieder ins Wasser gleiten und schwamm ruhig an den Rand. Jan ging am Graben entlang bis zum Planschbecken. Johan hatte sich bäuchlings auf sein Badetuch gelegt und sah ihn nicht vorbeikommen. Zwischen kreischenden Kindern und beschwichtigenden Müttern hindurch näherte er sich den Kabinen. So entwischte er Yvonne. Morgen, dachte er. Ab morgen gehe ich wirklich mit ihr. In der Badekabine schien das Rauschen der Pappeln viel lauter zu sein als draußen. Er ließ sich absichtlich Zeit mit dem Anziehen. Teuns Mutter rauchte im Kassenhäuschen. Das war sicher gar nicht erlaubt. Ihr pechschwarzes Haar hob sich auffällig von den weißgestrichenen Brettern ab. »Tschüs, Kaan!« rief sie, als er auf den Ausgang zusteuerte. Jan sagte nichts. Unausstehliches Stück. Draußen stand Teun.

Er wohnte in der Nähe der Schule. Hinter dem Haus leeres Land bis zum Norddeich. Jan kam nie auf den Norddeich, sein Deich war der Ostdeich. Es war ein kleines Haus, mit schweren Sitzmöbeln vor dem Fernseher und einer schmalen Küche. Langweilig ist das, wenn man Einzelkind ist, sagte Teun. Ach, die Berufsfachschule, die ist schon in Ordnung, nur die Fahrt nach Schagen mit dem Rad, die ist ganz schön weit, besonders wenn der Wind aus der verkehrten Richtung kommt. Aber es dauert nicht mehr lange, sagte er, dann hab ich ein Moped. Wo Jan ab Ende August hingehe (zur Gesamtschule) und ob er Hunger habe (nein, Jan hatte keinen Hunger). Die Luft ist stickig im Haus, oder nicht? Los, wir gehn zum Deich, laß die Tasche einfach hier, die kannst du nachher holen, sagte Teun.

Jan ließ Teun vorgehen. Die Gegend war ihm fremd, er drehte sich hin und wieder um und sah Dinge, die er so nie zuvor gesehen hatte. Die Häuser des Dorfs von der Rückseite, mit dort nicht vermuteten Schuppen, Anbauten, Sträuchern. Der Sportplatz hinter der Schule, gelber Rasen, sommerferienleer. Das Schwimmbad, durch die Baumreihe nur zu erahnen (mit einer unsichtbaren Yvonne), aber das Geschrei war bis hierher zu hören. Hinter dem Schwimmbad ein Stück Land, das von einem niedrigen Wall umgeben war, jetzt eine Schafweide mit Laternen, im Winter die Eisbahn. Rechts ein langes, schmales Feld mit Weizen, der sich schon verfärbte. Am anderen Ufer eines Kanals der Norddeich, über ein schmales Brett zu erreichen, das sich stark durchbog. Als sie auf der Deichkrone standen, zeigte Teun nach Osten. Dort, wo der breitere Kanal auf der anderen Seite des Deichs eine Biegung machte und drei Polder aneinandergrenzten, lag ein Dreieck Wasser, ein See. Pishoek hieß der. Kennst du den? Ja, Jan hatte von dem See gehört,

Klaas schwamm da manchmal, er selbst war noch nie dort gewesen. Komischer Name. Ja, ganz komischer Name. Jan versuchte zu lachen, aber es klang nicht überzeugend. Ich kann dir nachher auf der Karte zeigen, daß er wirklich so heißt, sagte Teun. Gut, sagte Jan. Handtücher? Ach, nicht nötig, es ist warm.

Jan kletterte über Zäune, ging an wiederkäuenden Schafen vorüber, die den Kopf abwandten, aber nicht den Deich hinunterrannten, folgte Teun. Von hier waren es vielleicht drei Kilometer Luftlinie bis nach Hause, und es fühlte sich an wie Ausland. Nach einer Weile erreichten sie den kleinen See, Teun blieb trotzdem auf der Deichkrone.
»Wie kommen wir ins Wasser?« fragte Jan.
»Da hinten ist ein Stück ohne Schilf.«
Jan hatte Angst, daß er plötzlich nicht mehr schwimmen konnte, daß seine Schwimmabzeichen hier nicht galten. Im Pishoek gab es keine hölzernen Stege und Beckenränder. Und seine Badehose steckte zusammengerollt in dem feuchten Handtuch in seiner Schwimmtasche, und die Schwimmtasche lag auf einem der schweren Sessel in Teuns Haus.
Teun zog sich aus und warf seine Sachen auf einen Haufen.
»Komm«, sagte er.
Jan wartete mit dem Ausziehen, bis Teun im Wasser war.
Es war nicht tief, und der Boden war wie der im Schwimmerbecken; dünner Schlamm, der ihn an Vla erinnerte, quoll zwischen seinen Zehen hoch. Teun schwamm zu einem roten Pfahl, der neben der Fahrrinne aus dem Wasser ragte.
»Kann man da stehn?«
»Nein. Aber man kann sich am Pfahl festhalten.«

Eine Weile hingen sie zusammen an der Fahrwasserstange, traten langsam das Wasser, wobei ihre Knie aneinander und an den Pfahl stießen. Jan bemühte sich, interessiert die Gegend zu betrachten. Es war still, kein Binnenschiff fuhr vorbei, kein Vogel schwamm in der Nähe. Sehr viel Wasser, in allen Richtungen, überall Schilfgürtel. Tiefes Wasser, stellte Jan sich vor, besonders im Kanal, dessen Rand man nicht sah, weil der kleine See daran grenzte. Die Hand, mit der Teun sich an dem roten Pfahl festhielt, rutschte ein Stück herunter, bis sie Jans Hand berührte. »Jetzt möchte ich zurück«, sagte Jan.
»Okay«, sagte Teun.
Zwei Enten wollten in der Nähe der Fahrwasserstange landen, erschraken vor den schwimmenden Jungen und flogen wieder auf. Teun schwamm schneller als Jan. Mehrmals drehte er sich kurz um und ließ sich auf dem Rücken treiben. Er spuckte regelmäßig einen dünnen Strahl Wasser aus. Jan hatte es nicht eilig, er folgte. Er ließ Teun reden, hatte selbst nicht viel zu sagen. Er kannte Teuns Stimme kaum. Alles hatte beim Besuch der Königin angefangen, mit der Hand, die nach seiner Hand griff. Jan konnte ihren Druck noch spüren, als er das Wasser des Pishoek seitwärts und rückwärts wegschob und dadurch langsam vorankam. Er wußte, wie er damals vor dem *Polderhuis* gestanden hatte. Opa Kaan hatte Fotos gemacht, Jan hatte ihn gar nicht bemerkt. Vorgestreckter Bauch, beleidigtes Gesicht. »Man kann nur hoffen, daß die Königin dich in dem Moment nicht gesehen hat«, hatte Opa Kaan gesagt, später. »Sonst hätte sie bestimmt auch etwas gesagt. So ist sie nämlich.« Beleidigt und wütend, wegen der Tochter des Bäckers und wegen des Metzgersohns. Und immer noch beleidigt, als Hanne totgefahren wurde.

Jan erreichte die Schilflücke und stieg ans Ufer. Teun lag an der Böschung des Deichs, die Hände hinterm Kopf gefaltet.
»Da bist du ja«, sagte er.

Juni, Juli, August. Gelbes Kleidchen, der Bäcker, Türrahmen ohne Tür, Sprungbrett. Blumen für die Königin. Ausland, hier. Onkel Aris, der Fliegenfänger überm Küchentisch, Tante Tinie, Oma Kaan als umfallender Reiher, das Fenster mit dem Sprung im Kinderschlafzimmer, das kein Kinderschlafzimmer mehr war. Teun in seiner gelben Badehose, das hochgezogene Knie. Und er wütend und beleidigt, als Hanne totgefahren wurde.
Jan kam bei Teun an und brach in Tränen aus.
Teun richtete sich auf, faßte ihn an der Wade. »Jan«, sagte er. Jan weinte noch mehr, er wußte gar nicht, wo das herkam. Es machte ihm nichts aus. Jan, hatte Teun gesagt. Das war er. Er selbst. Er schämte sich nicht wegen der Tränen, schämte sich nicht, als er Teuns Hand nahm. Eine große Hand, kräftige Finger, kurze Nägel, mit Schmutzrändern vom praktischen Unterricht in der Berufsfachschule, die sich selbst an einem langen Nachmittag im Schwimmbad nicht auflösten.
Nach einer halben Stunde landete das Entenpaar doch noch, vielleicht waren es auch andere Enten. Die Vögel erschraken nicht vor den Jungen, die auf dem Deich und im Liegen anscheinend weniger beängstigend waren, als wenn sie an einer Fahrwasserstange hingen.
»Warum hast du denn geweint?« fragte Teun.
»Einfach so«, sagte Jan. Sein Zäpfchen juckte, das Gefühl kannte er von früher, wenn er sich neben einem Kalb auf den Boden gelegt und das Tier ihn mit seiner rauhen Zunge beleckt hatte.

Am nächsten Tag lag Jan zum ersten Mal an einer anderen Stelle des Schwimmbads. Noch zwei andere Jungen aus der sechsten Klasse lagen hier. Peter nicht, der ging noch nicht mit einem Mädchen. Jan blickte möglichst selten zu dem Rasenstreifen hinüber, auf dem bis zum Vortag sein Platz gewesen war. Zwischen den Mädels war es ganz anders. Wenn Yvonne aus dem Wasser kam, immer über die Treppe, gab sie ihm einen Kuß. Er küßte sie wieder, wobei er über ihre Schulter das Sprungbrett genau im Auge behielt. Vielleicht später wieder zum Deich. Sonst morgen, oder nächste Woche. Er legte sich lang ausgestreckt auf den Rücken und schloß die Augen. Horchte auf die Geräusche ringsum, die hier ein klein wenig anders klangen. Seltsam, diese Mädchenküsse, so leicht, so selbstverständlich. So mädchenhaft. Teuns Mutter war beschäftigt, hatte gerade keine Zeit, den Lautstärkeknopf nach links zu drehen. *All lovers make, make the same mistakes, yes they do. Yes, all lovers make, make the same mistakes as me and you.* Ein gräßliches Laberlied war das.

Es gab Tage, an denen Jan einen Umweg fuhr. Nie morgens, dann wartete er immer an der Ecke des Kruisweg auf die große Gruppe von Radfahrern, die vom Dorf her kam. Wie Vögel oder Kühe beieinander Schutz suchen, so fuhren sie die zehn Kilometer nach Schagen in einer langen Kolonne. Aber nachmittags machte er manchmal einen Umweg, dann kam sowieso keine große Gruppe zustande, weil ja nicht alle dieselbe Schule besuchten. Es waren mindestens zwei Kilometer, dieser Umweg durchs Dorf, aber das spielte keine Rolle. Er kam dann an dem Haus vorbei, in dem Teun wohnte.
Dort lag auf dem engen Dachboden der Garage ein Sta-

pel Jutesäcke. Der Boden roch ein wenig nach der großen Scheune eines Bauern, bei dem die Wollkooperative einmal im Jahr Schafwolle einsammelte. Das geschah meistens an einem warmen Tag, alle schafhaltenden Bauern brachten ganze Wagenladungen Wolle dorthin, die dann mit einer Maschine zu großen Ballen gepreßt wurde. Jetzt war es nicht warm. September, Oktober. Auf dem Garagenboden konnte es eigentlich gar nicht nach Schafwolle riechen, das war ihm klar. Und trotzdem hing dort dieser Geruch. Wenn Teun nach frischem Heu riechen konnte, und so war es manchmal, dann konnte es dort auch nach Schafwolle riechen. Hin und wieder roch es auch nach nassem Hund, wenn es feucht war, vom Regen oder Nebel, oder von Schweiß.

Irgendwann im Herbst erschien der Kopf von Teuns Mutter in der Bodenluke. Er konnte nichts tun. Ruhig liegenbleiben, als ob er gar nicht da wäre, hoffen, daß niemand etwas sagt, und währenddessen hatte er ihr ärgerliches »Aha, die Kaan-Bande« im Ohr. Sie sah ihn an, als dächte sie etwas ganz Ähnliches, und zum ersten Mal waren die Kassenfrau und Teuns Mutter für ihn wirklich dieselbe Person. Ihr Gesicht lief im Handumdrehen rot an, dann ließ sie sich langsam herunter, bis er wieder mehr oder weniger freie Sicht auf die offene Luke hatte. Minuten schien es zu dauern, aber so war es nicht. Er glaubte nicht, daß Teun auch nur das geringste bemerkt hatte.

Es geschah an einem Wochenende. An einem Freitag im Winter fuhr er an dem Haus vorbei und tat so, als würde er nicht hineinschauen, als sähe er das kleine Fenster des Garagenbodens nicht. Das war nicht schwierig, er wußte, wann Teun und er sich das nächste Mal treffen würden. Am Montag konnte er durch das Haus die Schafe auf der Weide dahinter sehen, sogar den Norddeich, trotz des Nieselregens. An den Fenstern hingen keine Gardinen, die Fensterbank war leer, die Deckenlampen verschwunden. Im Vorgarten große Löcher, sie hatten sogar die Stauden und Sträucher ausgegraben. Das Schwingtor der Garage stand offen, innen war es sehr, sehr leer. Das Fensterchen darüber sah aus, als wäre es geputzt worden, aber das bildete er sich bestimmt nur ein.

»Jetzt renne ich aber«, sagt Brecht Koomen. Der Zug sieht immer noch so aus, als wäre er in der Hand von Geiselnehmern, die Tür ist immer noch offen. Sie geht eilig darauf zu.
»Kommen Sie auch?« fragt sie, ohne sich umzublicken.
»Ja«, sagt der Mann.
Kurz bevor sie über den Graben springt, sieht sie die Frau, die sich mit ihrer Zeitschrift Luft zugefächelt hatte, an einem der Fenster stehen, beide Hände neben den Augen, um das Licht abzuschirmen. »Ich komme«, ruft Brecht, als hätte die Frau ihr gewinkt, als könnte sie den Zug noch einen Moment aufhalten, wenn er jetzt anfährt. Sie wirft ihre Tasche über den Graben. The Rubettes, fällt ihr ein. Ob es ein Laberlied war, will sie nicht entscheiden. Etwas Fröhliches war es jedenfalls nicht. Sie springt, landet gut und läuft mit ausgestreckten Armen über den Schotter zur Tür. Als sie die Hände auf den Boden des Vorraums legt, beginnt der Lautsprecher zu rauschen.

Warten

»Ich zi-ieh mein Hemd aus«, sagt Johan.
»Dann zieh ich meins auch aus«, antwortet Toon.
Sie sitzen auf der letzten Bank an Gleis 1, weit entfernt von den Reisenden, die auf dem Bahnsteig gegenüber aus dem Zug gestiegen sind. Der Zug steht schon lange, alle paar Minuten wird durchgesagt, daß es auf der Strecke eine Betriebsstörung gibt. Es regnet seit einer Weile. Nicht stark, aber aus der Ulme hinter der Bank fallen jetzt dicke Tropfen. Auf ihre Schultern. Die Lampen auf den Bahnsteigen sind an.
»Schö-ön«, sagt Johan.
»Ja«, sagt Toon.
»Betriebsstö-örung?«
»Ich weiß auch nicht, was das genau heißt. Das sagen sie nie.«
»Aber auch in di-ieser Richtung?«
»Die Strecke ist eingleisig zwischen hier und Anna Paulowna.«
»Trotz-dem kommt er.«
»Klar. Und wenn er heute nicht kommt, dann bestimmt ein anderes Mal.«
Sehr verehrte Fahrgäste, wegen einer Betriebsstörung auf der Strecke zwischen Schagen und Anna Paulowna ist vorübergehend kein Zugverkehr möglich. Es kann einige Zeit dauern, bis die Störung behoben ist. Bitte achten Sie auf die Lautsprecherdurchsagen, Sie erhalten so bald wie möglich weitere Informationen.
Auf dem anderen Bahnsteig wird lautstark geschimpft und geflucht. »Setzt einen Bus ein!« ruft jemand. Auch dort sieht man Leute, die sehr wenig anhaben, die meisten von ihnen sind jung.

»Du weißt es immer noch nicht, was?« fragt Toon. Er schaut Johan an. Naß, lange Haare, glänzende Schultern, große Hände, die auf seinen Oberschenkeln ruhen.
»Teun?«
»Ja. Der aus dem Schwimmbad.«
»Und wieso hei-ißt du jetzt Toon?«
»Tja. Es gab eine Zeit, da dachte ich, man würde automatisch ein anderer, wenn man seinen Namen ändert. Meine Mutter findet Namen sehr wichtig.«
»Ein an-derer?«
»Ich hab euch Kaans früher sehr gut gekannt. Und dann sind wir umgezogen. Dich kenne ich auch von damals.«
»So? Ich kenn dich nicht. Ich kann-te dich nicht.«
»Ich glaube, das liegt an deinem Unfall.«
»Aber kennt Jan di-ich?«
»Das will ich doch hoffen. Nur weiß er wieder nicht, daß ich ich bin.«
»Hm?«
»Egal.«
Gegenüber stimmen ein paar junge Leute einen Sprechchor an. »Bus. Bus. Bus«, rufen sie. »Jetzt. Jetzt. Jetzt.«
»Erinnerst du dich an den Besuch der Königin?«
»Wo-o?«
»Im Dorf.«
»Nei-in.«
»Im Juni 1969 war die Königin ...«
»Kurz vor den Män-nern auf dem Mond!«
»Ja. Daß du das noch weißt. An dem Tag hab ich mich ein bißchen um Jan gekümmert. Ich hab seine Hand genommen.«
»Wa-arum? Hatte er Angst?«
»Nein. Er war wütend. Eure Mutter war nicht da, er stand da so allein.«

»Einfach seine Ha-and genommen?«
»Ja. Hast du das nie? Daß du jemanden einfach anfassen möchtest?«
»So o-oft«, antwortet Johan. »Blu-umenverkäuferin.«
»Wie?«
»Ich wollte ma-al eine Blumenverkäuferin an-fassen.«
»Hast es aber nicht getan?«
»Nö.« Johan blickt auf seine Hände.
An Gleis 1 wird es immer voller. Die roten Buchstaben und Ziffern, die bis jetzt die Dauer der Verspätung angegeben haben, verschwinden von der Anzeigetafel. Dann klappern alle Ortsnamen und die Abfahrtszeit weg, und genau dieselben Ortsnamen erscheinen mit einer neuen Abfahrtszeit.
»Ja Scheiße, die lassen einfach 'n ganzen Zug ausfallen!« schimpft ein Mädchen.
Teun legt Johan Kaan den Arm um die Schultern und zieht ihn an sich. »Und am gleichen Tag ist eure kleine Schwester gestorben.«
»Ja«, sagt Johan. »Aber jetzt ha-at sie schöne Steinchen. Blaue. Und Jan hat die Buchstaben weiß gema-alt.«
Teun leckt Regentropfen von seiner Oberlippe und denkt an seine gelbe Badehose und dann an seine Mutter, die nicht verstehen konnte, daß er keine neue wollte. Über seine Mutter kommt er auf das Grab seines Vaters, er überlegt, ob er morgen früh selbst hinfahren und es saubermachen soll. Das Sprungbrett. Sein Sprungbrett. Johan starrt auf den anderen Bahnsteig, oberhalb der Nase hat er eine tiefe Furche.
»Schwule!« ruft jemand auf dem Bahnsteig gegenüber.
»Halt's Maul!« brüllt Johan.
»Ruhig«, sagt Teun.
»Ich bin kei-in Schwuler«, antwortet Johan.

»Aber ich.«
»Fer-kel.«
»Soll ich dich also lieber loslassen?«
»Nei-in.«
»Okay.«
Verehrte Fahrgäste, die Betriebsstörung zwischen Anna Paulowna und Schagen ist behoben. Der verspätete Zug nach Amsterdam und Arnhem wird in wenigen Minuten einfahren. Der verspätete Zug nach Den Helder fährt ab, sobald der Zug in Gegenrichtung eingefahren ist.
»Haa«, sagt Johan. »En-ndlich.«

SCHLAGZEILEN

»Wenn es nach mir ginge, könnten wir mit dem Anlegen ruhig noch etwas warten, Brouwer.«
Der Skipper zuckt mit den Schultern und blickt sich kurz zu ihr um. »Ich fürchte, es geht nicht nach Ihnen, leider.«
»Nein«, sagt die Königin. »Da haben Sie vollkommen recht.«
Es ist etwas kühler als gestern. Während der kurzen Fahrt übers Marsdiep gab es einen kleinen Schauer, aber nun scheint wieder die Sonne. Die *Piet Hein* wird mehr als pünktlich in 't Horntje ankommen, und schon jetzt wehen Klänge einer Blaskapelle übers Wasser. Keinen Augenblick Ruhe. Roëll und Jezuolda Kwanten sitzen in der Kajüte, zwei Schiffsjungen stehen auf dem Vordeck. Roëll seufzt seit zehn Minuten vor sich hin, auf ihren Knien liegt der Papierkram für heute. Die anderen haben die Fähre genommen. Papi ist nicht aufgetaucht, und van der Hoeven hat anderswo übernachtet. Wenn alles klappt, steht er zusammen mit Beelaerts van Blokland auf der Pier von Rijkswaterstaat. Auch Dierx ist heute mit von der Partie.
Sie hat schlecht geschlafen, was öfter vorkommt, wenn sie in einem Restaurant gegessen hat, sie glaubt, daß es an der Butter oder dem Öl liegt, in dem manche Speisen gebraten werden. Sehr viel Appetit hatte sie nach dem Besuch der Fischauktionshalle ohnehin nicht mehr. Während sie sich von einer Seite auf die andere wälzte, dachte sie an den Platz mit dem Theater, der ihren Namen trägt. Selten hat sie einen dermaßen häßlichen Platz gesehen, so kalt, und als der

Schlaf nicht kommen wollte, begann sie sich allen guten Vorsätzen zum Trotz aufzuregen. War es nicht beinahe ein Affront, einen solchen Platz nach ihr zu benennen?

Das Feuerwerk, das nach dem Diner im Hotel Bellevue veranstaltet wurde, hat sie kaum beachtet, Roëll und Kwanten machten die Honneurs, und nur wer ein Fernglas hatte, wird gesehen haben, daß sie nicht mehr an Deck war.

Die Insel liegt vor ihnen wie auf einem Foto aus dem Reiseprospekt. Auf solchen Fotos riecht man nie die frisch gefangenen Fische. Sie dreht sich um und steigt in die Kajüte hinunter. Noch dieser Tag, dann ist wieder ein Weilchen Ruhe. Viel lieber, als Arbeitsbesuche zu machen, empfängt sie selbst, in Soestdijk.

»Das Programm«, sagt Roëll.

»Schieß los«, sagt sie.

»Ankunft 9:40 Uhr.«

Die Königin schaut auf die Uhr mit dem Messingrand.

»Dann haben wir noch einen Augenblick für uns.«

»Ja, wenn wir jetzt das Programm durchgehen.«

»Wie heißt er?«

»Sprenger. Blumen werden von Janneke Harting überreicht, der zehnjährigen Tochter des Distriktleiters Rijkswaterstaat Texel.«

»Gestern habe ich die Blumen von der Tochter des Bäckers und dem Sohn des Metzgers bekommen.«

»Und?«

»Egal, nichts.«

Roëll beginnt vorsorglich wieder zu seufzen.

Nein, denkt die Königin, das ist das letzte Mal. Bei der nächsten Reise van der Hoeven.

»Dann mit dem Wagen zu den Muschel-Frischwasserbecken.«

»Herrgott noch mal«, murmelt sie. »Auf fast nüchternen Magen. Und dann müssen wir noch den ganzen Tag.« Sie sieht zwei Zeitungen auf der polierten Tischplatte liegen, setzt sich und zieht sie näher heran.
»Willst du jetzt Zeitung lesen?«
»Ja.«
»Und das Programm?«
»Wir sitzen zwischendurch immer wieder im Wagen. Dann kannst du mir alles Nötige mitteilen.« Sie beachtet Roëll nicht weiter, die erregt die Papiere in ihre Handtasche schiebt, und schlägt die Zeitungen auf. Obwohl die *Piet Hein* einen scharf geschnittenen Bug hat, ist der Seegang deutlich zu spüren. Jezuolda Kwanten hält sich am Tischrand fest. Der *Schager Courant* und das *Noord-Hollands Dagblad*. Bevor sie die vielen Fotos auf den Titelseiten betrachten kann, springen ihr die Schlagzeilen ins Auge. *Spontane Persönlichkeit bringt Zeitplan durcheinander. Große Begeisterung im Kop van Noord-Holland.* Und tatsächlich *Monarchin spielte mit Zwergziegen.* Auf fast allen Fotos ist sie im Gehen festgehalten, ein Bein vor dem anderen. Sie überfliegt die Spalten Journalistenprosa. »Hier«, sagt sie zu der Schwester, »ein ganzer Abschnitt über Sie.«
»Ich erinnere mich«, entgegnet Jezuolda Kwanten, »daß ein Journalist mir Fragen gestellt hat.«
»*Früher war die kecke Ordensschwester Zeichenlehrerin, hat sich aber fortgebildet und nutzt ihre schöpferischen Talente nun als Bildhauerin. Voller Stolz zeigte sie einen Skizzenblock vor, in dem die Monarchin bereits mit Bleistift verewigt ist. Pressesprecher Samson dazu: ›Die Monarchin ist mit Brille ein Kassenschlager. Sie verleiht ihrem Gesicht Profil.‹*« Die Königin seufzt. »Bronzekopf«, sagt sie. »Kassenschlager.«
»Ach«, sagt die Schwester. »Zeitungen.«

»Ihr Name ist übrigens völlig falsch geschrieben. Hier steht Jeseualda.«
»Tja.«
»Was war für Sie der Höhepunkt des gestrigen Tages?«
»Das Barfußwasserski. Ich wußte nicht, daß so etwas möglich ist. Ich habe ein paar Skizzen davon gemacht.« Die Schwester greift nach ihrem Block, vielleicht um ihr die Wasserski-Zeichnungen zu zeigen.
Die Königin war von der Vorführung nicht sehr beeindruckt, auf die Skizzen ist sie nicht neugierig. Außerdem wurde sie dauernd von Schuljungen abgelenkt, die nach vorn drängten und von den Polizisten neben der Tribüne zurückgehalten wurden. Sie ist mit dem *Noord-Hollands Dagblad* fertig und nimmt sich den *Schager Courant* vor. Auch eine ganze Titelseite, als gäbe es auf der Welt nicht viel Wichtigeres, worüber zu berichten wäre. Auf einem der Fotos beugt sie sich im Sitzen über ein Geländer, vor dem eine Plastikkiste voll Fisch steht. »Bah«, sagt sie leise und schärft sich ein, heute mehr auf ihre Beine zu achten. Sie sucht den Artikel nach ein paar Worten über den alten Geiger ab. *Während er den Bogen munter über die feinen, straffen Saiten tanzen ließ, richtete Herr van der Goes die alten Augen gespannt auf die königliche Erscheinung, um sie ganz in sich aufzunehmen.* Da hat man sich in der Redaktion mal so richtig ausgetobt. Sie blättert die Titelseite um, möchte ein paar wirkliche Nachrichten lesen. Neben einem Artikel mit der Überschrift *Von 87 auf 40 Cent – Brotpreiskrieg in Harderwijk* steht eine kleine Meldung, die gerade wegen ihres geringen Umfangs auffällt. *Kind überfahren.* Sie hört Jezuolda Kwantens Bleistift leise kratzen, sieht aus dem Augenwinkel die ruckenden Bewegungen des rechten Arms. Natürlich, denkt sie, der Kopf der Königin in entspanntem

Zustand. *Bei einem tragischen Unfall kam gestern nachmittag die zweijährige Tochter der Familie Kaan ums Leben. Anscheinend geriet das Mädchen beim Spielen mit dem Hund auf die Straße, wo es von einem Lieferwagen angefahren wurde. Es war auf der Stelle tot.* Das gedämpfte Kratzen ist auf einmal nicht mehr leise, die Fetzen Blasmusik haben sich zu einem fröhlichen Marsch zusammengefügt, aus dem man vor allem die Trompeten heraushört. Die *Piet Hein* stößt gegen die Pier von Rijkswaterstaat, Roëll rutscht über das Ledersofa. »Schluß mit dem Zeichnen«, sagt die Königin. »Sofort.« Sie nimmt ein Päckchen Zigaretten aus der Handtasche und zündet sich eine an.
Jezuolda Kwanten blickt erschrocken auf.
»Was hast du denn plötzlich?« fragt Roëll, die sich auf ihren ursprünglichen Platz zurückschiebt. Sie hat die Nase kraus gezogen.
Die Königin starrt auf ihre Hände, die Gelenke ihres rechten Zeigefingers jucken. Dieses Kind, denkt sie. Diese Mutter und ihr Kind. Die Bündel Sonnenlicht vor den Kajütfenstern verschwinden der Reihe nach, wahrscheinlich gibt es wieder einen kleinen Schauer. Das Lächeln der Mutter, das langsam an die Oberfläche kam, die Geschichte, die in diesem Augenblick entstand, aus all den kleinen Dingen, die zusammen ein größeres Ganzes bilden – eine dieser Geschichten, die ein Menschenleben begleiten, begleiten sollten. Das umfallende Fahrrad, das Foto, das aus allernächster Nähe geschossen wurde, es tat ihr fast weh in den Ohren, sie spürte es durch ihren Hut, durch den Handschuh an der anderen Hand.
»Wir müssen rauf«, sagt Roëll.
Die Königin hebt den Blick. Jezuolda Kwanten hat sich ihr wie gestern auf Tuchfühlung genähert, die Frau aus der

Kongregation der Schwestern der Liebe schaut sie unverwandt an. Es lenkt sie einen Moment ab, sie fragt sich, was die Ordensfrau wohl von der Charakterisierung »keck« halten mag. Die Blaskapelle ist unermüdlich, ihr Auftrag lautet wahrscheinlich, möglichst laut zu spielen, bis sie an Land gehen. Kwanten starrt sie schamlos an, tastet sie mit ihren Blicken ab, zählt Krähenfüße, prägt sich jedes Fältchen ein, während ihr selbst plötzlich der Name *Blom Backwaren* einfällt. Sie zieht an ihrer Zigarette.

»Haben Sie etwas Unerfreuliches gelesen?« fragt Jezuolda Kwanten.

»Bleiben Sie heute bitte in meiner Nähe«, sagt sie.

»Mit dem größten Vergnügen, gnädige Frau.«

Es klopft an der Kajütentür, dann tritt van der Hoeven ein. »Man erwartet Sie«, sagt er mit seiner warmen, jungen Stimme. »Dierx freut sich schon sehr.«

»Van der Hoeven«, sagt die Königin. »Würdest du heute Roëlls Platz einnehmen?«

»Aber ...« beginnt Roëll.

»Selbstverständlich, gnädige Frau.«

»Roëll hat das Programm.«

»Ich habe es auch«, sagt van der Hoeven.

»Und Roëll, es wäre mir lieb, wenn du mich künftig, zumindest in Gesellschaft, siezen würdest. Ich werde dich dann auch siezen.« Sie drückt die Zigarette aus und zieht ihre Lederhandschuhe an. Den Gedanken an die Wange des Mädchens versucht sie abzuschütteln. Sie verläßt als erste die Kajüte. Frische Inselluft. Sie atmet tief ein und bereitet sich auf das Kommende vor. Einen ganzen Tag fröhliche Musik, Senioren, Schulkinder, Behinderte, flatterndes Rotweißblau und vor allem Fischgestank. Van der Hoeven öffnet einen Schirm, der Königin fällt auf, daß er schöne

Hände hat, Hände, die zu seiner Stimme passen. Sie würde diese Hände gern anfassen. Nicht jetzt, später vielleicht, im Wagen. Jezuolda Kwanten summt leise die Musik mit. Ist Roëll in der Kajüte geblieben? Die Königin denkt an die Zwergziegen, und dann kommt der Bürgermeister von Texel auf sie zu, er platzt fast vor Vergnügen. Als er sie mit ausgestreckten Händen herzlich begrüßt, beginnt der neue Tag offiziell.
Mittwoch, der 18. Juni.